W0400545

Elke Heidenreich lebt in Köln. Sie studierte Germanistik und Theaterwissenschaft und arbeitete bei Hörfunk und Fernsehen. Sie veröffentlichte Erzählungen (u.a. »Kolonien der Liebe«, »Der Welt den Rücken« und »Männer in Kamelhaarmänteln«) und Sachbücher (u.a. über Dylan Thomas, Venedig, Verdi und den Rhein). Sie schreibt Opernlibretti und ist im Kritikerteam des Schweizer Literaturclubs.

ELKE HEIDENREICH

NEULICH IM HIMMEL

Die schönsten Geschichten

FISCHER Taschenbuch

Aus Verantwortung für die Umwelt hat sich der S. Fischer Verlag zu einer nachhaltigen Buchproduktion verpflichtet. Der bewusste Umgang mit unseren Ressourcen, der Schutz unseres Klimas und der Natur gehören zu unseren obersten Unternehmenszielen.

Gemeinsam mit unseren Partnern und Lieferanten setzen wir uns für eine klimaneutrale Buchproduktion ein, die den Erwerb von Klimazertifikaten zur Kompensation des CO_2-Ausstoßes einschließt.

Weitere Informationen finden Sie unter:
www.klimaneutralerverlag.de

FSC www.fsc.org
MIX
Papier aus verantwortungsvollen Quellen
FSC® C014496

Erschienen bei FISCHER Taschenbuch

© 2023 S. Fischer Verlag GmbH,
Hedderichstr. 114, D-60596 Frankfurt am Main

Umschlaggestaltung: Cornelia Niere, München
Umschlagabbildung: SAXA / www.saxa.eu / Foto: Monika Nonnenmacher
Satz: Dörlemann Satz, Lemförde
Druck und Bindung: GGP Media GmbH, Pößneck
Printed in Germany
ISBN 978-3-596-70826-0

1. EINE ART VORWORT

So ein langes Leben, so viele Geschichten, erlebte, beobachtete, ausgedachte. Und es ist noch nicht zu Ende, das Erzählen geht ja weiter. Ich erzähle, um nicht zu vergessen, ich erzähle, weil ich nichts anderes kann. Ich wollte nie Zahnärztin werden oder Anwältin, nicht Architektin und nicht – nichts. Ich wollte von Anfang an erzählen. Ich wurde fünfzig, bis ich mich traute. Wer will das lesen, dachte ich immer. Und dann war es mir egal: sollte lesen, wer wollte, ich wollte es aufschreiben. Und dass ich damit Erfolg hatte, habe, bei Lesern: Das ist das Glück meines Lebens. Ich bin unendlich dankbar dafür, dass mein Erzähltalent dafür ausreichte, dass ich mich immer noch hinsetzen kann und weiterschreiben. Was für ein wunderbares, glückliches Leben voller Liebe und Geschichten, obwohl längst nicht alles aus diesem Leben zu Geschichten wurde – der größte Schmerz nicht, die größte Liebe nicht. Dazu reicht es nicht bei mir.

Die Unsicherheit am Schreibtisch. Dann die Freude, wenn das gedruckte Buch kommt. Dann die Lesereise, um vor Publikum zu testen, ob die Geschichten funktionieren. Und dann die Fragen … Das ist ein Kapitel für sich, diese Fragen.

Der Schriftsteller, jaja, die Schriftstellerin (das sparen wir uns jetzt) ist auf Lesereise unterwegs und hat im hell ausgeleuchteten Gemeindesaal auf der Bühne zwischen zwei Buchsbäumchen, an einem zu niedrigen Wackeltisch mit krächzendem Mikrophon sitzend, seine Geschichte dem andächtig lauschenden Publikum – fast nur Frauen, wenige, dann aber aufmerksame Männer – vorgelesen. Ein Augenblick der Stille, der Schriftsteller schaut furchtsam und zugleich trotzig gewappnet hoch – er hat sein Bestes gegeben, er ist nicht Goethe, das weiß er auch! Da kommt der Applaus, freundlich und kräftig. Und die Buchhändlerin spricht Dankesworte und fordert auf, nun Fragen an den Schriftsteller zu stellen.

Das ist die Stunde des Schreckens. Zuerst, natürlich, traut sich niemand. Aber dann kommen sie, die immer gleichen Fragen, und ich wünschte, ich könnte sie hier ein für alle Mal beantworten, und dann würden wir vielleicht, meine Leser und ich, nur noch über die Texte reden, über die Texte! Aber ach. Die Fragen lauten, in etwa dieser Reihenfolge gestellt:

1. Wie lange haben Sie an dem Buch geschrieben?

Grundguter Himmel! Stellt man eine Uhr auf den Schreibtisch, wie beim Schach, und drückt jedes Mal, wenn ein Satz zu Papier kommt, und dann wieder, wenn er beendet ist, und der Blick aus dem Fenster schweift oder die Füße zum Kühlschrank schlurfen, um sich das nächste Glas Wein einzuschenken? Läuft die Uhr auch in der Zeit, in der nur der Kopf läuft, nicht aber die Finger auf den Tasten tanzen? Begnadeter

Thomas Mann, der es nachweisen kann: täglich von acht bis zwölf, täglich so und so viele Seiten, einschließlich der Berichte über die Verdauung. Wer zementiert sein Leben schon so konsequent! Wie lange habe ich an dieser Geschichte geschrieben? Also, wenn Sie es genau wissen wollen: drei Nachmittage.

Waaas, nur drei Nachmittage? Ja. Zwei im Sommer, einen im Winter, ich weiß sie alle drei noch ganz genau, erinnere mich an das berauschende Gefühl, als es endlich ging, als endlich alles stimmte, der Rhythmus, die Sätze, die Geschichte. Aber zwischen diesen drei Nachmittagen lagen zwei Jahre. Jahre des Herumspazierens, Nachdenkens, immer wieder Notizen, immer wieder angefangen, immer wieder weggeworfen, nachts schlaflos im Bett gelegen, aufgestanden, etwas notiert, morgens verzweifelt diesen Unsinn gelesen. Zwei Jahre schreiben im Kopf, drei Nachmittage schreiben mit der Hand. Was zählt? Was zählt mehr? Was wollen Sie hören? Ganze zwei Jahre! Bloß drei Nachmittage!

2. Wie schreiben Sie, mit der Hand oder …?

Mit der Hand und oder … jeder, der schreibt, schreibt vermutlich zuerst mit der Hand, mit Füller, mit Bleistift, von mir aus mit dem Gänsekiel, auf einen Bierdeckel, den Rand einer Rechnung, die Rückseite von Mutters Brief, auf Zeitungsränder und in Notizbücher. Da ist eine kleine Idee, ein Satz, vielleicht auch nur ein Wort: Winterreise. Und dann wächst die Geschichte, der Bierdeckel reicht nicht mehr. Manchmal werden ganze Romane zuerst mit der Hand geschrieben, und dann kam früher die Schreibmaschine dran, seit einigen Jahren der wunderbar leise Computer, der so schwer zu begreifen war und so leicht zu handhaben ist. »Computer!«, raunt das Publikum, und es scheint, als würde eine Liebesgeschichte durch Technik entwertet.

3. Wo schreiben Sie?

Was wollen Sie hören? In der Badewanne? Wo singen Sie?, fragen sie immer wieder die Pavarottis dieser Welt, na, wo alle singen, unter der Dusche. Wo schreibt der Dichter? Wo alle schreiben: am Tisch. Nur: dieser Tisch muss nicht im Arbeitszimmer stehen, muss nicht hinter verschlossenen Türen sein, und draußen schleichen die Kinder vorbei und Mutter legt den Finger auf die Lippen: Pssst! Vater dichtet! Der Tisch kann in der Kneipe stehen. Ich zum Beispiel kriege die besten Ideen in Zügen und Kneipen, das heißt unter Menschen, die ich sehen und hören kann, mit denen ich aber nicht reden muss. Das letzte, endgültige Schreiben – das ist ein einsamer Prozess am stillen Tisch, ja. Aber die zahllosen Vorstufen brauchen Geräusche, Gerüche und viele Margaritas, Blicke aus dem Fenster, Musik aus der Box in der mexikanischen Bar mit dem schönen Kellner, morgens um drei.

4. Haben Sie das alles selbst erlebt oder ist es nur ausgedacht?

Nur? Nur ausgedacht? Diese Frage ist so empörend, die wird nicht beantwortet. Punktum.

5. Können Sie denn davon leben?

Ja. Würden Sie gern hören, dass der Dichter hungert, leidet, friert? Dass er wie in Spitzwegs Biedermeier mit Schirm im Bett seiner wasserdurchlässigen Dachkammer sitzt und sich von Dörrobst ernährt? Dann kaufen Sie nur noch die Bücher, deren Klappentexte erklären, dass sich dieser Autor als Irrenwärter, Leichenwäscher, Eintänzer und Fischverkäufer durchschlägt. Ja, da ist es, das pralle Leben, so einer weiß dann doch wenigstens, wovon er schreibt! Eine ordentliche Armut und eine entsetzlich unglückliche Kindheit, mehr braucht doch ein Autor nicht für den Durchbruch!

Aber wer schon davon leben kann – der hat es doch dann nicht mehr nötig, oder? Besser ist also die Antwort: nein. Kann ich nicht. Dann werden nach der Lesung auch sehr viel mehr Bücher gekauft, um dieses Nein ein wenig zu widerlegen und mit Goldrand zu versehen.

6. Was schreiben Sie als Nächstes?

Ja, wer das wüsste. Und wer es weiß, sagt es besser nicht.

7. Gefällt es Ihnen hier in Göttingen (Braunschweig, Wolfenbüttel, Ingolstadt, Husum usw.)

Ja, es ist ganz, ganz wunderbar. Ich danke Ihnen. (Was soll ich denn sagen? Ich bin mit dem Zug um 16 Uhr angekommen und mit dem Taxi ins Hotel gefahren. Die Lesung war um 18:30 Uhr. Was habe ich bis dahin gesehen von Ihrer Stadt?)

Nachtrag:

Aber das Schlimmste, das man einem Schriftsteller antun kann, kommt erst noch. Es kommt nach der Lesung, nach der sogenannten Diskussion, es kommt beim kleinen Italiener (Griechen, Spanier, Portugiesen) in Braunschweig (Husum, Gießen, Kiel), wenn man mit den beiden engagierten Buchhändlerinnen, dem ortsansässigen Apotheker, der Lehrerin, den besten Kundinnen der Buchhandlung beim Glas Wein sitzt. Immer gibt es dann eine oder einen, der sich dem Autor zuneigt, verschwörerisch. Dem Autor gefriert schon das Blut, denn er weiß genau, was jetzt kommt. Jetzt kommt:

»Ich erzähl Ihnen jetzt mal was, darüber müssten Sie schreiben.«

Und dann folgt zum Beispiel die Geschichte von den beiden drei- und fünfjährigen Töchtern, die im letzten Winter, als es so bitterkalt war, den kleinen Tannenbäumchen im neu angelegten Garten Wollmützen aufgesetzt und Schals umgebunden haben. Ist das nicht unbeschreiblich rührend? »Wenn ich schreiben könnte, ich würde das sofort aufschreiben, aber

Sie, Sie können doch … und ich könnte Ihnen da zum Beispiel auch von meiner Tante erzählen, die …«

Das ist nur noch zu übertreffen von dem Rentner, der mir einmal zuraunte: »Über den Zweiten Weltkrieg wird so viel Quatsch geschrieben. Ich war dabei. Kommen Sie mal zu mir, ich erzähl Ihnen mal ganz genau, wie das war, und das schreiben Sie dann auf.«

Und am nächsten Tag fährt der Schriftsteller erschöpft nach Hause, und in den Tagen danach trudeln sie ein, die Manuskripte von all denen, die auch schreiben. Das soll ich lesen, weitervermitteln, beurteilen – Mein Leben mit Krebs, Mein Leben mit Katze, Wie wir den Krieg hätten gewinnen können.

Und all das darf einen nicht beirren. Weiterschreiben. Immer. Erlebtes und »nur« Ausgedachtes. Bis zuletzt.

Elke Heidenreich, Herbst 2022

2. BRIEF AN MICH ALS SECHZEHNJÄHRIGE

Ich habe Dein Tagebuch gefunden, von 1959, da warst Du sechzehn Jahre alt und hast mit grüner Tinte Gottfried Benn zitiert:

»Ach, eine Fanfare,
doch nicht an Fleisches Mund,
dass ich erfahre,
wo aller Töne Grund.«

Weißt Du es heute, wo aller Töne Grund? Es sind mehr als sechzig Jahre vergangen seitdem, und ich sehe auf Dich zurück mit Wehmut: Wie hast Du Dich gequält, gesucht, gefragt! Wie schwer hast Du die Liebe, hast Du alles genommen! Du warst kein lustiges Mädchen. Du warst gerade ein Jahr zuvor aus dem Elternhaus weggelaufen, bei Pflegeeltern schließlich mehr gestrandet als gelandet, und über Deine Pubertät und Dein Erwachsenwerden kann ich heute gar nicht lachen. Ich sehe so viel Kummer. Du hast zwanzig, dreißig filterlose Zigaretten am Tag geraucht, jahrelang, »Simon Arzt«, »Mercedes« oder »Players Navy Cut«, dann nur noch »Nil«, immer die starken Blonden ohne Filter. Du hast sehr hohe Absätze getragen, weil Dein Freund zwei Meter groß war und sich beim Küssen nicht so bücken sollte. Heute hast Du von alldem eine kaputte Lunge und kaputte Füße, aber das ahnt man mit sechzehn nicht, man begreift nicht mal, dass man älter wird. Du warst sehr unglücklich und wusstest nicht, dass Deine tolle Zeit erst mit vierzig kommen sollte, dann aber richtig und sehr lange, was für ein Glück!

Dein Freund damals war viel älter als Du, er hatte eine Freundin fürs Bett und nannte Dich »meine kleine Prinzessin«, denn für solche Sachen warst Du, war man damals mit sechzehn noch zu jung, aber es hat Dich gequält. Er war Musiker, und er hat es fast geschafft, Dir Brahms für immer zu verleiden. Heute liebst Du Brahms. Was Du 1959 nicht wusstest: Du würdest Deinen Musiker 1975 wiedertreffen, da warst Du dann zweiunddreißig und er vierundvierzig, und da wollte er Dich dann auch fürs Bett, aber da wolltest Du nicht mehr. Schon aus Rache für Brahms.

Mit sechzehn hattest Du von alldem keine Ahnung und hast Dich so sehr gequält, dass sein alter Vater Dich manchmal trösten musste – mit heißem Kakao! Tröste mal heute eine Sechzehnjährige mit heißem Kakao …

Du fandest Dich damals entsetzlich hässlich, und mit Rührung sehe ich heute Bilder von Dir an – so dünn, so ernst, fast immer mit Buch und Zigarette. Und immer in Schwarz.

Du warst nicht hässlich, Du warst unfertig, und Du hattest nur eine Freundin, mit der Du über alles reden konntest, und die war so viel schöner und klüger als Du, die hat Dir sogar zweimal einen Freund weggeschnappt. Später im Leben wurde sie sehr unglücklich und Du sehr glücklich, ach, wenn man das alles schon wüsste, mit sechzehn! Ihr habt immer die Klamotten getauscht. An ihr sah alles toll aus, an dir hing irgendwie alles dumm herunter.

Gedichte haben Dich getröstet, Du mageres kleines, fernes Mädchen, Deine eng beschriebenen Tagebücher quellen über von Gedichten, Rilke, Trakl, Mascha Kaléko, Else Lasker-Schüler, und immer wieder Benn:

»Es gibt Melodien und Lieder,
die bestimmte Rhythmen betreun,
die schlagen Dein Inneres nieder
und du bleibst am Boden bis neun.«

Ich lese fassungslos, wie schwer und kummervoll Du damals warst, gegen Deine gelassene Heiterkeit heute. Wie viel schöner, das schreibe ich Dir, Du kleine verzagte Sechzehnjährige, ist doch das Altwerden als das Jungsein! Wenn man das als junger Mensch schon wüsste, wäre manches leichter, aber damals habe ich Dich noch nicht so richtig gekannt. Ich erkenne Dich erst heute aus der Ferne, als meine dunkle Seite, die diese Jahre nur auf Messers Schneide überlebt hat. Hinten in Deinem Mädchentagebuch ist, mit völlig anderer Schrift, ein Eintrag von 1980, also einundzwanzig Jahre später, da warst Du siebenunddreißig und schreibst:

»Gerade ist mir dieses Buch durch Zufall in die Hände geraten und ich habe ein bisschen darin gelesen. Ich bin erschrocken, wie unglücklich und zerrissen ich war, wie hungrig nach Liebe. Heute schreibe ich längst ein anderes Tagebuch, lebe längst ein anderes Leben, aber ich bin immer noch zerrissen und denke an Goethes Werther, der gesagt hat: ›… *ach, so gewiss ist's, dass des Menschen Herz allein sein Glück macht*‹ – egal, wie die Umstände sind, unter denen wir leben. Es liegt alles in uns. Ich bereue nichts, was damals war, es hat mich so gemacht, wie ich jetzt bin.«

Es war nicht umsonst durchzuhalten. Du warst damals auf Deiner Abiturfahrt in Paris und hast in der Kirche Saint-Sulpice zum ersten Mal das Bild von Delacroix gesehen, *Jakobs Kampf mit dem Engel.* Du hast es nicht begriffen, hast gedacht: Ja, klar, man muss immer kämpfen. Und hast gekämpft.

Du musstest alt werden, um zu begreifen, bei einem neuen Besuch in Paris, erschüttert vor demselben Bild stehend, dass nur Jakob kämpft, verbissen. Der Engel steht ganz sanft da, hält ihn einfach fest und scheint zu flüstern: »Loslassen!«

Siehst Du, so hängt alles zusammen, das Kämpfen, wenn man jung, und das Loslassen, wenn man alt ist.

Heute kann ich Dich lieben, Du störrische Sechzehnjährige in Deinen schwarzen Rollkragenpullovern, die Sartre beeindrucken sollten. Aber Sartre war ja nie da.

3. DER HUND WIRD ERSCHOSSEN

Wir hatten ein kleines Haus am Stadtrand, in den fünfziger Jahren mühsam hochgezogen und von meinem Vater und seinen Brüdern in Wochenendbasteleien dauernd weiter ausgebaut. Es war an allen Ecken und Enden zu klein, denn wir waren fünf Leute, und wenn einer in dem winzigen Bad war, mussten die andern vier warten, was besonders morgens, wenn mein Vater zur Arbeit und meine Schwestern und ich zur Schule mussten, erbitterte Kämpfe und Geschrei gab. Es passten nicht zwei zugleich in dieses enge Badezimmer, in dem auch die Toilette war, und wenn man sich am Waschbecken einigermaßen temperamentvoll wusch, donnerte das Toilettenschränkchen von der Wand. Zum Duschen und Baden musste man erst umständlich den großen Boiler heizen, das geschah nur an den Wochenenden, und oft musste ich auch noch in Traudels Badewasser steigen, wenn sie fertig war – es wurde nur ein bisschen heißes Wasser nachgelassen.

»Stell dich nicht so an«, hieß es, »guck doch, ist noch gar nicht schmutzig, das wäre doch die reinste Verschwendung.« In Bellas Wasser wäre ich nie gegangen, Bella und ich haben uns nicht eine einzige Stunde in unserem Leben verstanden, ich glaube, niemand versteht sie. Traudel mochte sie auch nicht leiden, und sogar unsere etwas einfältige Mutter, die immer sagte: »Eine Mutter liebt alle ihre Kinder gleich«, sah Bella manchmal nachdenklich an und dachte: Auf wen kommt sie nur? Ich fand, dass sie ganz auf unsere Tante Hedwig kam, eine abweisend kalte, hochmütige Frau, aber Mutter ließ auf Tante Hedwig nichts kommen und sagte immer nur: »Sie hat viel durchgemacht, das versteht ihr nicht.«

Nun, Bella hatte nicht viel durchgemacht, wenigstens nicht mehr als Traudel und ich auch in dieser Familie. Aber wir schlossen uns nicht in unserem Zimmer ein, wir schwiegen nicht bei Tisch, wir aßen unsere Weihnachtsteller schon am Heiligen Abend leer, stibitzten uns gegenseitig die leckersten Brocken weg und teilten am Ende redlich, wenn eine noch mehr hatte als die andere. Bella dagegen schloss ihren Teller in ihrem Kleiderschrank ein, verriegelte ihre Zimmertür, und es konnte vorkommen, dass sie Mitte März mit Marzipankartoffeln im Wohnzimmer erschien und schweigend und aufreizend langsam davon aß, während sie in einem Buch las, das sie in Zeitungspapier eingeschlagen hatte, damit wir den Titel nicht sehen konnten. Traudel und ich sahen ihr zu, und das Wasser lief uns im Mund zusammen, aber Bella hätte sich eher die Hand abgehackt, als uns auch nur ein Stückchen Marzipan abzugeben. Wir rächten uns auf unsere Weise, indem wir ihr manchmal in die Suppe spuckten, wenn sie gerade nicht hinsah, oder ihre Post zerrissen, wenn wir früher von der Schule nach Hause kamen als sie und irgendein Brief von irgendeiner ihrer Brieffreundinnen dalag. Bella hatte Brieffreundschaften in aller Welt, durch eine Jugendzeitschrift vermittelt. Am Ort hatte sie als Kind keine

Freunde, wer sie kannte, konnte nicht mit ihr befreundet sein.

Bella war die Älteste von uns dreien und, um auch mal etwas Gutes über sie zu sagen, die Klügste und die Schönste. Sie war gut in der Schule, im Gegensatz zu Traudel und mir, sie hatte Mutters fabelhaftes Haar geerbt, dicht und braun, während Traudel und ich uns mit Vaters blonden Flusen herumschlugen. Sie hatte ja auch als Einzige von uns einen schönen Namen – Isabella. Wir hießen Gertraud und Huberta, ich wurde Berti genannt, was zu unendlichen Hänseleien in der Schule führte, und Gertraud hieß so nach unserer gemeinsamen Patentante, Vaters dummer Schwester. Traudel war nur ein Jahr jünger als Bella, sie war ein bisschen pummelig und so naiv wie unsere Mutter, und sie brach bei jeder Gelegenheit in Tränen aus. Traudel liebte Tiere, ihretwegen war der Hund angeschafft worden, Molli, der eine Hütte im Garten hatte und uns alle durch sein ewiges Winseln und Kläffen fast um den Verstand brachte, wenn er an der Kette lag. Machte man ihn los, war sofort Ruhe, aber dann freute er sich so und sprang und raste in Haus und Garten herum, dass er Blumen zertrampelte, Tische umwarf, mit seinen Dreckspfoten unsere Mutter zur Verzweiflung brachte und uns alle dauernd mit seiner heißen nassen Zunge ableckte und wir aus dem PFUI-Schreien gar nicht mehr herauskamen. Unsere Mutter pusselte den ganzen Tag im Haus herum, räumte auf, putzte, polierte, und trotzdem sah es immer irgendwie unordentlich aus. Es war einfach zu eng, und sie hatte auch nur wenig Geschick und gar keinen Geschmack, und nichts passte zusammen. Ihre selbstgenähten Kissenbezüge waren zu groß für die Sofakissen und warfen klumpige Falten, ihre Tischdecken zippelten, sie hatte die Gabe, den Ständer mit den Zeitungen so hinzustellen, dass erst mal jeder stolperte, der ins Wohnzimmer kam, und alles, was sie kochte, schmeckte gleich: Ob es Möhren waren oder Kohlrabi, Sauerkraut mit Würstchen oder Gulasch mit Nudeln – alles wurde um zehn Uhr dreißig aufgesetzt, damit es bis ein Uhr, wenn wir ungefähr aus der Schule kamen, gar war, und alles war eine farb- und salzlose Pampe. Wir Kinder mühten uns, wann immer wir konnten, bei Freunden essen zu dürfen, oder wir kauften uns auf dem Heimweg gegen den schlimmsten Hunger schon mal ein Puddingteilchen. Niemand musste hungern zu Hause, es gab reichlich, aber, wie gesagt, es schmeckte alles nicht. Sonntags kochte manchmal unser Vater, dann sah die Sache schon ganz anders aus. Er machte zwar eine Riesensauerei in der Küche, spritzte alles voll Fett und brachte es fertig, sämtliche Töpfe für einen einfachen Eintopf zu benutzen, weil er alles extra andünstete und anbriet und vor- und nachkochte und was weiß ich, aber es schmeckte, und es war so scharf gewürzt, dass sogar wir Kinder Bier zum Essen trinken durften, anders kriegte man das gar nicht runter, und meine Mutter jammerte und sagte: »Paul, das war das letzte Mal, dass ich dich in meine Küche gelassen habe, wenn ich so wirtschaften würde wie du, kämen wir ins Armenhaus.«

Ich weiß nicht, ob die Ehe meiner Eltern gut war. Als Kind denkt man über so etwas nicht nach, man kennt ja nichts anderes, man meint, so ist es eben und so muss es sein, das sind eben Eltern – erwachsen, langweilig, immer beschäftigt, unzufrieden. Ich habe nie gesehen, dass sie sich umarmt oder geküsst hätten, nur einmal gingen sie Arm in Arm, und das ist die Geschichte, die ich erzählen will.

Streit gab es zu Hause eigentlich immer nur meinetwegen. Berti ist so schwierig, Berti ist so frech, ich werde mit Berti nicht mehr fertig, die Lehrer haben sich schon wieder über Berti beschwert, Berti ist unordentlich, Berti macht keine Schularbeiten, Berti treibt sich mit Jungens herum, Berti raucht heimlich – das waren so ungefähr die ständigen Klagen meiner Mutter, und sie seufzte, wann immer sie mich bloß sah, und auch, wenn ich gar nichts angestellt hatte:

»Ach, Berti, Berti, was soll aus dir nur werden.« Manchmal, wenn sie fand, ich hätte etwas besonders Furchtbares angestellt – etwa ein paar kräftige Schnürschuhe, wie wir sie immer anziehen mussten, gegen ein paar schneeweiße Mokassins in der Schule getauscht –, rief sie: »Warte, wenn Vater kommt, dann setzt es was!« Und wenn unser Vater dann abends müde den Weg vom Bus zum Haus hochgeschlurft kam, lief sie ihm schon entgegen und rief: »Paul, du musst mit Berti reden, und nicht nur reden, du weißt schon, was ich meine, ICH jedenfalls werde mit dem Kind nicht mehr fertig.« Dann zwinkerte mir mein Vater zu und sagte: »Nach dem Essen bist du dran, Huberta«, aber ich hatte keine Angst vor solchen Drohungen, ich kannte ihn ja. Die kleinen, schnellen, boshaft aus dem Hinterhalt verteilten Ohrfeigen meiner Mutter, die fürchtete ich, aber den Strafpredigten meines Vaters sah ich eher gelassen entgegen. Nach dem Essen stieg er in den Keller hinunter, bastelte ein bisschen herum, und wenn meine Mutter von oben rief: »Paul, vergiss nicht, was ich dir gesagt habe!«, dann schrie er: »Berti, komm mal runter zu mir, aber SOFORT!«

Traudel fing dann immer an zu weinen, sagte: »Auweia, jetzt haut er dich«, und wollte tapfer mitgehen, aber ich klopfte ihr auf die Schulter, sagte: »Lass nur, in dieser Familie habe ich schon so viel überlebt, ich schaff auch das noch«, und stieg die Kellertreppe hinunter. Meine Mutter riss hinter mir die Kellertür wieder auf und schrie: »Schon für diese Bemerkung hättest du noch eine verdient!«, und lehnte die Tür nur an, um zu lauschen. Unten stand mein Vater und versuchte, streng auszusehen. »Huberta«, fing er an, und dann schrie und tobte er, so könne das mit mir nicht weitergehen, ich würde meine arme Mutter noch ins Grab bringen, was eigentlich in mich gefahren sei, ob ich in der Gosse landen wolle und so weiter, lauter solchen Unsinn, an den er selbst nicht glaubte, und dann flüsterte er: »Herrgott, nun heul doch ein bisschen«, klatschte mit einem Stock auf einen Kartoffelsack, und ich schrie wie am Spieß, damit Mutter oben zufrieden war.

Am Ende waren wir beide ganz erschöpft, und er sagte:

»Berti, reg deine Mutter nicht immer so auf, verdammt, und lass vor allem die Raucherei sein«, und ich sagte: »Ist gut, Papa«, und der Fall war erledigt. Wenn ich hochkam, stand meine Mutter zufrieden lächelnd am Herd, rührte in einer ihrer Pampen und sagte: »Das wird dir eine Lehre sein«, und Traudel wischte sich die Tränen ab und flüsterte: »War's schlimm?« Ich nickte, weil sie mir dann meist ihren Nachtisch abgab oder mir mein Fahrrad putzte, damit es wieder Licht werde in meinem Herzen. Ach, meine liebe dumme Traudel, heute lebt sie in Kanada, hat einen Farmer geheiratet, fünf Kinder bekommen und ist auf Fotos unermesslich fett. Aber wer weiß, vielleicht ist sie glücklich, obwohl wir drei Mädchen zum Glücklichsein eigentlich kein rechtes Talent haben.

Eines Abends – wir lagen schon in den Betten – hörten wir unten im Wohnzimmer einen Riesenkrach. Die Eltern stritten sich, lauter und heftiger als je zuvor. Traudel und ich hatten ein gemeinsames Zimmer mit Doppelstockbetten. Ich schlief oben, und als ich runtersprang, um mein Ohr auf den Fußboden zu legen, wurde Traudel auch wach und fing gleich an zu heulen.

»Was ist los?«, flüsterte sie, und ich sagte: »Ich glaube, sie lassen sich scheiden.« In meiner Klasse war ein Mädchen, dessen Eltern sich gerade scheiden ließen, und sie erzählte jeden Tag neue unglaubliche Geschichten darüber, was zu Hause alles los war, wie die Ehebetten durchgesägt wurden, wie die Eltern um jedes Möbelstück feilschten und wie der Vater sein Essen nicht mehr in den gemeinsamen Kühlschrank stellen durfte, sondern den Käse und die Wurst, die er aß, in einem Säckchen zum Fenster hinaushängen musste. Ich hätte eine Scheidung gern erlebt, zumal dann im Haus auch mehr Platz gewesen wäre – ich stellte mir vor, dass Mutter und Bella auszogen und Traudel und ich mit Vater und Molli allein blieben.

Wir schlüpften auf den Flur und setzten uns auf die oberste Treppenstufe, von wo aus man alles gut hören konnte. Sogar Bella kam aus ihrem Zimmer, in einem geblümten Bademantel, den ich noch nie an ihr gesehen hatte. Sie sparte immer heimlich das Geld, das unsere Tanten und Großmütter uns schenkten, und kaufte sich wer weiß wo Dinge, die sonst in unserm Haus nicht getragen wurden – Seidenblusen, Lackschuhe oder eben diesen geblümten Morgenmantel. Traudel und ich schmissen unser Geld so raus, wie es reinkam – für Puddingteilchen und Malzbonbons, *Fix-und-Foxi*-Hefte, Kino, Zigaretten. Bella stand in der offenen Tür und sagte: »Was ist denn da los?«

Von unten hörten wir unsere Eltern streiten. »Ich bin es leid«, schrie Mutter, »ich kann machen, was ich will, wir kommen auf keinen grünen Zweig, und nun muss ich mir auch noch vorwerfen lassen, ich wäre schuld daran.« Dann sagte mein Vater irgendetwas, das ich nicht verstand, und dann schrie sie wieder, und natürlich fiel sehr häufig mein Name. Traudel saß mit schreckgeweiteten Augen da, die Tränen tropften ihr auf die nackten Füße. Bella lehnte unbeweglich an der Wand, mit verschränkten Armen, und ich sah, dass sie sich irgendeine fette Creme ins Gesicht geschmiert hatte. Wir nahmen alle immer nur Nivea, aber Bella hatte ein – natürlich abschließbares – Kästchen mit Tuben und Döschen für die Schönheit, sie war sehr eitel. Vielleicht wäre ich auch eitel gewesen, wenn ich so schön gewesen wäre wie sie, aber vielleicht hätte ich dann auch so viel Pech mit den immer falschen Männern gehabt. Bella wird gerade zum vierten Mal geschieden, dabei ist dieser Mann der geduldigste, den sie je hatte, aber er kann sie wohl auch nicht mehr ertragen. Ich frage mich nur, warum sie immer wieder jemanden findet, der sie heiratet? Mit ihrem dritten Mann, Kurt, hatte sie sich eine große Eigentumswohnung im schönsten Teil der Stadt gekauft, und als sie merkten, dass sie nicht mehr miteinander leben wollten und konnten, sich aber der teuren Wohnung und der ganzen Abzahlungen wegen auch nicht trennen konnten und die Wohnung nicht aufgeben wollten, haben sie sich einen Maurer geholt und quer durch die Wohnung eine Mauer ziehen lassen. Die Küche wurde glatt halbiert, die Mauer ging durch den Flur, Kurt bekam das Wohnzimmer, Bella das Schlafzimmer, aus dem dritten Zimmer machte sich Kurt ein Bad, denn das alte Bad war auf Bellas Seite, und im Treppenhaus wurde eine zweite Eingangstür durchgebrochen. Unten in der Küchenmauer war ein kleines viereckiges Loch für die gemeinsame Katze gelassen worden, die durch die geteilte Wohnung hin- und herging, und durch dieses Loch schoben sich Kurt und Bella auch gegenseitig verirrte Post, kleine Mitteilungen oder die Autoschlüssel zu, und manchmal lagen sie, jeder auf seiner Seite, vor dem Loch und brüllten sich an. Ich hatte damals gerade einen amerikanischen Freund, der für die *New York Times* über den Fall der Mauer in Deutschland schreiben sollte, und ich sagte zu ihm: »Jack, ich zeige dir was, so was hast du noch nie gesehen, darüber kannst du schreiben«, und ich überwand meine Abneigung und besuchte Bella, zusammen mit Jack, und er konnte nicht genug staunen. »The Germans need their wall«, schrieb er später in seiner Zeitung, und wenn sie sie im Land schon nicht mehr haben dürften, dann wenigstens in ihren Herzen und in ihren Wohnungen.

Unten flog inzwischen Geschirr, es klirrte, und dann sagte meine Mutter plötzlich ganz ruhig: »So. Nun ist es genug, Paul. Das muss ich nicht mehr mitmachen. Ich gehe, und dann kannst du ja zusehen, wie du mit diesem ganzen Schlamassel fertig wirst.« Und mein Vater antwortete: »Gut, wenn es das ist, was du willst, dann lassen wir uns eben scheiden. Bitte sehr, fertig, aus.«

Dann knallte die Haustür, und kurz darauf kam meine Mutter laut heulend aus dem Wohnzimmer. Wir zogen uns schnell in unsere Zimmer zurück und hörten, wie im Schlafzimmer Schränke aufgerissen und wieder zugeschlagen wurden. Eine halbe Stunde später verließ unsere Mutter mit einem Koffer in der Hand und unter dem infernalischen Gebell von Molli das Haus und ging zur Bushaltestelle, obwohl doch in der Nacht dort gar kein Bus mehr abfuhr. Vater kam zurück nach Hause, polterte durch den Flur, schrie den Hund an, schloss das Haus ab, löschte die Lichter und ging ins Bett. Draußen fuhren ab und zu Autos, und ich dachte, dass unsere Mutter wohl per Anhalter wegfahren würde. Donnerwetter, so viel Courage hätte ich ihr niemals zugetraut. Am nächsten Morgen machte uns Vater das Frühstück und pfiff dabei grimmig vor sich hin. »Eure Mutter hat es vorgezogen, uns zu verlassen«, sagte er. »Wir lassen uns scheiden, aber ihr müsst euch darüber nicht aufregen.«

»Was wird aus uns?«, fragte ich. »Berti«, sagte er und presste genügend Wichtigkeit in seine Stimme, »die meisten Kräche gab es immer deinetwegen, nicht dass ich dir einen Vorwurf mache, aber deine Mutter wird mit dir nicht fertig, und ich kann mich nicht genug um dich kümmern, wenn ich im Büro bin. Du kommst bis zum Abitur in ein schönes Internat und darfst jedes Wochenende heimkommen – du kannst dir aussuchen, ob du zu Mutter oder zu mir kommst. Ich werde mit Traudel hierbleiben, und Mutter zieht mit Bella zu Tante Hedwig.«

Bella machte ein hochmütiges Gesicht und sagte: »Noch zwei Jahre, dann gehe ich sowieso ganz von euch weg«, und

Traudel fragte: »Was wird mit Molli?« – »Der Hund«, sagte unser Vater, »wird erschossen, das hat keinen Sinn, dass er den halben Tag allein an der Kette liegt, du bist in der Schule, ich bin im Büro, wer soll sich denn um das arme Vieh kümmern? Und wenn er stundenlang kläfft, hauen ihm die Nachbarn sowieso noch mal einen Knüppel auf den Kopf, da mach ich das schon lieber selbst.« Traudel legte den Kopf auf den Tisch und heulte los. Die Haare hingen ihr in den Kakao, und Bella stand angewidert auf und sagte: »Wenn ich diese Familie nicht mehr sehen muss, mach ich drei Kreuze.« Draußen hupte jemand, denn sie hatte einen Freund mit Auto, der sie morgens zur Schule abholte. Ich werde nie verstehen, was die Männer an Bella finden, es sei denn, sie lieben ihr schönes Haar.

Unsere Mutter blieb verschwunden. Sie rief nicht an, sie kam nicht zurück, und wenn wir unsern Vater fragten:

»Wo ist Mama denn eigentlich?«, sagte er: »Was weiß ich, bei den andern Hexen auf dem Blocksberg«, und das brachte Traudel völlig aus der Fassung. Zu Hause lief alles relativ normal weiter. Ich kam nicht ins Internat, Molli kläffte wie eh und je, raste im Haus herum, sobald wir aus der Schule kamen, und zerriss Zeitungen und Schuhe. Traudel ließ ihn, wenn Vater da war, nicht aus den Augen. Wir waren tagsüber allein, schmierten uns mittags Brote oder machten uns Spiegeleier, und abends kam unser Vater aus dem Büro nach Hause, schon immer ein, zwei Busse früher als sonst, und dann wurde stundenlang gekocht. Die Küche sah wie ein Schweinestall aus, aber es gab Hähnchen in Curry und Chili con Carne und solche Sachen, die unsere Mutter nicht mal mit der Zange angerührt, geschweige denn gekocht hätte. Es schmeckte phantastisch, wir saßen bis zehn Uhr am Abendbrottisch, ich durfte an Vaters Zigarette ziehen, und sogar Bella saß manchmal bei uns und ging dann in die Küche, um doch tatsächlich abzuwaschen, unsere Prinzessin mit den Marmorhänden. Traudel trocknete ab, sie konnte sich Bella ganz gut unterordnen, und ich hielt mich an Vater, wir legten Patiencen, und ich fragte: »Papa, was wird denn nun, ich will nicht ins Internat, und Traudel heult sich tot, wenn du den Hund erschießt.« – »Abwarten«, sagte er, »vielleicht kommt deine Mutter ja noch zur Vernunft.«

»Hast du eine Freundin?«, fragte ich ihn, und er rief: »Wie kommst du denn darauf?«, und wurde ein bisschen rot und verlegen. Heute denke ich, dass ich es wohl so ziemlich getroffen hatte mit dieser Vermutung, aber damals dachte ich nicht weiter darüber nach. Viel später, an dem Tag, als mein Vater pensioniert wurde, lernte ich eine Frau aus seinem Betrieb kennen, die ihn mit einem so merkwürdig hungrigen Ausdruck im Gesicht ansah, und er blickte auch zu ihr öfter und anders als zu den übrigen Kollegen hin, und da wusste ich, dass ich damals recht gehabt hatte, und war stolz auf meinen Vater, in den sich andere Frauen verliebten. Mutter war an diesem Abend nicht mitgegangen, sie lag mit einer schweren Grippe im Bett, und Bella war schon verheiratet, aber Traudel und ich hatten uns so nett wie möglich angezogen und waren mit unserm Vater, der inzwischen fünfundsechzig Jahre alt und klein und grau geworden war, auf sein großes Fest gegangen. Dreißig Jahre in derselben Firma, und mit ihm zusammen wurde noch ein Buchhalter pensioniert, der sich sehr um die Firma verdient gemacht hatte, also ließ man es sich etwas kosten, und im Festsaal des Hotels Ritter wurde ein Riesenbuffet mit Hummer, Lachs und wundervollen Salaten aufgebaut. Traudel und ich schielten dauernd hin, aber vor dem Essen wurden endlose Reden gehalten. Die Verdienste des Buchhalters wurden gewürdigt, auf unsern Vater wurde ein Loblied gesungen, und neben ihm stand die Kollegin mit den hungrigen Augen und stieß dauernd mit Sekt an, lehnte sich an ihn, und einmal legte unser Vater ihr den Arm um die Taille und sah dabei etwas furchtsam zu uns herüber. Traudel bemerkte das gar nicht, weil sie nur aufs Buffet schielte, aber ich zwinkerte ihm aufmunternd zu. Er lächelte schüchtern, prostete mir zu, und ich liebte ihn so sehr in diesem Augenblick, dass das Herz mir weh tat und ich am liebsten zu ihm gelaufen wäre und ihn geküsst hätte. Die Reden dauerten und dauerten, dann spielte noch ein Streichquartett, und die Lehrlinge der Firma, die mein Vater zum Teil ausgebildet hatte, lasen mit verteilten Rollen eine komische Szene vor, die auf den Büroalltag anspielte und von der ich kein Wort verstand. Mir wurde bewusst, wie wenig unser Vater zu Hause von seiner Arbeit erzählt hatte, wir wussten im Grunde nicht einmal genau, was er tat, außer dass er das Geld zum Leben heimbrachte, und das war ja, wie wir von Mutter hörten, immer zu wenig, weil er nicht ehrgeizig war und sich nicht anstrengte. Traudel flüsterte mir zu: »Was sind das für komische freie Stellen da im Buffet, glaubst du, da kommt noch was?«

In der Tat waren mitten im schön dekorierten Buffet drei große, kreisrunde Löcher, schwarz und aus der Papiertischdecke ausgeschnitten. »Vielleicht sollen wir da die dreckigen Teller und das Besteck reinschmeißen«, flüsterte ich zurück, und neben mir zischte eine ältere Dame: »Psst, so seien Sie doch still!«, denn die Lehrlinge reimten gerade:

»Wehe, wenn wer mal nicht spurt, dann kommt Kurt, dann kommt Kurt«, und meinten wohl den Abteilungsleiter. Ich habe diesen Spruch später zu Bellas Mann gesagt, »wenn unsre Bella mal nicht spurt, dann kommt Kurt, dann kommt Kurt«, und er hatte gelacht und gesagt: »Ich werd nicht schlau aus deiner Schwester, da soll sich jemand anders die Zähne ausbeißen.« Ich hätte Kurt gern gehabt, ehrlich gesagt, er war von allen Freunden und Ehemännern, die Bella hatte, der netteste, aber mich bemerkten die Männer immer erst, wenn sie an meiner Schwester verzweifelt waren, und zweimal wollten sie mit derselben Familie nichts zu tun haben.

Als die Reden endlich beendet waren, gab es viel Applaus, mein Vater und der Buchhalter bekamen je einen großen Schaukelstuhl geschenkt für den Ruhestand, der jetzt anbrechen würde, und ich dachte: Du liebe Güte, wo will er in unserm Haus dieses Monstrum aufstellen? Seltsamerweise tauchte der Stuhl nie bei uns auf. Mutter stichelte noch ewig herum: »Sie hätten dir zum Abschied ruhig etwas schenken können, was für eine knauserige Firma!« Traudel und ich schwiegen dazu, und ich dachte mir, dass der Schaukelstuhl vielleicht in der Wohnung der Kollegin stand und dass unser Vater da manchmal in aller Ruhe ein bisschen schaukeln ging, wer weiß.

Nun wurde aber endlich das Buffet eröffnet, und zwar mit einem lauten Gong und dem Ruf der älteren Dame neben mir: »Warten Sie noch EINEN AUGENBLICK, es gibt noch eine Überraschung!« Alles blieb stehen, und Traudel sagte:

»Das gibt's doch nicht!«, denn in den drei kreisrunden Löchern erschienen jetzt auf einmal die Köpfe von drei Menschen – der eine war als Karotte, der andere als Salat, der dritte als Tomate geschminkt und verziert –, ein orangefarbenes, ein rotes, ein grünes Gesicht mit allerlei Blattzeug auf dem Kopf. Sie mussten während der ganzen Zeit unter dem Tisch gelegen oder gesessen haben, und nun schoben sie ihre Köpfe zwischen die Fisch-, Fleisch- und Salatplatten und riefen: »Das Buffet ist eröffnet!«

Es gab Riesenapplaus, und nur langsam trauten wir uns an den Tisch, wo jetzt mitten zwischen Tellern mit Essen lebende Gesichter schwebten und lächelten und sagten »Guten Appetit!« oder »Nehmen Sie doch noch ein Häppchen Lachs!« oder »Auch der Nudelsalat ist es wert, probiert zu werden, greifen Sie nur zu«. Witzbolde bekleckerten den, der wie eine Tomate aussah, mit Mayonnaise, er ertrug es lächelnd und sagte: »Sie sollten auch den Parmaschinken probieren«, und ich dachte: Mein Gott, in dieser Firma war unser Vater dreißig Jahre lang, was weiß man schon von seinen Eltern.

Als unsere Mutter eine Woche weg war, klingelte plötzlich beim Abendbrot das Telefon. Bella und Traudel waren in der Küche, und Vater schickte mich mit einer Handbewegung aus dem Zimmer, er wollte ungestört sein. »Mama?«, flüsterte ich, und er nickte. Ich ging in die Küche zu den andern und sagte düster: »Ich fürchte, unsere Mutter kommt zurück.« Traudel juchzte laut auf und wollte ins Wohnzimmer rennen, wahrscheinlich, um Mutter am Telefon irgendwelche Freudenschreie ins Ohr zu tröten, aber ich hielt sie zurück. Bella sagte: »Wird auch Zeit. Wie das hier aussieht.« Vater telefonierte lange, dann machte er die Terrassentür auf, lüftete, rauchte im Stehen noch eine Zigarette und seufzte tief.

Ich war wieder zu ihm gegangen, und er hatte mir den Arm um die Schultern gelegt. »Kommt sie?«, fragte ich, und er nickte: »Morgen Abend.« – »Wo ist sie eigentlich?«, wollte ich wissen, obwohl ich es mir schon denken konnte: bei Tante Hedwig, die ihr wieder einreden würde, sie solle unsern Vater, der es zu nichts brächte, endlich verlassen. Und dann würde Tante Hedwig, die Kriegerwitwe war, seufzen und sagen: »Die besseren Männer sind im Krieg geblieben!« Im Grunde wunderte ich mich, dass Mutter zurückkam, ich an ihrer Stelle wäre weggeblieben, aber ich glaube, dazu war sie einfach zu unselbständig, es lief halt doch immer alles seinen gewohnten Gang, und zu schmerzhaften Veränderungen hatte in dieser Generation nach durchgestandenem Krieg und Heimkehr aus der Gefangenschaft niemand mehr den Mut oder auch einfach nur die Phantasie.

Am folgenden Nachmittag räumten wir das Haus auf. Die alten Zeitungen kamen in den Müll, die Küche wurde geputzt, Traudel pflückte einen klumpigen Strauß Feldblumen, und Bella bezog die Betten frisch. Ich bürstete den Hund und schrubbte mit einem Schwamm die Dreckflecken, die er gemacht hatte, vom Teppich, und unser Vater heizte den Boiler ein, nahm ein langes Bad, rasierte und parfümierte sich und ging gegen sechs Uhr abends zur Bushaltestelle.

»Ohren steif«, sagte ich und hielt Traudel fest, die unbedingt mitgehen wollte. Bella war mit ihrem Freund ausgegangen, weil sie, wie sie sagte, »diese rührende Szene nicht miterleben« wollte. Ich setzte mich mit Traudel oben auf die

Fensterbank, von da aus konnte man die Straße überblicken, und unser Vater ging los.

Nach einer halben Stunde kamen sie. Er trug ihren Koffer, zwischen ihnen waren etwa zwei Meter Platz, und sie schienen zu schweigen. »Mama!«, sagte Traudel ergriffen und fing an zu heulen, und ich dachte: »Jetzt müssen wir wieder Pampe essen.« Sie kamen ins Haus, stellten den Koffer in die Diele und gingen sofort wieder weg.

Traudel war fassungslos. »Warum gehen sie denn wieder?«, rief sie und schluchzte, und ich sagte: »Wahrscheinlich wollen sie allein sein und reden«, und so war es auch, denn kaum waren sie wieder auf der Straße, fingen sie beide gleichzeitig an, heftig aufeinander einzureden und mit den Armen zu fuchteln. Sie bogen in den Feldweg zum Wäldchen ein, und nun konnte man sie für zehn Minuten nicht sehen. Ich blieb aber sitzen, weil ich wusste, dass sie dann am Waldrand wieder auftauchen mussten. Traudel ging runter, um Mutters Koffer zu beschnüffeln und den kläffenden Hund von der Leine loszumachen. Nach etwas mehr als zehn Minuten sah ich meinen Vater und meine Mutter oben am Waldrand, sie hatten sich eingehakt und gingen langsam, und fast schien es, als legte meine Mutter ihren Kopf an seine Schulter, aber vielleicht hielt sie ihn auch nur schief.

Ich hatte das Gefühl, als wären wir jetzt zwar gerettet, aber wenn es anders gekommen wäre, wäre es auch kein Untergang gewesen. Es war kein Glücksgefühl, keine Erleichterung, eher so eine Art Einmünden in einen vertrauten Hafen. Spät er am Abend saßen wir alle zusammen im Wohnzimmer, sogar Bella kam heim und setzte sich zu uns. Mutter war blass und sanft wie jemand, der nach einer Krankheit zum ersten Mal wieder aufsteht. Sie sah uns prüfend an, als müsse sie sich vergewissern, dass wir noch lebten und in Ordnung wären, und Vater öffnete eine Flasche Wein, goss die Gläser voll und sagte: »So, da wären wir nun wieder alle.« Molli lag zu Mutters Füßen, und Traudel saß daneben und streichelte abwechselnd Mutter und den Hund.

»Gut, dass du wieder da bist, Mama«, sagte sie, »denn stell dir vor, er hätte sonst den Hund erschossen.«

4. NÄCHTLICHE ERMAHNUNG

Ich war auf einer Reise, einer Lesereise durch die Schweiz. Mit einem neuen Buch, einem Katzenbuch. Meine Katzen saßen allein zu Hause, und ich war allein unterwegs, traurig, unglücklich, verloren. Traurig, weil mir die Katzen fehlten, unglücklich, weil mein Herz gebrochen war, verloren, weil ich nicht wusste, wohin mit den Scherben. Jeden Tag mit dem Zug in einen anderen Ort fahren, in ein anderes Hotel gehen, auspacken, die guten Sachen, die ich bei der Lesung tragen würde, auf den Bügel hängen, das bisschen Schmink- und Waschzeug im Bad verteilen, mich einen Moment auf das Bett legen, atmen, hören, ob das Zimmer laut war oder leise. Meistens laut. Ein kleines, leichtes Wegdösen, dann ein Aufraffen: ein Gang durch den Ort – Chur, St. Gallen, Bern, Winterthur, Basel, Zürich –, überall Einkaufsstraßen, überall die gleichen Angebote. Meist gönnte ich mir ein Glas hellen Wein, ein kleines Essen, kaufte mir eine Zeitung, eine Kleinigkeit zur Erinnerung, ein T-Shirt, ein Paar Strümpfe, einen Rock, dann zurück ins Hotel. Diese Plastikkärtchen für die Hotelzimmer sahen überall gleich aus, hatte ich heute Zimmer 112, oder war das gestern? Heute 57? Oder 228? Wenn ich nach meinem kleinen Wegträumen erwachte, wusste ich oft nicht, wo ich war, wo ich am Abend lesen sollte. Aber es stand alles in der dicken Mappe, die mir der Verlag mitgegeben hatte: Heute 20 Uhr Lesung im Theater Souterrain (hörte sich nicht beruhigend an), ausverkauft, 19 Uhr Mikrofonprobe, vom Hotel zehn Minuten zu Fuß, sonst Taxi.

Zu Fuß, immer zu Fuß. Ein bisschen atmen, ein paar Menschen sehen, mich dazugehörig fühlen und doch nicht. Es war Anfang April, schon recht warm, ein kleines, nettes Hotel, ein ganz ruhiges Zimmer nach hinten zu einem Garten, der an einem Flussufer endete. Ich freute mich schon auf das leise Rauschen in der Nacht bei weit offenem Fenster.

Auf meinem Weg ins Theater Souterrain in dieser kleinen Stadt, deren Namen ich nicht mehr weiß, begegnete mir eine Katze. Eine sehr große, rotweiße Katze mit kugelrunden grünen Augen. Eines schien leicht zu schielen. Sie saß mitten auf meinem Weg und sah mich ruhig an, als hätte sie eine Botschaft für mich: »Besser essen!«, »Nicht so mürrisch gucken!«, »Vergiss den Kerl!« Etwas in der Art. Ich hatte noch Zeit, war einen kleinen Umweg abseits der Hauptstraße gegangen, und da saß sie, als hätte sie auf mich gewartet.

»Na«, sagte ich blöde.

Was, na?, schien sie zu denken und schaute mich streng an. Na was? Na wer, wo, wie – was soll das, na?

»Na, du, Katze«, schob ich nach.

Sie zuckte leicht mit den Ohren und sah mich unverwandt an. Ich war natürlich stehen geblieben, wollte sie nicht vertreiben.

Ja, ich, schien sie zu sagen. Hier sitze ich dir im Weg, und da kommst du, voller Kummer und Geseufze, dabei ist deine Lesung ausverkauft, der neue Rock steht dir fabelhaft, du bist gesund, du hast genug Geld im Portemonnaie – und dann diese Leidensmiene, dieses ewige Gejammer nur wegen eines Idioten, der nicht anruft?

Was wusste sie? Mir schien, sie wusste alles von mir. Sie sah mich ein bisschen so an wie damals meine Mutter, der hatte ich auch nie etwas vormachen können, und wenn ich auf ihre Frage:

»Wie geht es dir?« mit: »Oooch, gut« geantwortet hatte, hatte sie immer gesagt: »Also schlecht. Mir machst du nichts vor.«

Sie konnte lesen, was ich dachte. Ich kann lesen, was Katzen denken, ich konnte das schon immer.

»Ach, Katze«, sagte ich, »weißt du, ich …« Sie unterbrach mich sofort.

Ach, Katze, dachte sie – für mich sichtbar. Ach, Katze. Wenn ich das schon höre, Sätze, die mit »Ach« beginnen. Es gibt so viel Schönes, der Kerl wird schon grau, er lügt dich an, er lügt doch alle an, er hat dir fast die Musik verleidet mit seiner ewigen Besserwisserei, und er hat keinen Charakter, merkst du das denn nicht? Dauernd kaufst du dir zum Trost neue Klamotten – wie dämlich ist das denn! Gibt es nichts, was dich besser trösten könnte?

»Musik«, gab ich zu, »Musik und Bücher, liebe Katze, aber das wird dir wenig sagen.«

Sie riss die Augen auf. Sie schien tief verletzt, beleidigt, getroffen.

Du, dachte sie, du verstehst gar nichts, von mir nicht, vom

Leben nicht, von der Liebe nicht, und von Musik schon erst recht nicht.

Sie sah mich, schien mir, jetzt verächtlich an. Dann stand sie auf, gähnte, reckte sich. Sie streckte die Hinterbeine einmal lang und steif aus und stolzierte dann mit erhobenem Schwanz an mir vorbei davon, ohne mich noch eines einzigen Blickes zu würdigen.

Ich war seltsam irritiert durch diese Begegnung mit einer fremden Katze in einer fremden Stadt, aber doch auch ein wenig getröstet, denn Katzen sind magische Wesen, die dringen einem tief in die Seele mit ihrer Weisheit, wenn man sie lässt.

Ich hatte der rotweißen Katze nicht gefallen, das spürte ich genau. Ich hatte ihr nicht gefallen, und ich hatte sie gekränkt, mit irgendetwas, sie wollte nichts mehr mit mir zu tun haben. Und doch fühlte ich mich gut, denn sie hatte sich Zeit für mich genommen, mich ernst genommen, es war vielleicht doch noch nicht alles verloren.

In meinem ausverkauften Theater Souterrain hatte ich eine schöne Lesung, bei der ich leichtsinnig zwei Gläser Wein trank und hinterher mit entsprechend großzügiger Schrift signierte, bis alle zufrieden waren. Viel Lob von den Lesern und Zuhörern, eine Frau schenkte mir eine Rose, eine andere ein selbstgebasteltes Lesezeichen, zwei gaben mir, solche sind immer dabei, ihre eigenen Manuskripte zur Prüfung mit, und eine, das ist das Schlimmste, sagte: »Ich muss Sie mal drücken«, kam hinter den Signiertisch und drückte mich, als wäre ich ein vertrauter Gegenstand. Und das war ich ihr wohl auch, aber sie mir nicht. Sie überschritt eine Grenze, und in mir stieg Panik hoch. Ich fasse nicht mal eine fremde Katze an, die mit mir redet, und hier nun drückte mich eine fremde Frau an ihr Herz, das ich so wenig kannte wie sie meines. Sie verwechseln uns immer mit unseren Geschichten.

Als alles vorbei war, suchte ich nach einem Lokal etwas weiter weg, ich wollte meine Zuhörer jetzt nicht noch einmal treffen. Ich mag und kann nach Lesungen nicht mehr reden, es ist, als wären mir die Worte dann einfach ausgegangen. Ich suche also immer etwas weit ab vom Veranstaltungsort und sitze lieber allein in irgendeiner schummerigen Bierbude, möglichst gleich an der Theke, mit dem Rücken zum Gastraum, und dann muss ich etwas Fettes, Ungesundes essen und zwei, drei Biere trinken. Eventuell, und wenn zu viel gedrückt wurde, brauche ich auch noch einen Schnaps, was soll's, die nächste Lesung würde ja erst am nächsten Abend sein, wieder mit dem Zug hin, wieder eine fremde Stadt, ein anderes Hotel, morgen der Kammermusiksaal, auch schön, und heute Zimmer 115? Oder 87? Ach, der Nachtportier würde es wissen, lieber noch einen Schnaps.

Und dann ging ich nach Hause beziehungsweise in mein Hotel, halb leicht, halb schwer, halb froh, halb traurig, halb wach, halb schon schlafend, und ich verbot es mir nachzusehen, ob der Schuft angerufen hatte, weil ich ja wusste, dass er eben nicht angerufen hatte, und diese Enttäuschung wollte ich mir nach Theater Souterrain, zwei Manuskripten, einmal Drücken, einer Rose und selbstgebasteltem Lesezeichen ersparen.

Zimmer 32, sagte der nette Nachtportier, und da war es, das schöne kleine Zimmer. Ich stellte die Rose in mein Zahnputzglas und neben mein Bett. Alles war leise, die Bäume rauschten, das Wasser im Fluss gluckerte, ich ließ das Fenster weit offen und legte mich aufs Bett, in meinem weißen Omanachthemd, das schon meine Mutter getragen hatte, es hatte Spitze am Hals und an den Ärmeln und ein eingesticktes Monogramm, *PZ,* Paula Zimmermann. In jedem dritten Hotel vergaß ich es auf dem weißen Bett, und immer schickten sie es mir nach, immer bekam ich es zurück, ein Wunder. Schal, Armbanduhr, Ring, Zahnbürste, alles hatte ich schon irgendwo liegen lassen, nie etwas zurückbekommen, aber mein liebes altes Nachthemd kam zuverlässig in Tüten gestopft immer wieder bei mir an.

Ich musste eingeschlafen sein, und ich wurde wach von einem bösen, anhaltenden Ton. Es war eine Art *äääh,* leicht wackelnd, lang gezogen, und ein anderer Ton, ein *oooh,* antwortete. Beide bildeten eine kleine Terz, als wäre da der Backgroundvocalchor von, sagen wir; Harry Belafonte. *I have to leave a little girl in Kingstontown, äääh, oooh!* Schusterterzen. Fabelhaft. Dann kam ein Missklang dazu, ein schrilles *uuuiih,* abgebrochen, *uuuiih, uuuiih, uuuiih,* ein stockender Hoquetus, und das *äääh* wurde höher, das *oooh* noch tiefer, es klang jetzt wie ein Stück von Pierre Boulez, den ich nicht mochte, weil er die Opernhäuser zertrümmern wollte. Das Allerschrecklichste, was ich je an Musik hatte hören müssen, war eine fünf Stunden lange Oper von einem portugiesischen Komponisten gewesen, der mürrisch dabeisaß und sich nach dem bisschen Applaus auch nicht verbeugen wollte. Es war, als wären Züge durch meinen Kopf gerast und Schraubstöcke hätten meine Glieder zermalmt, aber neben mir hatte ER gesessen, der herrlich Geliebte, und hatte mit glänzenden Augen gesagt: »Ist das nicht wunderbar?« Und wenn man liebt, will man alles wunderbar finden, was der herrlich Geliebte wunderbar findet, und ich hatte mit letzter Kraft »O ja!« gehaucht. Und so ähnlich hörte sich das an, was da nun nach und nach in dem Garten unter meinem Fenster passierte: eine Kakophonie ohnegleichen, erinnernd an das blecherne Dröhnen eines Unterarmclusters auf dem Klavier, einem schlechten Klavier, einem abgespielten Ibach etwa. Mikrotonale Geflechte, mit Drittel- und Vierteltönen versetzt, verbanden sich zu scheußlichen Kantilenen, in denen ich Hemiolen ausmachte. Jaja, der herrlich Geliebte hatte mir viel beigebracht! Immer neue Stimmen schienen mir dazuzukommen, unerhörte Polyrhythmik wurde ausprobiert, unbegreifliche Tonhöhen erreicht, nervenzerfressende Interferenzen. Alles, wovon Arnold Schönberg als alter Mann vielleicht geträumt hatte, als er die herrlichen Anfänge seiner Jugendkompositionen verleugnete, erklang hier: Atonalität, Dodekaphonie, bedrückende Serialistik, weit und breit keine Melodie, kein Schönklang, hier war die Moderne in ihrer ganzen Brutalität. Adorno hätte es gefallen. Dem herrlich Geliebten auch.

Wer sang?

Die große Rotweiße war mit Sicherheit dabei. Sie war das *äääh* vom Anfang gewesen. Sie gab die Einsätze. Dann kam ein alter Katerbariton, der erfahren seine *ooohs* als Kontrasubjekt beisteuerte, einer, dem niemand mehr was vormachen konnte, was die Frauen betraf, und dann mindestens zwei junge, liebeskranke Kater, die es besser wissen wollten mit ihren Flageoletten und Flautandi, mit einem *passus duriusculus.* Sie erfanden Schlachtgesänge, das große Lied des Liebesschmerzes, der Angeberei, den Wichtigtuerblues, mir war, als hörte ich ihn, den herrlich Geliebten. Sie krähten und maunzten und fauchten und blähten sich gehörig auf und fielen mit ihren neapolitanischen Sexten sofort zusammen, wenn das dunkle *oooh* ertönte. Dann ein Moment totaler Stille, eine ad-libitum-Generalpause, und danach setzten alle gleichzeitig wieder ein, und es begann mit Variationen und Amplitudenmodulationen von vorn, wie eine durchkomponierte, wenn auch atonale Fuge. Rihm! Lachenmann! Holliger! Ferneyhough! Hier könntet ihr alle noch etwas lernen, dachte ich vergnügt. Das hätte ich während meiner Zeit neben dem herrlich Geliebten nicht denken dürfen.

Ach, ihr übereinandergeschichteten Quart- und Quintmixturen! Ihr Wolfsquinten und Krebsumkehrungen! Ihr Quintfallsequenzen! Von Rossini gibt es ein Katzenduett, da singen sich zwei Damen sehr artig und zivilisiert an. Hier aber erklang Chaos, hier buhlten unerfahrene Jungkater um eine schöne Rothaarige, und eine Art Lebemann, eine Art Marlon Brando zeigte ihnen, wo der Hammer hinge, falls sie es wagen sollten. Die Rote sang Leidenschaft, der Alte sang Erfahrung, die Jungen sangen Sehnsucht und ICH ICH ICH, und ich lag auf meinem Bett und dachte, dass alles gut werden würde, weil das Leben so schön und voller Musik war, und dass ich doch eine erfahrene alte Katze sei, die sich von einem blöden Angeberkater nicht dauerhaft die Lebensfreude nehmen lassen durfte. Es würde schon, da war ich jetzt sicher, der Nächste kommen und unter meinem Fenster echte, wohltönende Liebeslieder singen. Und ich guckte auf mein Handy, weil es gesummt hatte: Da war doch wahrhaftig eine SMS von ihm, dem einst so herrlich Geliebten.

Ich löschte sie, ohne sie gelesen zu haben, trat ans Fenster und rief: »Sehr gut, ihr Katzen, nur weiter so«, im selben Moment, als unter mir jemand aus dem Fenster schrie: »Verdammte Biester, Ruhe jetzt!« Es war wie in der Philharmonie.

Die Katzen schwiegen, und ich warf ihnen meine Rose aus dem Fenster zu, und die Rotweiße stimmte noch einen letzten zarten Gesang an, einen Gesang nun wie aus dem Himmel, wie Maria Callas bei »Casta Diva«, und ich schlief wunderbar und tief und träumte von einem schwarzweißen Kater, der mir zuzwinkerte, mir seine weiche Pfote entgegenstreckte und *»La ci darem la mano«* sang, »Reich mir die Hand, mein Leben!«.

5. DER TAG, ALS BORIS BECKER GING

Am 30. Juni 1999 spielte Boris Becker zum letzten Mal in Wimbledon. Er verlor, und dann sagte er: »Es war Zeit zu gehen« und »Es ist gut, dass es vorbei ist«.

Wir hatten mit diesem Tag gerechnet und waren doch verstört und fassungslos, als er kam. Nie wieder unser Boris! Die meisten von uns interessierten sich überhaupt nicht für Sport, schon gar nicht für Tennis. »Fünfundfünfzig Millionen Tote im Zweiten Weltkrieg«, sagte Wenzel immer, »und ich soll mich dafür interessieren, wer Dritter auf der Tennisweltrangliste ist? Leckt mich doch.«

Wir ließen eigentlich nur Fußball als Sport des Volkes gelten, und die Fußball-WM wurde in unserer Stammkneipe immer komplett übertragen und mit horrenden Wetten begleitet. Aber Boris Becker, dieser rothaarige Junge mit den hellen Augen und den hellen Wimpern, der irgendwann plötzlich im Tennis aufgetaucht war, ein pummeliges Kerlchen, linkisch und scheinbar nicht besonders helle und auch nicht das klassische Reiche-Leute-Tenniskind in weißen Söckchen, dieser Boris Becker hatte uns im Laufe der Jahre alle fasziniert. Wir waren dabei gewesen, als er ein Sieger, ein Mann wurde, attraktiv, selbstbewusst, elegant und souverän. Wir haben triumphiert, als ausgerechnet er, der Blondeste der Teutonen, eine farbige Frau heiratete. Wir liebten seinen Jubel, und wir litten mit ihm, wenn er den Schläger verzweifelt auf den Rasen schmiss und »Scheiße!« schrie, und weil *er* ins Internet ging, gingen wir auch rein. Es brach uns fast das Herz, dass wir ihn nun nie wieder sehen würden, zumindest nie wieder in kurzen Hosen, rennend und mit vor Wut oder Freude geballten Fäusten, denn: »Im nächsten Jahr bin ich wieder da, aber dann mit Anzug und Krawatte« – das hatte er auch noch gesagt. Und jetzt trat er ab, weil er wusste, dass es Zeit war, und wir, alt geworden mit ihm, noch älter, saßen noch immer da, wo wir immer gesessen hatten. Wir hatten ihn damals unter uns aufgenommen, hatten gemeinsame Jahre mit ihm verbracht, und nun ging er einfach weiter und ließ uns zurück. Wir fühlten uns, wie Eltern sich fühlen, wenn die Kinder endgültig das Haus verlassen und unsichtbar an die Tür schreiben: »Jetzt seid ihr alt.«

Es war ein schwüler, langweiliger, bleierner Tag. Ein Donnerstag. In der Luft lag ein Gewitter. Ich radelte mit ein paar Blumen aus dem Garten zum Grab meiner Mutter, warf die alten Blumen weg, stellte die frischen hin und bat sie um Entschuldigung, mal wieder, für alles. Sie antwortete nicht, wie immer, dabei hätte es noch so vieles zu bereden gegeben. Aber wir hatten es verpasst, und nun lag sie zu Asche verbrannt in ihrer schwarzen Urne Terra nera für 685 Mark unter den weißen Rosen, dem Lavendel, den Hornveilchen, die wir ihr gepflanzt hatten, und schwieg. Ich wusste, dass sie Boris Becker an diesem letzten Tag bestimmt gern noch zugesehen hätte, sie mochte ihn auch und kaufte alle Zeitungen, in denen etwas über ihn stand. Und sie hätte sich in diesen Tagen aufgeregt über das Todesurteil für Öcalan, denn auch der hatte ihr gefallen. »Halunke«, sagte sie, »aber recht hat er doch, die Kurden werden seit Jahrhunderten verraten, von allen, am meisten von den Türken. Was sagst du dazu?« Ich sagte, dass ich da nicht so richtig durchblickte, und sie seufzte, wie so oft: »Für was haben wir dich studieren lassen.«

Sie war so wach und aufmerksam und kritisch gewesen, bis zuletzt, bis zum ersten Schlaganfall, der ihr das halbe Hirn lahmlegte, ehe der zweite dann eine hilflose Greisin aus ihr machte, von einem Tag auf den anderen. Das war noch nicht lange her, ich hatte es noch nicht begriffen, hatte mich noch nicht von dem Schreck erholt, wie schwer Sterben war, wie schwer, dabei zuzusehen, und eigentlich betrank ich mich jeden Abend, um halbwegs durch die Nacht zu kommen. Die Zeit heilt nicht alle Wunden. Die Zeit ist die Wunde.

Auch an diesem Abend radelte ich in unsere Stammkneipe, über deren Eingang in grüner Neonschrift leuchtete: »Schafft alles ab!« und neben der Tür stand rechts an der Wand ein altes, aufgesprühtes Graffito: *»Kamf dem Faschismus!«* Das p hatte der Sprayer vergessen, aber was ist schließlich ein bisschen Rechtschreibung gegen die richtige Gesinnung. Darunter konnte man, mit Kreide geschrieben und fast schon abgewaschen, gerade noch ein rührendes »Bildet Banden!« lesen.

Innen saßen sie und redeten über Boris.

»Es war Zeit zu gehen«, sagte Wenzel zornig, »so ein Unsinn, es wäre Zeit zu bleiben in diesen Tagen durchgeknallter

Teenager, Bobbele, wir brauchen einen wie dich! Fritz, bring noch eine Runde.«

Fritz brachte noch eine Runde, schlecht gelaunt, denn er hatte Krach mit seiner Frau, die erst seine Frau war, seit sie sich getrennt hatten. Zehn Jahre waren sie zusammen gewesen, hatten diese Kneipe zu dem gemacht, was sie uns allen heute war, hatten ihre Tochter Ramona mit unser aller Hilfe großgezogen, und dann: Schluss, aus, von einem Tag auf den andern, sie hatte ihn rausgeworfen an dem Tag, als ihr Kater vor der Haustür überfahren wurde. Hella hatte den Kater weinend im Hinterhof begraben, und dabei war ihr wohl klargeworden, wie sehr sie diesen Kater und wie wenig sie Fritz noch liebte, und deshalb musste Fritz gehen, und vielleicht hatte sie ja auch geschrien: »Es ist Zeit zu gehen, Fritz!«

Jedenfalls hatte er sich eine Wohnung gesucht, und kurz danach hatten sie dann völlig zerstritten geheiratet. Hella hatte darauf bestanden, damit das Kind endlich in ordentlichen Verhältnissen lebte und damit Fritz ja nicht auf die Idee käme, nicht zu zahlen, und überhaupt, einmal im Leben wollte sie auch heiraten, warum also nicht jetzt, wo alles vorbei war?

Wir waren alle zu dieser Hochzeit gegangen, noch in den grauenhaften orange- und pinkfarbenen ausgestellten Hosen und Lammfellmänteln mit Stickerei, den indischen Wallekleidern, diesen Zottelklamotten der siebziger Jahre, mit denen wir direkt vom Friedhof kamen, wo Ludger für seinen ersten Fernsehfilm eine Beerdigung drehte und wir in diesen Kleidern als Statisten antanzen mussten, ohne Geld, versteht sich. Ludger spendierte dafür später bei Fritz ein paar Runden. In dem Film wurde ein Späthippie beerdigt, und wir mimten die Freunde, die ihm die letzte Ehre erwiesen. Alle waren wir da – Wenzel und Huberti, das linkeste aller linken Kabarettduos, Karl, der mit seiner Plattenfirma Millionär geworden, aber Trotzkist geblieben war, Schmittchen, der Friseur, der uns auch schon mal in der Küche der Kneipe nach Feierabend die Haare schnitt, Jupp und Danilo, die sich zusammen eine Schreinerei aufgebaut hatten und avantgardistische Möbel entwarfen, die kein Mensch kaufen wollte. Die schöne Janni war da, die schon in allen Betten gelegen, immer ewige Liebe geschworen und sich zwei Tage später neu verliebt hatte, Tayfun war da, unser Vorzeigetürke, der besser Dialekt sprach als mancher von uns, meine Freundin Lola war da, die Musikerin, die melancholische Arbeiterkampflieder komponierte, aber keinen Arbeiter mehr fand, der ihr zuhörte, also sang sie nur für uns, Frank war da, der stille Schachspieler, der immer nur gegen sich selbst oder den Computer spielte, und ich war auch da in einer neongrünen Hose und einer Lederjacke aus dem Fundus, mit goldenen Ketten und einem Schriftzug hintendrauf: Hotel California.

Da stand ich also schon wieder auf einem Friedhof, aber diesmal war es nicht die Urne Terra nera mit der Asche meiner Mutter, die wir hinunterließen in das Erdloch – »Familie senkt selbst ab«, hatte der Bestattungsunternehmer gesagt und die beiden Totengräber diskret beiseitegewunken –, diesmal war es nur ein Filmbegräbnis, und wir alle sollten – so die Regieanweisung von Ludger – möglichst erschüttert gucken, mussten aber nicht zwingend auch wirklich etwas empfinden.

Bei meiner Mutter damals hatte ich in dem Augenblick, als

die Familie selbst absenkte, das heißt, als wir die Urne an zwei Seilen langsam in die Grube hinunterließen, tatsächlich nichts gefühlt, das kam erst später. Wir warfen Erde auf die Urne Terra nera, und ich hatte nur gedacht, dass jetzt der Schmutz, den sie ihr Leben lang so hartnäckig bekämpft hatte, doch noch über meiner Mutter zusammenschlug. Nur das hatte ich gedacht. Aber hier, bei dieser Filmbeerdigung, lag mir das Herz schwer in der Brust, ein Eisklumpen, den ich auftauen spürte, und davor fürchtete ich mich, denn das würde eine Überschwemmung in meiner Seele geben. Ich blieb lieber ein Eisberg, der mit einer netten, hellen Spitze aus dem Wasser ragt, für jedermann sichtbar, aber mein großer dunkler Teil lag hart und gefährlich unter der Oberfläche. Ich hatte Angst, meine Freunde würden nicht vorsichtig genug auf mich zukommen und dann auflaufen und zerbrechen. Ich hielt mich immer am Rand.

Ich sah in das Grab mit dem leeren Sarg und trauerte um uns alle, die wir mehr oder weniger bald da unten liegen würden, und Fritz würde uns die unbezahlten Bierdeckel nachwerfen.

Direkt nach der Filmbeerdigung waren wir also als bunt verkleidete Horde von Filmstatisten zur Hochzeit von Fritz und Hella gefahren. Es imponierte uns, dass endlich mal zwei am Ende der Liebe heirateten und nicht am Beginn, wir fanden das ehrlich, logisch und fair. Die Liebe war keine sichere Bank, und die Ehe bot Hella und Ramona wenigstens ein Mindestmaß an Versorgung, wir fanden das in Ordnung, sogar Fritz sagte: »Warum soll ich sie nicht heiraten, bloß weil sie mich jetzt rausgeschmissen hat.« Bei »bis dass der Tod euch scheidet« hatten wir allerdings alle gelacht, und Hella hatte gesagt: »Demnach wären wir ja schon tot, denn so gut wie geschieden sind wir bereits.«

Die Hochzeitsfeier in der Kneipe war ein schönes Besäufnis geworden, Hella und Fritz hatten sich nicht einmal gezankt an jenem Tag.

Aber heute, an diesem Abend nach Beckers Niederlage und Abgang, war Fritz angefressen. Er hatte eine neue Freundin und wollte mit ihr ins Kino gehen, in einen Film mit Robert De Niro. Hella hätte ihn laut Dienstplan in der Spätschicht vertreten sollen und war einfach nicht erschienen. »Sie denkt nicht dran«, sagte Fritz und knallte uns wütend die Biere und Schnäpse hin, »sie denkt nicht dran, sagt sie, hier zu arbeiten, während ich mit der Mutter im Kino wäre. Eifersüchtig, auf einmal. Die kann was erleben, ich trag sie auf dem Dienstplan für Silvester 2000 ein, und dann lass ich sie hier bedienen und mit euch Idioten versauern, die ganze Nacht.«

»Silvester 2000«, sagte Tayfun, »das ist ein Abend wie jeder andere, den nehmen wir überhaupt nicht zur Kenntnis, das merk dir mal! Ich will am 31.12. hier in Ruhe mein Bier trinken, wie an jedem anderen Abend auch, und wehe, das Wort Millennium fällt auch nur einmal, dann hau ich alles kurz und klein.« »Das tust du nicht«, sagte Fritz dröge, »weil sie dich dann wieder zurück nach Ankara schicken.«

»Millennium«, stöhnte Wenzel, »wenn ich das schon höre. Wieder so ein Datum für ultimative Fragen – wo kommen wir her, wer sind wir, wo gehen wir hin, haben Tiere eine Seele, können Pflanzen fühlen. Lasst uns doch einfach Silvester abhauen, damit wir das alles nicht hören müssen.«

Es entbrannte eine Diskussion darüber, was wir denn an Silvester 2000 tun könnten, und Janni, die gerade verheult aus dem Film *Buena Vista Social Club* kam und ihr Leben ab sofort mit Compay Segundo verbringen wollte, sagte: »Lasst uns doch einfach alle nach Kuba fahren und das vierzigste Jahr der Revolution feiern, solange es Fidel und Havanna noch gibt.«

»Das fehlt noch, ich nach Kuba«, sagte Wenzel, »wo sie den Sozialismus verraten und wo die Leute länger in Gefängnissen braten als irgendwo sonst auf der Welt. Fidels Genossen sitzen noch länger, als Mandela gesessen hat.«

»Du kannst ja trotzdem mitfahren und dich dann mal wieder jeden Tag eine Stunde an irgendeinem öffentlichen Gebäude für die Menschenrechte anketten«, schlug Tayfun vor. Wenzel hatte sich schon als Schüler während der Militärdiktatur in Griechenland aus Protest angekettet, die Zeitungsausschnitte darüber hingen gerahmt und vergilbt an der Wand im Männerklo, direkt über dem Graffito »Der Arbeiter arbeitet. Der Dichter dichtet. Der Chef scheffelt.«

»Mal wieder anketten für das Gute in der Welt«, sagte Wenzel und kippte seinen Grappa, »keine schlechte Idee, das könnte ich machen, bei schönem Wetter an den Strand, bei Regen anketten, dann ruhig auch schon mal zwei, drei Stunden, also, ich komm mit.«

Ich war auch in *Buena Vista Social Club* gewesen und hatte die ganze Zeit weinen müssen aus Rührung über diese alten Leute, die so eine herrliche Musik machten, hatte mir gewünscht, endlich auch zweiundneunzig Jahre alt zu werden – und zwar etwas glücklicher als meine arme Mama da draußen in ihrer Terra nera für 685 Mark –, und ich war über und über mit Glück beschneit aus dem Kino gekommen. Es hielt immer noch an, das Glücksgefühl. Ich wollte ein besserer Mensch werden, und ich fühlte mich sanft und friedlich in der Runde dieser Freunde.

Wir waren alle irgendwo zwischen vierzig und fünfzig, die Männer hatten noch oder schon wieder lange Haare mit Zopf, und wir Frauen benutzten keine Antifaltencreme, um schön zu bleiben. 1968 war zwar weit, aber noch nicht so lange her, dass wir uns nicht mehr daran erinnerten, und keiner von uns wäre je auf die Idee gekommen, die *Welt am Sonntag* zu lesen oder die *FAZ* zu abonnieren – wo der Feind stand, das wussten wir noch immer und wir hofften auch, dass der klassische FDP-Wähler einfach immer älter und trotteliger und eines Tages endlich aussterben würde. »Da darf nichts nachwachsen«, sagte Huberti immer, aber wenn Freitag abends die jungen geschniegelten Börsenbubis mit ihren roten Sportautos aus der Nachbarstadt auftauchten und unsere Kneipe wie ein Saurierbiotop aus vergangenen Zeiten bestaunten und, wenn Tom Waits lief, riefen: »Was ist das denn für eine beschissene Musik?«, dann waren wir uns nicht mehr so sicher, ob das nicht die künftigen Herren der Welt sein würden. Wir hatten ja 68 laut genug gefordert: Keine Macht für niemand! Und nun hatten wir keine.

Karl, unser linker Millionär, sagte abfällig: »Wenn ich die schon sehe, diese Typen, die morgens auf dem Weg ins Büro noch bei ihrer Domina vorbeifahren, sich eine Nadel in den Hodensack stechen lassen und dann in den zwanzigsten Stock rauffahren, um die Kupferpreise festzusetzen.«

Karl hatte gerade vor kurzem eine Auseinandersetzung mit der Polizei gehabt, mit denselben Bullen, sagte er, die in Wackersdorf damals auf uns eingeschlagen hätten, und jetzt habe ihn so einer angerufen wegen kurdischer Parolen auf seiner Hauswand.

»Sind Sie der Hausbesitzer?«, hatte er gefragt, und als Karl bejahte, sagte er: »Dann erstatten Sie doch bitte Anzeige gegen Unbekannt, damit wir wegen Sachbeschädigung ermitteln können. Wir wissen nämlich, in welchem Umfeld wir ermitteln müssen, um den Verursacher dieser Schmierereien zu finden.«

»Schmierereien?«, hatte Karl gebrüllt, »ich hör ja wohl nicht recht! Soll ich Sie wegen – wie nennt Ihr so was? – Verunglimpfung anzeigen? Wie kommen Sie mir denn vor, das Haus gehört mir, verstehen Sie? Und ich bin stolz darauf, dass meine kurdischen Freunde ihre berechtigten Forderungen auf meine Hauswand schreiben. Lasst ihr mich bloß in Ruhe mit eurem Erstatten-Sie-Anzeige-Scheißdreck, ich will damit nichts zu tun haben«, und hatte den Hörer aufgeknallt. Wir waren alle mächtig stolz auf Karl, der den Bullen gezeigt hatte, dass die Millionäre von heute woanders stehen als die Millionäre von damals, wenn sie auch heute mehr Geld für Calvin-Klein-Unterwäsche als damals für die bewaffnete Guerilla in Nicaragua ausgaben.

Schmittchen kam rein, atemlos und sehr in Wut. Schmittchen hatte langes, graues schönes Haar, das zum Pferdeschwanz gebunden auf seinem Rücken wippte. Sein Salon lag direkt neben der Kneipe, und er schnitt uns allen die Haare, wütend über jeden Kurzhaarschnitt, den er machen musste, und den modischen Pisspottschnitt à la Jürgen Trittin – oben ein Mützchen, unten rasiert, den schnitt er prinzipiell nicht. Kunden, die das wollten, schickte er aus dem Laden zu Salon Anni zwei Ecken weiter. »Da können Sie sich verunstalten lassen«, sagte er, »bei mir nicht.«

Schmittchen war auch gerade in *Buena Vista Social Club* gewesen und ganz entspannt aus dem Kino gekommen, ebenfalls fest entschlossen, ein besserer Mensch zu werden und seiner ewigen Freundin Reni morgen zwei Gardenien, dos gardenias, zu schenken und zu sagen: »Reni, dos gardenias para ti, und wenn diese Blumen welken, dann weiß ich, que tu amor me ha traicionado, dann liebst du mich nicht mehr« – wie es Ibrahim Ferrer in dem Film gesungen hatte, oder zumindest doch so ähnlich. Schmittchen war also sanft und froh aus diesem Film gekommen und hatte eine Politesse bei der Arbeit gesehen. Sie steckte Strafzettel hinter die Windschutzscheiben der Autos, die vorm Kino parkten. Schmittchen, der mit dem Fahrrad da war und also gar nicht betroffen war, sagte mild und ganz im Gefühl kubanischer Solidarität: »Lass das doch, Mädchen, das bringt doch nichts.«

Die Politesse hatte ihn wütend angeschaut. »Ist das Ihr Fahrzeug?«, hatte sie gefragt, und als Schmittchen sagte: »Nein!«, hatte sie gezischt: »Dann halten Sie sich raus!«

Aber er war nun gerade mal dabei, die Welt schöner zu machen, ließ nicht locker und fing wieder an.

»Das ist doch blöd, was du da machst«, sagte er, »das bringt doch nichts. Die Leute sind im Kino, das Auto stört hier keinen, mach doch keinen Ärger, Liebchen. Das Leben ist doch viel zu kurz!«

Sie hatte ihn entgeistert angesehen und gesagt: »Sie duzen mich nicht, und ich verbitte mir Ihre unqualifizierte Einmischung«, und da war Schmittchens Vorsatz von Güte und einem geänderten Leben in Sanftmut auch schon vergessen und er sagte, was wir alle in diesem Fall gesagt hätten: »Du blöde Schnalle.«

Sie war näher getreten. »Was haben Sie da gesagt?«, fragte sie und zückte schon ein neues Blöckchen. »Ich habe gesagt: du blöde Schnalle«, wiederholte Schmittchen artig, »und ich füge noch hinzu: Warum arbeitest du nicht lieber im Puff?«

Jupp, der mit Schmittchen im Kino war, ihn vergeblich zurückhalten wollte und inzwischen auch am Stammtisch eingetroffen war, bestätigte, dass die Politesse daraufhin über Handy die Funkstreife herbeigerufen hatte und Schmittchens Personalien aufnehmen wollte. Danilo, der auch dabei war, versicherte uns, dass er mehr als einmal Schmittchen an der Jacke gezogen und »lass gut sein, Schmittchen!« gesagt hätte, aber Schmittchen habe ja nicht hören wollen, und tatsächlich sei, sogar mit Blaulicht, eine Funkstreife vorgefahren. Daraufhin sei Schmittchen ohne Vorwarnung und erstaunlich behände getürmt, und Jupp und er, Danilo, hätten sich einem Verhör unterziehen müssen, ob sie den Beleidiger kennen würden. Natürlich hatten sie das abgestritten. Natürlich wurden ihre Personalien aufgenommen, natürlich sagte die Politesse: »Sie haben ihn Schmittchen genannt.«

»Schmittchen?«, habe Jupp gesagt, »wer soll das sein, kenn ich nicht, ich hab wahrscheinlich Schnittchen gesagt, weil ich noch was essen wollte. Wo gibt's denn hier die besten Schnittchen, Frau Wachtmeister?« und die Politesse zeigte auf Danilo und sagte: »Nein, der da.«

Danilo spielte überzeugend den Italiener, der kein Wort Deutsch sprach und rief ein übers andere Mal: »Ma dio spettinato, io non so assolutamente niente«, was etwa heißt: »Ungekämmter Gott« – angeblich ein toskanischer Fluch –, »ich weiß von nichts.« Schließlich habe man sie laufen lassen, und hier wären sie nun.

Fritz brachte Biere und Schnäpse, und plötzlich ging die Tür auf und zwei Beamte in diesen entsetzlichen senffarbenen Hosen kamen mit der Politesse in die Kneipe. Schmittchen sprang auf und war weg durch den Hintereingang, er kannte sich hier aus, und die beiden Beamten natürlich sofort hinterher.

»Sind die uns doch tatsächlich gefolgt«, fluchte Danilo, und Fritz rief:

»Verdammt! Ausgerechnet heute ist die Tür zum Hof abgeschlossen, da kommt er nicht raus«, und da kamen sie auch schon mit Schmittchen zurück, nahmen seine Personalien auf und verkündeten eine Anzeige wegen Beleidigung. Danilo und Jupp waren gleich mit dran, und unsere Stimmung wurde noch schlechter, als sie es sowieso schon war, an diesem Tag, an dem Boris uns verlassen hatte.

Als die Senfhosen endlich verschwunden waren, sagte Fritz: »Ist ja nicht gerade gut fürs Geschäft, was ihr hier veranstaltet«, und Tayfun, der als Dolmetscher bei Gericht in Türkenprozessen arbeitete und sich mit solchen Dingen auskannte, rechnete aus, dass diese ganze blöde Nummer Schmittchen an die dreitausend kosten würde. »Dafür musst du viele Haare schneiden«, sagte er. Wir versprachen zusammenzulegen, und damit war die Silvesterreise nach Kuba wohl fürs Erste abgemeldet. Wenzel und Huberti fanden das letztlich auch besser so, Sozialismus ja, Fidel nein, sagten sie, und sie erzählten von Heiner Müller, der immer mit den Stasileuten gesoffen und versucht hatte, sie zum Sozialismus zu bekehren – sie hielten aber nichts davon. In der nächsten Karnevalssaison traten Wenzel und Huberti dann allerdings beim alternativen Rosenmontagsfest mit Che-Guevara-Mützen und rotem Stern als »Fidele Kubäncher« auf und legten eine bravouröse Nummer hin: Wir versaufen das Kapital, wir schunkeln für die Weltrevolution, und der Sozialismus ist doch im Verein am schönsten, nur keine Hektik wegen der Dialektik, der Kommunismus, der hat ’nen Rhythmus, der fängt zu schunkeln an, dass jeder mit muss, venceremos alaaf.

Aber an diesem Abend, als unser Boris abtrat, gab es erst mal wieder eine hitzige Diskussion mit denen, die immer noch in der DKP waren wie zum Beispiel Lola, die nach wie vor ihren Mitgliedsbeitrag zahlte, die *UZ* abonniert hatte und schon an eine gesicherte rote Zukunft glaubte, wenn sich der Lackierer Johann nach dem achten Bier tatsächlich von ihr küssen und umarmen ließ. Lola ließ auf Fidel nichts kommen. Vor kurzem war ihr Vater gestorben – plötzlich wurden wir alle Waisenkinder –, und der hatte noch mit den Internationalen Brigaden gegen Franco gekämpft. Seit einem Jahr bemühte sie sich, auf seinen Dortmunder Grabstein Hammer und Sichel meißeln zu lassen, aber die Friedhofsverwaltung war strikt dagegen.

»Das will eine Arbeiterstadt sein«, schimpfte Lola auf

Dortmund. »Geht mal in Köln auf Melaten, da stehen ganze Karnevalsschlager auf den Grabsteinen.«

Huberti fand, dass man die Symbole des Kommunismus und die des rheinischen Karnevals so leichtfertig nicht gleichsetzen dürfe, und Jupp bot Lola an, Hammer und Sichel jetzt selbst auf den Grabstein von Lolas Vater zu gravieren, das würde doch sowieso kein Mensch merken. Solche Sachen dürfte man eine Behörde nie fragen, sagte er, da müsste der Bürger schon mal beherzt selbst entscheiden. Als Wenzels Vater gestorben war, sind wir ja ein paar Monate später auch mit vier Mann nachts über die Friedhofsmauer geklettert und haben den toten Dackel in sein Grab gelegt, zu seinen Füßen, wo er zu beider Lebzeiten schließlich auch immer geschlafen hatte. Und nach dem Tod von Rudi Kummer – Rudi, der uns jahrelang über LSD, seinen LiteraturSchnellDienst, mit Poesie versorgt hatte, waren wir auch nachts hingegangen und hatten ihm den Grabstein mit dem Spruch gesetzt, den er sich gewünscht hatte und den eine deutsche Friedhofsverwaltung nie genehmigt hätte: »Weh, unser guter Rudi ist tot. Wer trägt nun die brennende Fahne im Wolkenschopf zum täglichen Schnippchenschlagen?«

Rudi war als Erster von uns gestorben, einen langen Lungenkrebstod. Eine Woche vor seinem Tod wurde sein Sohn geboren, den er nach dem biblischen Kain nannte, damit er den schönen Namen Kain Kummer tragen würde. Mit Janni hatte Rudi einen unehelichen Sohn, der Drusius Ingomar hieß, damit er, falls nichts aus ihm würde, doch wenigstens seinen Namen mit Dr. Ing. abkürzen könnte. Ich hoffte, Rudi eines Tages dort drüben wiederzutreffen, er fehlte mir sehr, und vielleicht hätte er bis dahin ja schon Robert Musil im Paradies getroffen und endlich mit ihm das »Weltsekretariat für die Genauigkeit der Seele« gegründet, und ich könnte Chefsekretärin werden und wäre gerettet.

Schmittchen fluchte über seine neuerliche Begegnung mit der Polizei. Er hatte gerade vor einer Woche schon mal mit den grünen Männern zu tun gehabt – als er in seinem Laden hinten auf einem Notbett übernachtet hatte. Das machte er manchmal, wenn er zu betrunken war, um in der Nacht noch nach Hause zu fahren. Er hatte mitten in der Nacht ein Geräusch gehört, seine Pistole, die er natürlich illegal besaß, gezückt und war nach vorne gegangen. Zwei Junkies waren beim Anblick der Kanone so erschrocken, dass sie sofort das Weite suchten. Weil aber die Schaufensterscheibe eingedrückt war, rief Schmittchen versicherungshalber die Polizei, die kam, den Fall notierte und dummerweise die armen Junkies tatsächlich noch in derselben Nacht schnappte. Und die sagten aus, sie wären mit einer Pistole bedroht worden. Jetzt war Schmittchen dran, illegaler Waffenbesitz, aber er behauptete, er hätte bloß »Buh!« gemacht. Die Pistole lag natürlich längst bei Fritz in der Kasse, eine Durchsuchung im Salon hatte nichts gebracht. Doch die dämlichen Junkies beharrten auf der Pistole, und nun müsse er eine Aussage machen.

Wir rieten ihm zu sagen, dass es ein Fön gewesen war, ein schwarzer Fön, jeder Friseur hat einen schwarzen Fön, und jeder blöde Junkie hält doch jeden Fön für eine Pistole. Schmittchen leuchtete diese Version sofort ein und er genehmigte sich einen großen Wodka, und dann sagte er tieftraurig: »Geht nicht, meine Föne sind alle rosa.«

»Dann kauf ich dir morgen früh sofort ein paar schwarze«, sagte Karl großzügig, und die Sache war geregelt.

Immer wieder stieß Schmittchen, wenn er betrunken war, mit der Polizei zusammen – einmal war ich dabei gewesen, nach einem Rockkonzert in Fulda. Wir fuhren im Zug nach Hause, zum Glück ziemlich langsam, und Schmittchen hatte auf freier Strecke die Notbremse gezogen und befohlen, das Zugpersonal auszuwechseln, weil ihm die Strecke nicht gefiel. Aber Haareschneiden, das konnte er, allerdings musste man aufpassen, dass er dabei seine Brille trug, was er an manchen Tagen aus Eitelkeit unterließ, dann war es besser, auf das Schneiden zu verzichten und nur waschen und legen zu lassen.

Wir redeten über Öcalan und die Todesstrafe. Keiner von uns war dafür, im Fall Öcalan sowieso nicht, aber auch generell nicht, doch, Schmittchen forderte heute Abend natürlich die Köpfe aller Politessen weltweit.

Huberti erzählte von einem Mann, der in Utah zum Tode verurteilt worden war und sich als Henkersmahlzeit Pizza und Coca-Cola gewünscht hatte. Sie brachten ihm Pepsi, und er tobte vor Zorn – sein ganzes Leben lang hatte er Pepsi-Cola abgrundtief verachtet, und nun dies. Ein vollkommen verpfuschtes Leben. Und dann wollte er noch eine letzte Pall Mall rauchen. Aber das ›Reine-Luft-Gesetz‹ des Staates Utah verbot das Rauchen in allen öffentlichen Gebäuden, auch in Gefängnissen. Der Direktor hatte ein Einsehen und ließ ihn auf dem Weg von der Zelle zur Exekution – als schon ›dead man walking‹ angesagt war – im Hof ein paar letzte Züge nehmen. Wir tranken eine Runde auf den Direktor, und Lola erzählte vom Doppelmörder Bill Bailey, der in Delaware hingerichtet werden sollte, wo die Giftspritze üblich war. Die Morde hatte er jedoch 1979 begangen, zu einer Zeit, als man noch zwischen Strick und Giftspritze wählen durfte, und nun ärgerte er die Beamten und bestand auf Strick, aber sie hatten gar keinen Galgen mehr. In der Nacht vor der Hinrichtung mussten sie extra ein Galgengerüst bauen, und die Henker mussten erst wieder im Handbuch der U.S. Army nachschlagen, wie man einen hängt.

»Die Army weiß nämlich so was«, sagte Wenzel und erzählte von einem, der erschossen werden sollte, und das Gericht suchte per Anzeige ausgebildete Scharfschützen. Es meldeten sich Hunderte von Freiwilligen, die den Job nur zu gern machen wollten – fünf wurden ausgewählt und bekamen dreihundert Dollar pro Kopf, Jagdgewehre Kaliber dreißig, und einer hatte Platzpatronen, damit sie alle die Illusion haben konnten, nicht der Todesschütze zu sein. »Sie waren stocksauer über die Platzpatronen«, sagte Wenzel, »jeder hätte so gern mal wirklich einen erschossen.«

Es donnerte, und draußen brach endlich mit einem gewaltigen Regen das Gewitter los. Lou Reed sang »Take a walk on the wild side«, und wir guckten in unsere Biere. »Warum reden wir eigentlich heute dauernd vom Tod?«, fragte Jupp, und Lola sagte: »Weil er immer mit am Tisch sitzt.«

Der Fernseher lief ohne Ton, Fritz zappte durch die Programme – überall muntere Menschen, die wussten, wo es langgeht. »Weltende« fiel mir ein, das Gedicht von Jakob van Hoddis, der fast vierzig Jahre seines Lebens in psychiatrischen Anstalten verbrachte, der vor Ameisen, Vögeln, Schnecken und vor allem vor Katzen freundlich grüßend den Hut zog und den sie im KZ als gemeingefährlichen Irren umgebracht haben. Weltende – »Dem Bürger fliegt vom spitzen Kopf der Hut, in allen Lüften hallt es wie Geschrei. Dachdecker stürzen ab und gehn entzwei, und an den Küsten – liest man – steigt die Flut.« Ich hatte Angst, abzustürzen und entzweizugehen. Die Flut stieg ja schon.

Ich bestellte mir noch ein Bier und einen Schnaps und ich dachte, was für ein Haufen Desperados wir doch waren. Wir warteten darauf, dass sich etwas veränderte, und ich glaube, dass die Veränderung auch schon oft still mitten unter uns gestanden hatte und wir hatten sie einfach nicht bemerkt und sie war weitergegangen. Für Boris Becker sollte sich jetzt alles ändern, das hatte er jedenfalls so beschlossen, ich beneidete ihn darum und ich hätte was darum gegeben zu wissen, was wohl Boris Becker gerade jetzt, in diesem Augenblick, machte, ob es einfach war, von einem Leben in ein anderes zu wechseln, und ob er wohl auch manchmal daran dachte, dass, wer mehr als ein Leben lebt, auch mehr als einen Tod sterben muss.

6. DIE SCHÖNSTEN JAHRE

Ich bin einmal, nur ein einziges Mal mit meiner Mutter zusammen verreist. Da war sie achtzig Jahre alt und noch sehr gerade, sehr energisch und tatkräftig, und ich war fünfundvierzig und hatte Rückenschmerzen, fühlte mich ziemlich alt und war alles andere als zufrieden mit meinem Leben. Meine Mutter lebte in einer ordentlichen Wohnung in einer Kleinstadt im Süden und ich in einer unordentlichen in einer Großstadt im Norden. Als sie älter wurde, besuchte ich sie öfter – notgedrungen, denn wir verstanden uns nicht besonders gut. Aber ich dachte, sie würde mich vielleicht brauchen, müsste doch in diesem Alter allmählich schwächer, schusseliger und vergesslicher werden, und so reiste ich alle paar Monate an, um irgendetwas bei Behörden für sie zu erledigen, den Großeinkauf mit dem Auto bei Aldi zu machen, auf die Leiter zu steigen, die Gardinen abzunehmen und zu waschen, im Frühling den Balkon zu bepflanzen und im Herbst alles zurückzuschneiden und die Töpfe in den Keller zu tragen – was man eben so macht als einzige Tochter, aus Pflichtgefühl, nicht unbedingt aus Liebe. Und immer kam es mir so vor, als wäre ich es, die schwächer, schusseliger und vergesslicher würde und nicht sie. Sie sah mir zu, wie ich mit den Gardinen auf der Leiter stand, gab Anweisungen, rügte: »Du machst sie mit deinen Pfoten ja gleich wieder dreckig«, oder fand, dass ich die Azaleen ganz falsch zurückgeschnitten hätte. Sie bedankte sich auch nie, konnte es nicht einmal über sich bringen, »das hast du gut gemacht, Nina« zu sagen. Das hatte sie nie gekonnt. Bei uns zu Hause wurde nicht gelobt. »Na also, es geht doch!« war das Höchste, was meiner Mutter an Anerkennung über die Lippen kam, und das war schon so gewesen, als ich noch ein Kind war und gute Noten aus der Schule nach Hause brachte – »Na also, es geht doch.«

Ich wohnte immer im Hotel, wenn ich sie besuchte, und Herr Bürger, der Empfangschef, küsste mir jedes Mal die Hand, wenn ich kam und sagte: »Frau Rosenbaum, es ist absolut beeindruckend, wie liebevoll Sie sich um Ihre reizende Frau Mama kümmern, das würden nicht viele Töchter tun, noch dazu, wo Sie doch so beschäftigt sind.«

Ich arbeitete damals für eine Zeitung, und immer hatte er mir die Zeitung schon aufs Zimmer bringen lassen, druckfrisch, und hatte mit einem Ausrufungszeichen angestrichen, wenn etwas von mir drin stand, als würde ich das nicht selbst sehen. Ich ging dann nach oben, versuchte, mich in die Zeitung zu vertiefen und nicht an meine Mutter zu denken, die in ihrer Wohnung jetzt einen genauso idiotischen einsamen Abend verbrachte wie ich hier im Hotel. Warum war es nicht möglich, vergnügt und friedlich mit ihr bei einer Flasche Wein zusammenzusitzen? Warum konnten wir nicht einfach einen netten Abend miteinander verbringen, ein bisschen lachen, ein bisschen »Weißt du noch …?« sagen und einfach erzählen? Weil es kein »Weißt du noch« gab, und wenn, war es vermint. Und weil wir in nichts einer Meinung waren. Wir hatten nur fünfzehn Jahre zusammengelebt, meine ersten fünfzehn Jahre. Danach waren unsere Treffen auf Besuche beschränkt, ich bei ihr, sie bei mir, und wir lebten eher gegen- oder bestenfalls nebeneinander als miteinander. Wir mochten nicht dieselben Menschen, nicht dieselben Dinge.

Das fing schon beim Wein an. Ich liebe gute, trockene Weine. Sie kaufte, auch wenn sie wusste, dass ich kam, dieses billige Zeug mit Schraubverschluss, angeblich, weil sie keine Kraft hatte, den Korken aus der Flasche zu ziehen. Ich hatte ihr schon mindestens fünf praktische Korkenzieher geschenkt, immer wieder neue, verbesserte Modelle, die man ohne großen Kraftaufwand anwenden konnte. Die lagen alle in der Küchenschublade, und nach wie vor gab es irgendeinen Schraubverschlusswein der Marke »lieblich«, und kalt gestellt war er auch nie. Aber ich hätte selbst den getrunken, zur Schorle veredelt mit kaltem Mineralwasser (»Ich hab aber nur welches ohne Kohlensäure!«), wenn es nicht immer wieder diese Diskussionen gegeben hätte – über mich, die Art, wie ich mich anzog, über das, was ich in der Zeitung schrieb, über meine Gesundheit und wie unachtsam ich damit umging, über mein leichtsinniges Verhältnis zum Geld. Unweigerlich fing sie irgendwann mit diesen Lieblingsthemen an, und der Abend war gelaufen. Wenn dann noch kam »Du wirst deinem Vater immer ähnlicher«, dann wusste ich, dass wir uns auf gefährlichem Gelände bewegten, und dass es höchste Zeit war zu gehen.

Mein Vater war seit fast dreißig Jahren tot, aber ihr Zorn

auf ihn hatte nie nachgelassen, und diesen Zorn übertrug sie auf mich. Ich hatte, wie sie sagte, »seine ganze Art« geerbt, was immer das heißen mochte, und auf irgendeine Weise waren wir beide daran schuld, dass ihr Leben nicht so verlaufen war, wie es hätte verlaufen können.

»Du wirst auch nicht alt, genau wie er, wenn du so weitermachst«, kam dann meist noch nach. So weitermachen, das hieß: Wenn ich weiterhin rauchte, Weißwein statt Kräutertee trank, keinen Sport trieb – Mutter ging noch mit achtzig fast täglich zum Schwimmen – und meine Ehe mit wechselnden Affären ruinierte. Sie wusste davon, weil meine Cousine Margret, mit der ich schon seit zwanzig Jahren kein Wort mehr redete, leider in derselben Stadt wohnte wie ich und ab und zu etwas mitkriegte, meine Mutter anrief und sagte: »Tante Nellie, hast du schon gehört, was Nina wieder angestellt hat?«

»Du kommst nie zur Ruhe«, seufzte meine Mutter. »Wie dein Vater.«

»Die Liebe ist eben eine ewige Baustelle«, sagte ich so leichthin wie möglich, und meine Mutter schüttelte den Kopf und sagte: »Jeder Mensch kann nur einmal in seinem Leben richtig lieben. Bei mir war es jedenfalls so.«

Dass diese eine richtige Liebe mein Vater gewesen sein sollte, konnte ich nicht glauben, sie waren fürchterlich miteinander umgegangen, und nach seinem Tod war meine Mutter damals richtig aufgeblüht und hatte nie mehr einen Mann in ihre Nähe gelassen. Also musste sich da vor der Ehe etwas abgespielt haben, aber mit wem? Und vor allem: wann? Sie hatte doch schon mit zwanzig geheiratet. Als ich geboren wurde, waren meine Eltern bereits fünfzehn Jahre verheiratet, ich war im Kriegsurlaub gezeugt worden, das ungewollte Zufallskind, noch in den letzten Kriegsjahren geboren. »Ich wollte kein Kind«, hatte meine Mutter oft genug gesagt. »Wir wollten alle kein Kind damals, der Krieg lag ja immer mit im Bett.« Und vorher, was konnte denn vorher schon gewesen sein an umwerfenden Liebesgeschichten? Meine Mutter sprach nie über diese einmal kurz angedeutete Liebe, sie erzählte kaum von früher, und ich wusste fast nichts über meine, ihre, meines Vaters Familie, weil wir entweder mit allen Streit hatten oder zu viele inzwischen schon längst tot waren. Tot und nicht mehr da, nicht einmal in den Erinnerungen.

Wenn ich nachfragte, setzte sie ein abweisendes, fast angewidertes Gesicht auf. »In meiner Familie war alles tragisch, in seiner alles chaotisch«, sagte sie dann, und das Thema war erledigt, bis auf den Zusatz: »Du schlägst nach seiner.«

Das wusste ich ja nun schon zur Genüge und ging, um die Diskussion zu beenden, ins Bad, wo ich mich lange im Spiegel betrachtete und nach Ähnlichkeiten mit ihr suchte. Ich hatte ihre Hände und ihre skeptischen Falten auf der Stirn – mehr nicht, hoffte ich. Und dann öffnete ich die Toilettenschränkchen und sah, was ich schon vermutet hatte: All die teuren Kosmetika, die ich ihr schickte – gute Cremes, Hautöl, Duftseifen –, lagen unangebrochen in den Schubladen. Sie benutzte nach wie vor nur Nivea-Seife und Nivea-Creme. »Mehr brauche ich nicht«, sagte sie, »das reicht, Fett und Flüssigkeit, alles andere ist dummes Zeug.« Alles, was ich ihr schenkte, verschwand als »dummes Zeug« in den Schubladen der Schränke – Hausschuhe, warme Strickjacken, zusammenfaltbare Einkaufstaschen –, meine Geschenke waren immer falsch. »Danke, aber das wär doch nicht nötig gewesen«, sagte sie, wenn ich am Telefon fragte, ob sie sich denn über das Weihnachtspaket gefreut hätte, und: »Ich hab doch alles. Wenn du endlich glücklich würdest oder wenigstens ein bisschen geduldiger, das wäre für mich die größte Freude.« Ich muss aber zugeben, dass ich die Geschenke meiner Mutter auch nicht mochte – weiße Angora-Unterwäsche in kränkenden Größen, Schnapspralinen, auf denen der Preis noch klebte, Gesundheitssandalen aus dem Reformhaus. Wir konnten beide nicht geben, und wir konnten nicht nehmen – zumindest nicht für- und voneinander.

Wenn ich mich beruhigt hatte, ging ich wieder zu ihr ins Wohnzimmer, brach aber meist bald auf. Bis ich ging, erzählte sie wie viele alte Leute, die zu lange allein sind und das, was sie erleben, an niemanden mehr loswerden können, atemlos und fast ohne Punkt und Komma:

»Neulich bei dem schönen Wetter habe ich den Mann mit den langen Haaren wiedergetroffen, warum der die nicht mal schneidet, wissen die Götter, er sagte, gucken Sie mal, die grünen Wiesen, wie schön wir es hier haben, und die blöden Leute müssen dauernd verreisen, ich verstehe nicht warum, soll ich Ihnen was sagen, Bekannte von mir, zwo Komma fünf und null! Null! Ich wusste erst gar nicht, was er meinte, aber er meinte, dass Bekannte von ihm ins Gebirge gefahren waren, 2500 Meter hoch und es lag gar kein Schnee! Das ist schon ein komischer Heiliger, der. Die Frau ist ja schon lange tot, ich frage mich, wie der lebt, ob der sich jeden Tag was kocht? Gesund sieht er nicht aus, ist mir aber auch egal. Und weißt du, wen ich auch wiedergetroffen habe? Die Frau mit den Pudeln, die wie Schäfchen aussehen, und ich hab gefragt, wo ist denn Herr Brenner mit dem Rollstuhl, den hab ich so lange nicht gesehen, wissen Sie das denn nicht, sagt sie, der ist doch tot, und ich sage, na, da wird die Frau aber froh sein, die wollte ja schon lange, dass der endlich stirbt, sie hat ihn ja mal mit der Nichte im Bett erwischt, und seitdem war die Ehe im Teich. Ich weiß nicht, was das immer für ein Trieb ist bei den Männern, aber du hast den ja anscheinend auch. Früher ist der immer hoch zu Ross herumgeritten, aber dann der Schlaganfall, ja, so kann es gehen, und die Frau mit den Pudeln sagt, dass die jetzt so haaren, weil das Wetter umschlägt, mich könntest du mit Pudeln ja jagen, was findet man an Pudeln. Du siehst schlecht aus, ich seh das immer sofort, wenn du zu wenig schläfst.«

Das war dann so ein Moment, wo sie eine kleine Pause machte und ich konnte sagen: »Ja, ich geh dann jetzt auch mal ins Bett«, und ich durfte endlich weg.

Nie redeten wir über Dinge, die mit uns zu tun gehabt hätten.

Beim Abschied küssten wir rechts und links die Luft neben unsern Gesichtern und berührten uns nicht. Ich kann mich nicht erinnern, wann meine Mutter mich je in den Arm genommen, gestreichelt, getröstet, berührt hätte. Als Kind hat sie mich oft geohrfeigt. Das waren die einzigen Berührungen zwischen uns, an die ich mich erinnern konnte.

Wenn ich dann ins Hotel kam und Herr Bürger sagte: »Frau Rosenbaum, neulich habe ich Ihre Frau Mama bei Aldi getroffen, erstaunlich, wie rüstig sie noch ist! Und immer so gepflegt, und wie gerade sie sich hält! Das haben Sie von ihr. Wissen Sie was? Sie werden ihr immer ähnlicher«, dann war ich fix und fertig, brauchte ein heißes Bad und eine Minibar.

An ihrem achtzigsten Geburtstag hatte sie sich Gäste eingeladen, lauter ältere Damen. In so einem Kreis war ich dann manchmal die Vorzeigetochter von der Zeitung, deren Mann ein gut verdienender Zahnarzt war. Dann fielen zum Beispiel Sätze wie: »Meine Tochter steht sich ja sehr gut«, oder: »Neulich hat Nina eine ganze Seite über Greenpeace geschrieben«, und diesmal sagte sie: »Nina fährt morgen nach Italien, sie arbeitet dort für ihre Zeitung«, und die alten Damen waren sehr beeindruckt.

Es stimmte, ich wollte nach Mailand fahren, aber nicht, um zu arbeiten. Ich wollte Flora wiedersehen. Flora und ich hatten uns vor ein paar Wochen in New York kennengelernt und uns unbeschreiblich ineinander verliebt. Wir wollten jetzt prüfen, was von diesem Blitz geblieben war, der in uns beide eingeschlagen hatte, am ersten Abend, sofort, bei den ersten Sätzen und Blicken, gleich als sie auf diese Party kam, auf der Ludwig und ich auch waren. Wir standen zusammen und sahen uns an und redeten und redeten und waren außer uns vor Glück und Erstaunen, Flora und ich. Sie war vierzig, lebte allein, war immer die Geliebte verheirateter Männer gewesen. Eine kurze Beziehung zu einer Frau hatte es in ihrem Leben schon gegeben – in meinem noch nie. Ich hatte nie auch nur daran gedacht, aber manchmal etwas neidisch Frauen zugesehen, die sich liebevoll umarmten. Es war etwas anderes, als wenn sich einfach nur Freundinnen umarmten, und ich spürte seit Jahren so eine vage Sehnsucht danach, von einer Frau geliebt zu werden. Als ich Flora sah, ihr ovales Gesicht, ihre dunklen Augen, war ich hingerissen und so verliebt, wie es mir bis dahin eben nur mit Männern passiert war, und sie reagierte leidenschaftlich und intensiv. Als Ludwig nach Deutschland zurückflog, blieb ich noch und erlebte mit ihr die zärtlichste, aufregendste, die schönste Woche meines Lebens. Ich hatte nicht gewusst, wie wunderbar es ist, von einer Frau umarmt und geliebt zu werden, und ich sah meine Mutter an und dachte: »Du hast mich immer nur weggestoßen. Vielleicht muss ich jetzt etwas nachholen«, und sie fragte: »Warum siehst du mich so an?« »Nichts«, sagte ich und dachte: »Wenn du das wüsstest! Aber das weißt du nicht, das weiß niemand, nur Ludwig ahnt etwas, aber er interessiert sich nicht mehr genug für mich, um nachzufragen.«

Ludwig lebte sein Leben, ich das meine. Wir saßen mehrmals in der Woche zusammen beim Essen, mal in seiner Wohnung, mal in meiner, wir gingen freundschaftlich und unkompliziert miteinander um, aber die Leidenschaft war uns irgendwann in den letzten Jahren abhandengekommen, wohl auch die Liebe. Unsere beiden Söhne waren erwachsen und aus dem Haus, und ich vermisste sie nicht. Sie waren hübsche, arrogante junge Männer geworden, die gut sitzende Anzüge und knappe, gepflegte Frisuren trugen, reihenweise Mädchenherzen brachen und ihre Eltern so wenig noch brauchten wie wir sie. Man telefonierte, ab und zu ein Besuch, ein Anruf, das war's dann, und ich wunderte mich, was ich eigentlich in diesen letzten vierundzwanzig Jahren gemacht hatte und wo ich die ganze Zeit gewesen war. Es tat mir gut, endlich eine eigene Wohnung zu haben. Manchmal fühlte ich mich sehr allein, ein wenig verloren, aber nie einsam. Ich wusste: Das war noch nicht alles. Irgendetwas würde mir noch passieren. Jedenfalls: Ich war auf Sendung und auf Empfang. Und als Flora in New York in dieses Zimmer trat, stimmten die Frequenzen – durch den Raum war ein Draht gespannt von ihr zu mir, von mir zu ihr, und er vibrierte.

Jetzt wollte ich nach Mailand. Flora kam in zwei Tagen von einem Seminar aus New York zurück. Sie arbeitete als Ornithologin an einem Mailänder Institut, ausgerechnet als Ornithologin in einem Land, dessen wild gewordene kleine Machos Vögel in Netzen fangen, ihnen die Hälse umdrehen und sie fressen. Wie sie damit eigentlich leben konnte, das wollte ich sie fragen, denn in New York war ich nicht viel zum Fragen gekommen. Wir hatten uns geliebt und gestaunt über das, was uns da passierte.

Ich half meiner Mutter beim Aufräumen, als die Damen gegangen waren. Sie lästerte noch vergnügt über die Gebrechen – dass Frau Fischer acht Jahre jünger sei als sie, aber mindestens zehn Jahre älter aussehe, wie klapprig Frau Herzog geworden sei, dass Frau Kindermann nun gar nichts mehr richtig hörte und dadurch zu anstrengend würde. Ich bestätigte alles, Widerspruch brachte sowieso nichts, und tatsächlich war ja auch meine Mutter im Vergleich mit anderen alten Damen so etwas wie Queen Mum in England: immer chic, immer resolut, immer die Nummer eins im Raum. Ich räumte die Kuchenteller und die Sektgläser in die Küche.

»Ich spül das aber selbst«, sagte meine Mutter. Ich war froh darüber, denn ich mochte ihre muffigen Küchenläppchen nicht, und ich machte ihr ja sowieso nichts recht – ich nahm zu viel Schaum und verschwendete Wasser und was weiß ich nicht noch alles.

Sie wickelte mir die Reste der pappigen, süßen Zitronenrolle ein. »Die kannst du nachher noch essen«, sagte sie, und ich protestierte: »Ich mag das nicht, das ist mir zu fett, ich werde zu dick.«

»Ja, ich wollte nichts sagen«, sagte meine Mutter, »aber du bist stärker geworden. Was wiegst du jetzt, siebzig?« »Achtundsechzig«, sagte ich, und sie seufzte: »Das kriegst du nicht mehr runter in dem Alter. Das sind die Hormone.« Und dann fügte sie hinzu: »Na ja, achtundsechzig, das geht doch noch.«

So war sie immer – »das geht doch noch« als größtes Kompliment. Wenn ich als Schulkind nur eine Zwei in Deutsch oder Latein heimbrachte und eben keine Eins, hieß es: »Das geht doch noch«, und wenn ich als Fünfzehnjährige für meinen Geschmack schön zurechtgemacht auf eine Party oder in die Tanzstunde ging und fragte: »Gut so?«, sah sie mich kritisch an und sagte: »Na ja, es geht so.« Loben, anerkennen, das lag ihr nicht, es kam ihr einfach nicht über die Lippen, als hätte ein Lob sie selbst entwertet und kleiner gemacht. Als sie im Sterben lag, gerade noch atmen konnte mit staunend aufgerissenen Augen, auf der Zielgeraden sozusagen, da saß ich an ihrem Bett und sagte: »Mama, du siehst immer noch so toll aus, du hast überhaupt keine Falten«, und in dem Moment merkte ich, dass ich sie auch noch nie vorher gelobt oder ihr etwas wirklich Nettes gesagt hatte. Ich konnte es erst, als sie mir nicht mehr antworten konnte, und wünschte mir, an ihrer Stelle reglos und ohne Chancen dazuliegen, damit sie zu mir von Liebe spräche, mich lobte, Nähe zeigte, wenigstens ein einziges Mal.

Sie steckte die eingewickelte Zitronenrolle in eine Plastiktüte, gab sie mir und strahlte: »Das hast du als Kind immer so gern gegessen.« Sinnlos zu sagen, was mir auf der Zunge lag: Ich bin aber kein Kind mehr. In ihren Augen war ich immer dieses seltsam missglückte, ungewollte, halbfertige Wesen, und vielleicht würden ja die Reste einer Zitronenrolle aus mir noch etwas machen können.

Als ich mich verabschiedete, drückte sie mir außer der Plastiktüte mit der Zitronenrolle auch das Geschenk, das ich ihr zum Geburtstag gemacht hatte, wieder in die Hand – einen blauen Kaschmirschal. »Nimm, Kind«, sagte sie, »das war nett gemeint, aber Blau trage ich nicht mehr, und ich habe die ganze Schublade voller Schals, was soll ich denn mit all dem Zeug.« Es war alles wie immer, und doch war es anders. Denn als ich ihr, schon auf demTreppenabsatz, noch einmal zuwinkte, sagte sie plötzlich und wie aus heiterem Himmel:

»Mailand! Ich war noch nie in Mailand!«

Wie denn auch – sie war überhaupt nur sehr wenig gereist in ihrem Leben. Einmal hatte sie mit einem Bus eine Tour durch Frankreich gemacht und sich gar nicht darüber beruhigen können, dass da schon ganz kleine Kinder fließend Französisch sprachen. »Aber Mama«, hatte ich gesagt, »das sind doch Franzosen, die wachsen damit auf, es ist ihre Muttersprache.« »Trotzdem«, hatte sie beharrt, »noch so jung und schon fließend Französisch, alle Achtung.«

Meine Freunde fanden es immer sehr komisch, wenn ich

solche Geschichten von meiner Mutter erzählte. Ich konnte darüber nicht mehr lachen, denn die Wand, die seit meiner Kindheit zwischen uns wuchs, war hoch, aber nicht stabil. Sie wackelte und drohte bei jedem Besuch, bei jedem Gespräch, eine von uns beiden zu erschlagen, wenn wir zu fest daran rüttelten. Heute weiß ich, dass ich mit meiner Mutter viel hätte lachen können – aber damals sahen wir beide schon im ersten Moment, wenn ich sie besuchte und sie mir die Tür öffnete: Aha, keine der alten Rechnungen ist beglichen. Alle Wunden bluten noch. Und dann gab es eben nichts zu lachen.

Nie wäre ich auf die Idee gekommen, mit meiner Mutter zu verreisen, schon gar nicht nach Mailand, und schon gar nicht jetzt, wo ich Flora wiedersehen wollte. Aber da stand sie vor mir, klein und energisch, funkelte mich an und sagte: »Warum nimmst du mich nicht einfach mit? Italien! Das wär mal ein schönes Geschenk. Vielleicht ist dieser Geburtstag ja mein letzter.«

Das sagte sie seit ungefähr zwanzig Jahren – dieses Weihnachten ist mein letztes, den nächsten Geburtstag erlebe ich nicht mehr, ich merke, dass die Kräfte schwinden, oder, ihr Lieblingssatz, wenn sie mal einen kleinen Schnupfen hatte: »Ich bin nur noch ein Mensch von einem Tag.« Das waren alles Erpressungsversuche. Ging es ihr besser oder waren Weihnachten, Ostern, Geburtstag vorbei, straffte sie sich sofort wieder und wusste, dass sie richtig daran getan hatte, sich einen schwarzen Nerzmantel zu kaufen und keinen braunen, denn so könnte sie auf meiner Beerdigung eine bessere Figur machen, und sollte sie wirklich vor mir sterben, Gott, dann könnte ich ihn ja bei ihrer tragen.

»Das ist viel zu anstrengend für dich«, sagte ich ausweichend und stellte mir eine Autofahrt mit meiner Mutter vor.

»Wenn du es aushältst, werde ich es auch aushalten«, sagte sie. »Mailand! Das muss schön sein.« »Gerade Mailand ist gar nicht so schön«, sagte ich, und prompt kam zurück: »Warum fährst du denn dann hin? Schon wieder so ein Kerl?« Ich schwieg bockig und setzte das von ihr sogenannte chinesische Gesicht auf – süßsauer: »Oh, das chinesische Gesicht«, sagte sie, »ich frag nicht mehr, ich frag nicht mehr, jeder muss selbst wissen, wie er sich unglücklich macht.« »Oder glücklich«, ich konnte es nicht lassen, und sie sagte: »Schön wär's ja mal.«

»Ich treffe da eine Frau, mit der ich arbeite«, sagte ich schließlich. »Was arbeitest du denn mit einer Italienerin?«, fragte sie misstrauisch. Ich wurde ungeduldig. »Mutter«, sagte ich, »das ist doch jetzt ganz egal, was ich da mache, es ist eine lange Fahrt, es ist heiß, es ist anstrengend, ich bleibe zwei oder drei Wochen, wie willst du denn zurückkommen?« »Herrgott, es gibt doch Flugzeuge«, sagte sie, »ich könnte zwei Tage bleiben und dann zurückfliegen, und Klaus holt mich ab.«

Meine Mutter war erst einmal geflogen, nach Berlin zur Beerdigung ihrer Schwester Luzie, und nun redete sie, als hätte sie die Miles-and-more-Karte für Vielflieger und wäre dauernd unterwegs. Klaus war irgendein Großneffe, der in der Nähe wohnte und sich manchmal um sie kümmerte.

»Also«, sagte ich, »gute Nacht, ich bin jetzt müde, ich will ins Hotel. Ich komme morgen nach dem Frühstück, ehe ich fahre, noch mal bei dir vorbei. Okay?« »Ja, gut«, sagte sie, »und hier, vergiss die leckere Zitronenrolle und den blauen Schal nicht. Weich ist er ja, aber so was trag ich einfach nicht.«

Ich nahm den Schal und ging, und der Empfangschef im Hotel fragte: »Hat Ihre Frau Mama sich denn über das Geschenk gefreut?« »Riesig«, sagte ich und presste den Schal tief in die Plastiktüte, wo er in die Zitronenrolle matschte. Ich hatte ihn erst am Tag zuvor gekauft und ihm auf die Frage, was ich meiner Frau Mama denn schenken würde, gezeigt. Ihr 80. Geburtstag war in der Zeitung angekündigt gewesen, der Bürgermeister hatte auch geschrieben und gratuliert. »Gerade der«, hatte sie gesagt, »Trottel von der CDU«, hatte den Glückwunschbrief zerrissen und ins Klo geworfen wie damals meine ersten Gedichte und später, als mein Vater tot war, ihren Ehering.

Ich schlief schlecht in dieser Nacht und träumte von der Reise mit meiner Mutter, von Flora.

Am nächsten Morgen fuhr ich noch einmal bei ihr vorbei. Sie öffnete mir in einem leuchtend blauen Kleid (»Blau trage ich nicht mehr!«), das ich noch nie an ihr gesehen hatte. Sie strahlte, hatte ein goldenes Armband angelegt, das Cousine Margret und ihr Mann ihr zum 70. Geburtstag geschenkt hatten, und im Flur stand eine kleine Reisetasche. »Fertig«, sagte sie, »ich freu mich ja so.«

Ich musste schlucken und mich erst mal setzen.

»Mutter«, sagte ich, »wir sitzen stundenlang im Auto, und dann …« »Aber das weiß ich doch«, sagte sie ungeduldig. »Ich fahre gern Auto. Das Einzige, was dein Vater gut konnte, war Auto fahren, sonntags sind wir oft zum Drachenfels gefahren und haben Hühnersuppe gegessen. Ob man in Mailand auch etwas essen kann, wo kein Knoblauch dran ist? Ich esse nichts mit Knoblauch.«

Ich konnte nur staunen. Sie schaffte es immer noch, mich zu überrumpeln, und in so strahlender Laune hatte ich sie schon so lange nicht gesehen, dass ich einfach nicht das Herz hatte, jetzt noch nein zu sagen. Ich wollte zwei Tage in einem Hotel wohnen, durch Mailand bummeln, ruhiger werden, ein wenig italienisch werden, und danach würde ich für ein paar Tage, eine Woche, zwei Wochen zu Flora ziehen. Dann spätestens musste Mutter heimfliegen – es würde sich schon irgendwie arrangieren lassen, und im Auto, dachte ich, könnten wir vielleicht wirklich mal über ein paar Dinge reden, die mir schon so lange auf der Seele lagen. Das Auto ist ein wunderbar geschlossener Raum, niemand kann beleidigt gehen und eine Tür zuknallen, man muss sich nicht ansehen beim Reden, und ich musste mich aufs Fahren konzentrieren und konnte also nicht ausrasten.

»Gut«, sagte ich, »versuchen wir's. Dann los.«

Und ich nahm ihre Reisetasche, während sie geräuschvoll die Jalousien herunterließ. »Hast du deinen Pass?«, fragte ich, und sie sagte: »Was denkst du eigentlich von mir, dass ich eine vertrottelte alte Tante bin? Natürlich hab ich meinen Pass.« Und dann trällerte sie plötzlich: »Kennst du das Land, wo die Zitronen blühn? Dahin, oh mein Geliebter, will ich mit dir ziehn.«

Als ich ein kleines Kind war, hat meine Mutter viel mit mir gesungen, und sie kannte Unmengen von Gedichten auswendig und sagte sie bei jeder Gelegenheit auf. Ich erinnere mich daran, dass das eine schöne Zeit war – wenn ich auch nie auf ihrem Schoß sitzen, in ihrem Bett kuscheln, nicht einmal an ihrer Hand gehen durfte. Meine Mutter hatte sich, so schien es, jede Art von Zärtlichkeit aus irgendeinem Grund für immer verboten. Mein Vater hatte zwei Geliebte, eine junge schnippische Blonde und eine freundliche Verkäuferin, so alt wie er selbst, zu denen ging er regelmäßig und blieb oft auch über Nacht. »Ich bin bei Walter«, hieß es dann, oder: »Wartet nicht auf mich, ich übernachte bei Otto.« »Jaja«, sagte meine Mutter dann, »sag Walter, er soll weniger Parfüm auftragen, du stinkst entsetzlich, wenn du von dort kommst«, oder: »Vergiss nicht, für Otto die Seidenwäsche mitzunehmen, die ich in deinem Schrank gesehen habe.« Ich verstand das als Kind nicht und lachte, denn mein Vater hatte fünf Brüder, und die waren alle sehr komisch, da konnte ich mir jede ausgefallene Geschichte vorstellen. Onkel Otto arbeitete als Buchhalter, war der Einzige, der immer feingemacht in Schlips und Anzug gehen musste und wurde deshalb von seinen Brüdern »Herr Pinkel« genannt. Onkel Walter trank gern einen zu viel und hieß darum »Herr Pils«, Onkel Hermann war Jalousienbauer und war »Herr Schlitz«, Onkel Fritz arbeitete als Requisiteur im Theater, er hieß demnach »Herr Plunder«, und der Jüngste, Onkel Theo, war als Einziger fromm, lief viel in die Kirche und spendete dauernd für wohltätige Zwecke, das war natürlich »Herr Jesus«. Mein Vater hieß »Herr Lustig«, weil er immer gut aufgelegt war – außer bei uns zu Hause, aber wenn er mich mal mitnahm und ich mit ihm und seinen Brüdern und deren Frauen zusammen sein durfte – am ersten Weihnachtstag, an Omas Geburtstag, an meinem Geburtstag –, waren das Feste, auf denen viel gelacht und viel getrunken wurde. Ich mochte »Herrn Plunder« am liebsten, er brachte mir oft kleine Federhüte oder perlenbestickte Handschuhe oder Holzschuhe aus dem Theaterfundus mit, an denen meine Mutter dann misstrauisch schnüffelte und sagte: »Sonst noch was«, und weg damit in den Müll, wenn ich nicht höllisch aufpasste.

Als wir im Auto saßen, fragte ich sie: »Lebt eigentlich noch einer von Papas Brüdern?«

»Herr Jesus«, sagte sie. »Herr Jesus lebt noch, ich weiß das von Tante Karla, die mich ab und zu mal anruft.« Mein Vater hatte noch zwei Schwestern, Tante Karla und Tante Paula. Tante Karla hatte ich zuletzt gesehen, als ich fünfzehn Jahre alt war – auf der Beerdigung meines Vaters. Sie weinte schrecklich um ihn und umarmte meine Mutter immer wieder, was zu meiner Verwunderung auch innig und herzlich erwidert wurde. Sie war damals eine große, schöne Frau, jetzt musste sie über achtzig sein. Ihr Mann war im Krieg geblieben, und sie hatte nach dem Krieg zusammen mit Tante Paula, die einen Polizisten geheiratet hatte, ein Handarbeitsgeschäft eröffnet und lange Jahre geführt.

Ab und zu strickte meine Mutter mir etwas aus Wolle, die sie bei Tante Karla und Tante Paula kaufte – sie strickte schlecht, aber gern, doch als mein Vater tot war, hörte jeder Kontakt zu dieser Familie auf. Sie zog in die süddeutsche Kleinstadt, ich kam bis zum Abitur ins Internat und habe nie mehr einen von den Onkeln oder Tanten wiedergesehen. Das Briefeschreiben war in dieser Familie nicht in Mode, und so schliefen die Kontakte ein, aber ich dachte oft an Herrn Plunder, Herrn Pils und Herrn Pinkel.

»Irgendwie haben wir gar keine Familie mehr«, sagte ich. »Deine Schwestern sind tot, Cousine Margret ist eine

Schreckschraube, dabei waren wir doch so eine große Familie, Papa hatte sieben Geschwister und du fünf – was ist nur aus allen geworden?«

»Vom Winde verweht«, sagte meine Mutter und setzte eine schräge Sonnenbrille auf. »Walter hatte Krebs, Otto Herzinfarkt, Fritz ist unter die Straßenbahn gekommen, Hermann ist am Blinddarm gestorben, Paula hat sich totgesoffen. Nur Karla und ich sind noch da.« »Habt ihr noch Kontakt?«, fragte ich, und sie sagte: »Selten.«

Wie es in Mutters Familie aussah, wusste ich etwas besser, hatte es näher miterlebt – bis auf ihren Bruder Willi waren alle gestorben, und mit diesem Bruder sprach sie nicht, weil er Nazi war, als wären sie nicht alle Nazis gewesen. Aber er hatte wohl besonders viel Dreck am Stecken und hatte damals seinen eigenen Vater wegen vaterlandsverräterischer Äußerungen angeschwärzt. Daraufhin war mein Großvater ins Lager gekommen und von dort krank heimgekehrt und bald gestorben. Als Onkel Willi aus Polen zurückkam, sprach außer seiner Frau Maria niemand mehr mit ihm.

»In meiner Familie gab es vier Leute, die nur ein Bein hatten«, verkündete meine Mutter plötzlich fröhlich, und ich hätte fast die Abzweigung Richtung Basel verpasst. »Ist das eine genetische Geschichte«, fragte ich, »liegt das in der Familie, lauter Einbeinige? Da habe ich ja noch Glück gehabt.«

»Onkel Heinrich«, sagte sie, »hatte Zucker, dem musste früh ein Bein abgenommen werden. Onkel Moritz hatte Knochenkrebs, da haben sie auch ein Bein abgenommen. Onkel Moritz war viel reicher als Onkel Heinrich, er hat ihm immer seine abgelegten guten Anzüge geschickt. Aber da war das linke Bein weggebunden, bei Onkel Heinrich das rechte, und er wollte keine Hosen tragen mit Knick, sie hatten immer Krach deswegen.« »Und die andern beiden?«, fragte ich. »Mein Großvater«, sagte sie, »er war Schuster im Westerwald, Bauer und Schuster, und einmal hat er sich aus gutem Leder selbst ein Paar Schuhe gemacht, aber als er damit zum ersten Mal ausgehen wollte, waren sie zu klein. Er hatte so eine Wut, dass er sich mit der Axt die Zehen abgehauen hat. Sie mussten den Fuß amputieren.«

Ich zweifelte nicht mehr, woher der Jähzorn und die Ungeduld kamen, die auch zwischen meiner Mutter und mir ausbrachen, nachdem ich in die Pubertät gekommen war. Einmal hat sie mich mit einem Stocheisen für den Ofen blutig geschlagen, aber später wollte sie nichts mehr davon wissen. Ich zeigte die Striemen damals dem Pfarrer, der mich kurz zuvor konfirmiert hatte, und bald danach kam ich weg von ihr ins Internat. Fünf Jahre haben wir uns damals nicht gesehen, kein Lebenszeichen, nichts. Nur meine Tante Karla schickte mir ab und zu ein Päckchen mit Keksen und Bonbons und ein bisschen Geld.

»Und der vierte«, sagte sie, »das war Onkel Jupp, dem haben sie in Rußland ein Bein weggeschossen, er ist dann im Lager gestorben.«

Wir schwiegen und ich dachte plötzlich: Ich frag sie jetzt mal. Es ist so lange her, warum soll ich nicht wenigstens einmal die Sprache darauf bringen, vielleicht kann sie ja sagen ›es tut mir leid‹, und ich fragte meine Mutter:

»Warum hast du mich damals eigentlich so entsetzlich geschlagen?« Die Antwort kam sofort. »Ich habe dich nicht geschlagen.«

Ich schwieg, beschleunigte, die Autobahn war schnurgerade, fast leer, die Sonne schien. In der Ferne tauchte eine Brücke auf. »Mutter«, sagte ich, »ich fahre uns beide vor diesen Brückenpfeiler, wenn du jetzt nicht einmal, ein einziges Mal zugibst, dass du mich entsetzlich geschlagen hast, verdammt nochmal.« Sie schwieg, ich fuhr, die Brücke kam näher. Ich wechselte auf die linke Spur, hielt auf den Mittelpfeiler zu und war plötzlich ganz ruhig.

Na, und wenn schon, dachte ich. Vielleicht ist das mit Flora auch nur wieder so ein Irrtum, was soll das alles, dann ist es eben vorbei. Ich war ganz merkwürdig gefasst, fühlte mich beinahe leicht, als würde mir eine Entscheidung nicht abverlangt, sondern abgenommen. Ich starrte nur noch auf den Brückenpfeiler, wartete auf das Krachen und dachte daran, dass sich mein Leben jetzt wohl – wie nennt man es? – erfüllte und dass ausgerechnet ich zusammen mit meiner Mutter sterben und beerdigt werden würde, nebeneinander, ohne Liebe, in alle Ewigkeit, amen. »Wirf dies ererbte Graun von dir, ich bin nicht schauerlich, bin kein Gerippe …«, das dachte ich auch noch, fast fröhlich, und die Brücke kam näher. Meine Mutter fasste meinen Arm und rief: »Ja, aber was sollte ich denn machen, ich wurde einfach nicht mehr fertig mit dir. Du hast zu früh mit Jungens angefangen.«

Ich verlangsamte, lenkte zurück nach rechts, wir atmeten beide tief durch. »Du warst schwierig«, sagte sie, »und ich war unglücklich.«

»Und deshalb haust du auf ein kleines Mädchen ein, bis es

blutet?«, fragte ich und starrte geradeaus. »Ach Gott, blutet«, sagte sie, »und was heißt kleines Mädchen, es reichte immerhin schon, um an den Ecken rumzustehen und zu küssen. Ich hab dich doch gesehen. Wie dein Vater.«

Ich dachte an die unschuldigen Kinderküsse, die ich mit Tanzstundenfreunden ausgetauscht hatte, so hungrig nach einer Liebe, die es zu Hause nicht gab. Und dafür schlug sie mich.

Nach einer langen Pause atmete meine Mutter tief ein und sagte leise: »Es hat mir sofort so leidgetan.« Ich fasste nach ihrer Hand, und sie ließ es zu. Ich lenkte mit links, hielt mit rechts ihre Hand, ich konnte mich nicht erinnern, wann ich das je getan, wann sie das je zugelassen hatte, und wir fuhren schweigend weiter. Auf einmal sagte sie, wieder ganz vergnügt: »Das hier ist doch die Schweiz?« »Ja«, sagte ich, »soll ich lieber über die Dörfer fahren statt über die Autobahn? Am Vierwaldstätter See entlang? Dauert länger, ist aber sehr schön.« »O ja, bitte!«, sagte sie. »Ich habe mir immer schon gewünscht, einmal zu sehen, wo Wilhelm Tell war.«

Ich lachte. »Hat es den denn wirklich gegeben?«, fragte ich, und sie sagte entrüstet: »Was denkst du denn, ›mach deine Rechnung mit dem Himmel, Vogt, fort musst du, deine Uhr ist abgelaufen! Ich lebte still und harmlos, das Geschoss war auf des Waldes Tiere nur gerichtet, zum Ungeheuren hast du mich gewöhnt, in gärend Drachengift hast du die Milch der frommen Denkart mir verwandelt‹, herrlich, oder? Und dann muss er ja auf dieses Kind schießen, und am Ende sagt er: ›Was ich mir gelobt in jenes Augenblickes Höllenqualen, ist eine heilge Schuld, ich will sie zahlen.‹ Oder so ähnlich. Ja, wir müssen alle unser Päckchen tragen.«

»Woher kennst du bloß so viele Verse, Gedichte, halbe Stücke«, fragte ich, »ich behalte gar nichts auswendig, und du …«

»Alles Training«, sagte sie, »in den Bombennächten haben wir immer gelesen und auswendig gelernt, bei Kerzenlicht.«

»Wir?«, fragte ich, und sie sagte: »Karla und ich. Als unsre Männer im Krieg waren.«

»Aber dass du das heute alles noch im Kopf hast«, sagte ich, »das finde ich wirklich enorm.« »Ich bin ja viel allein«, antwortete meine Mutter, »und da rede ich mit mir selbst und sage mir das alles immer wieder auf.«

Ich fuhr durch kleine Dörfer, am See entlang, und sie las entzückt die Namen auf den Ortsschildern. Einmal, als eine kleine Dorfkirche auftauchte, rezitierte sie: »Aus den Tannenwipfeln ragte eines Türmleins spitzer Kegel, First und Giebel eines Klosters nach Sankt Benediktus Regel.«

Ich dachte darüber nach, wie viel Witz und Kraft in meiner Mutter steckten, und fragte mich, warum wir beide es nicht fertigbrachten, locker und fröhlich miteinander umzugehen. Ich hatte immer das Gefühl, sie mochte mich nicht, und das ließ mich ihr gegenüber störrisch, kühl, verhärtet sein. Und sie mochte mich wohl nicht, weil ich irgendwann meinem Vater zu ähnlich geworden war, und den hatte sie bei seiner Rückkehr aus dem Krieg einfach nicht mehr haben wollen – wie so viele Frauen dieser Generation, die in den Kriegsjahren selbständig und hart geworden waren. Und dann kamen die an Leib und Seele zerstörten Männer aus Russland zurück und nahmen einen Platz ein, den es eigentlich für sie nicht mehr gab, und wollten wieder alles besser wissen – wo der Sicherungskasten hing, wie man die Kinder zu erziehen hatte und dass die Frauen an den Herd gehörten. Viele Familien waren damals zerbrochen. Wir Kinder hatten kaum eine Chance, zu diesen fremden mageren Männern, die da als unsere Väter aus irgendeinem Lager heimkehrten, eine Beziehung aufzubauen. Und ich erinnerte mich an einen entsetzlichen Streit zwischen meinen Eltern, der damit endete, dass meine Mutter meinen Vater kalt ansah und sagte: »Spiel dich nicht so auf, letztlich bist du nichts anderes als alle andern auch: ein Mörder.«

Mit diesem Satz muss sie eine Mauer eingerissen haben, die er zum Schutz um sich herum aufgebaut hatte. Damals fing er an zu trinken und legte sich die beiden Freundinnen zu, es war der Anfang vom Ende unserer Familie.

Ich schob eine Kassette mit Schuberts Musik in den Kassettenrekorder, und meine Mutter, wie ich aus Gedanken gerissen, sagte sofort:

»Musik, du himmlisches Gebilde, voll hehrer Kraft und süßer Milde, wir fühlen doppelt tief dein Walten, wenn uns ein Leid das Herz gespalten.« Und dann sah sie mich an, lachte und sagte: »Schön, mal so mit dir zu reisen.« Ich konnte mich nicht erinnern, wann sie je etwas so Nettes zu mir gesagt hatte.

Wir machten Rast in Küssnacht, aßen Bündnerfleisch mit frischem Brot und tranken ein Glas Wein dazu. Da saß sie mit mir am Tisch, klein, energisch, in ihrem blauen Kleid, die Wangen leicht gerötet, und ab und zu traf mich ihr kritischer Blick.

»Bist du glücklich?«, fragte sie plötzlich, und ich sagte ohne nachzudenken: »Nein.«

Sie nickte. »Wie dein Vater«, sagte sie, »kein Talent. Die taten immer nur alle so, die ganze Familie. Da war keiner glücklich. Außer Tante Karla.«

»Warum gerade Tante Karla?«, fragte ich, und meine Mutter sagte: »Die war stark. Die wusste, was sie wollte. Ohne Tante Karla hätte ich den Krieg nicht überlebt.« Sie nippte an ihrem Wein und warf mir einen Blick zu. »Du übrigens auch nicht«, sagte sie. Und dann fügte sie noch leise hinzu: »Ohne Tante Karla gäb es dich nicht einmal.«

Ich saß ganz still und spürte, dass dies ein besonderer Augenblick war, dass sich etwas öffnete, in ihr, zwischen uns, und sie merkte wohl, dass sie so einen Satz nicht einfach unkommentiert im Raum stehen lassen konnte. Sie knetete ein Brotkügelchen und sagte, ohne mich anzusehen: »Ich wollte kein Kind. Wer will schon ein Kind im Krieg! Karla hat damals abgetrieben, ohne jedes Problem. Und ich – bis zum fünften Monat hab ich alles versucht, Einläufe mit Seifenlauge, Karla hat mit einer Stricknadel gestochert, ich bin mit Ziegelsteinen im Arm vom Tisch gesprungen – nichts. Du gingst nicht weg, du wolltest leben.«

Ich hielt den Atem an, mein Herz klopfte wild, und ich hatte tausend Bilder im Kopf, eine Million Fragen, Tränen, ein Meer von Tränen in der Seele. Und eine Mischung aus Angst und Glück im ganzen Körper. Angst zu leben, Glück zu leben.

Sie sagte: »Wir waren sicher, du wärst behindert, nach diesen Prozeduren. Aber du warst ganz gesund. Karla hat dich auf die Welt gezogen, in der Küche, während die Bomben fielen. Alle andern waren im Luftschutzkeller. Wir beide waren in der Küche, nur mit Kerzenlicht, die Fensterscheiben flogen raus, und plötzlich kamst du. Mein Gott, und du warst wirklich gesund. Wir haben vor Glück geheult, Karla und ich.«

Zum ersten Mal begriff ich, was für ein Opfer es gewesen sein musste, damals ein Kind zu bekommen, noch dazu von einem ganz offensichtlich ungeliebten Mann, der es in fünfzehn langen Ehejahren nicht geschafft hatte, ihr ein Kind zu machen, und ausgerechnet da, im Heimaturlaub während des Krieges, da musste es passieren.

Fast hätte ich meine Mutter in den Arm genommen, so stark empfand ich ihr Glück darüber, dass ich damals ein gesundes Baby war, als eine Liebeserklärung, aber ich zögerte eine Sekunde zu lange, und die Kellnerin kam an unseren Tisch, um zu kassieren.

Als wir weiterfuhren, hätte ich ihr beinahe von Flora erzählt. Ich hätte so gern einfach darüber gesprochen, dass ich eine Frau liebte und ob das überhaupt möglich war nach einer so langen Ehe, nach zwei Söhnen, nach zahllosen Affären. Aber ich sagte natürlich nichts, denn das war nun wirklich ein Thema, das man mit meiner Mutter nicht besprechen konnte. Dachte ich.

Ich fuhr durch die Schweiz, und meine Mutter saß, stiller geworden, neben mir. Manchmal nickte sie ein wenig ein, aber immer wieder wurde sie wach, setzte sich gerade hin, schaute aus dem Fenster. »Wie schön, dass ich das alles mal sehe«, sagte sie. Und als wir in Chiasso auf die Autobahn nach Mailand fuhren, fragte sie mich plötzlich: »Hast du die Zitronenrolle gestern noch gegessen?« »Nein«, sagte ich wahrheitsgemäß, und sie nickte. »Dachte ich mir«, sagte sie. Das war alles, danach schlief sie wirklich ein und erwachte erst wieder, als ich durch Mailand kurvte, um ein Hotel zu suchen.

Ich buchte zwei Einzelzimmer für zwei Nächte, und sie fragte mich: »Wo wohnst du denn danach?« »Bei der Kollegin«, sagte ich und half ihr, sich in ihrem Zimmer zurechtzufinden. Am Abend gingen wir aus, ich musste den Kellner beschwören, ihr ein Gericht ohne Knoblauch zu bringen, und sie war bald die Königin des Lokals, »la mamma!« und hielt alle mit Sonderwünschen auf Trab. Sie orderte unbeirrt auf Deutsch, »bitte nicht diesen sogenannten ›Expresso‹, sondern einen richtigen Kaffee, und nicht zu stark, und mit Milch, aber keine Büchsenmilch!«, und ich übersetzte, und sie wunderte sich, dass man sie nicht verstand, obwohl sie doch derart deutlich sprach. KAFFEE und MILCH und NICHT ZU STARK, mein Gott, das musste man doch auf der ganzen Welt verstehen, oder etwa nicht? Diese Italiener erschienen ihr freundlich, aber ein bisschen begriffsstutzig.

Der Abend ging erstaunlich friedlich herum. Es war, als würden wir beide einen anderen Ton anschlagen, wenn wir nicht in den eigenen vier Wänden waren. Als ich sah, dass sie müde war, lieferte ich sie im Hotel ab und ging noch ein bisschen allein los, um in irgendeiner Bar ein paar Gläser Wein zu trinken und nachzudenken – über sie, über mich, über Flora, über das, was wir alle von unserem Leben erwarteten und was das Leben uns für Schnippchen schlug. Hatte man wirklich irgendetwas selbst in der Hand, oder kam alles einfach, wie es kommen musste? Und ich ertappte mich dabei, nun auch in

Versen zu denken, wie sonst sie es immer tat: »Kann grundlos so ein Gott des Lebens Teppich weben? Ist Qual ein Einfall wie ein buntes Muster und alles Händeringen nur ein Ornament?« und ich dachte: Sieh da, wir sind uns doch ähnlicher, als man meinen möchte. Gab es einen Sinn, ein geheimnisvolles Muster, oder war alles bloß Zufallsornament, ihre Härte, meine Unrast, ihr abruptes Schlussmachen mit aller Liebe und aller Zärtlichkeit und mein ewiger Hunger danach?

Ich betrank mich ein bisschen und wurde am nächsten Morgen wach von ihrem Klopfen an meiner Zimmertür.

»Ich geh frühstücken«, rief sie, »steh auf, es ist schönes Wetter. Ich warte unten.«

Als ich zum Frühstück kam, plauderte sie schon mit dem Kellner, obwohl sie kein Italienisch und er kein Deutsch sprach, aber es wurden Brote empört in die Luft gehalten, zu weiß! zu weich! und der Kellner brachte dunkleres Brot und wurde dafür gelobt. Sie hatte alles im Griff, so als wäre sie ihr Leben lang in der Weltgeschichte herumgereist. Welche Kraft steckte doch in ihr, eine Kraft, für die es in ihrem elenden kleinen Rentnerleben gar kein Ventil gab.

Wir bummelten an diesem schönen, warmen Tag durch Mailand, sie in hellgrauen Wildlederpumps mit halbhohen Absätzen, ich in flachen Gesundheitsschuhen. Heute weiß ich, wie ich sie allein für ihre Schuhe geliebt und bewundert habe, aber sie musste erst sterben, bis mir das bewusst wurde.

Wir gingen durch die Galleria am Dom, durch ein Kaufhaus, durch die Modestraße Via Monte Napoleone, in der die Boutiquen aller großen Modemacher sind – Marmorpaläste von Valentino, Gucci, Ungaro und Fendi mit riesigen Schaufenstern, in denen ein paar himbeerrote Schuhe für dreitausend Mark oder ein einziges, winziges, papageienbuntes Seidenblüschen für achttausend Mark lagen, und in Lire gingen diese Summen gleich in mehrstellige Millionen. Meine Mutter konnte nicht genug staunen, zeigte auf Preis und Ware und dann, als eine blasierte, wunderschöne Verkäuferin zu uns hinaussah, tippte sie sich an die Stirn und zeigte der Verkäuferin, die sich sofort abwandte, einen Vogel. »Millionen für ein Blüschen! Ihr seid ja verrückt!«, rief sie.

In einem kleinen, eleganten Wäschegeschäft kaufte ich ein schönes, seidenes Nachthemd für meine Mutter. Ich musste sie dazu überreden, aber sie freute sich doch, probierte es über ihren Kleidern an und lief damit im Laden auf und ab. »So teuer!«, sagte sie, »mich sieht doch nie einer im Nachthemd, na ja, vielleicht, wenn es mal ans Sterben geht.« Als es ans Sterben ging, musste sie die hinten offenen Krankenhaushemden tragen, aber immerhin haben wir sie in diesem seidenen Nachthemd aus Mailand, das sie bis dahin nie getragen hatte, beerdigt. Oder sagen wir: Es ist mit ihr zusammen verbrannt worden.

Am Abend saßen wir in einem ruhigen, kleinen Lokal und aßen Polenta mit dünn geschnittenem Kalbsbraten in einer wunderbaren Sauce. »Heute bezahle ich«, sagte meine Mutter und bestellte noch ein Glas Wein für mich und ein Schnäpschen für sich. Sie ging mit dem Ober zur Theke und ließ sich alle Flaschen zeigen. Sie schimpfte mit ihm, weil es keinen Himbeergeist gab, und schließlich entschied sie sich für Calvados.

»Weg muss er, weg ist er«, sagte sie, als das Glas vor ihr

stand, hob es hoch und kippte es fast auf einen Zug hinunter, nach Kumpelart aus dem Ruhrgebiet, wo sie aufgewachsen war. Ich musste lachen, so hatte ich sie noch nie gesehen, und sie hatte auch schon einen leichten Schwips. Als ich vorsichtig bat: »Erzähl doch mal ein bisschen von früher«, fing sie tatsächlich an und sagte als Erstes einen völlig idiotischen, unerwarteten Satz, über den wir fast zehn Minuten lachen mussten. Sie sagte: »Tante Luzie ist damals nach dem Krieg in den Osten gegangen und hat dann bei der VEB Genuß gearbeitet und Vitalade hergestellt.«

Ich fand das so übergangslos komisch, dass ich mich lange nicht beruhigen konnte, aber ich erinnerte mich an Pakete von Tante Luzie, die uns eine gräßlich fettige Schokoladenimitation schickte und im Gegenzug um Kaffee bat. »Warum ist sie in den Osten gegangen?«, fragte ich. »Weil sie an den Sozialismus glaubte«, sagte meine Mutter. »Meine Familie, wir waren damals ja alle links, Arbeiter, Sozialisten, aber dein Vater und das ganze Gesocks, alles Nazis. Dummköpfe, Mitläufer, eingebildete Kerle, die sich in gut sitzenden Uniformen wichtig machen wollten.«

So deutlich hatte sie das noch nie ausgesprochen. »Über Politik wurde doch zu Hause nie geredet«, sagte ich. »Eben drum«, antwortete sie, »sonst hätte es Mord und Totschlag gegeben. Außer den Schwestern deines Vaters waren sie alle Nazis, die ganze Familie. Tante Paula war zu blöd und Tante Karla zu klug dafür. In meiner Familie schlug nur Willi aus der Reihe. Der war auch zu blöd.«

Onkel Willi lebte noch. Er verließ so gut wie nie das Haus, und wenn, dann mit Hut und Brille vermummt. Er hatte immer Angst, jemand würde ihn auf der Straße erkennen – vielleicht der Jude, dem er, nach Familienerzählungen, in Polen den Finger abgeschnitten hatte, um an den Brillantring zu kommen, den Tante Maria heute noch trug.

»Hast du dich deshalb mit Papa so zerstritten?«, fragte ich, und sie sagte: »Ich konnte nicht mehr atmen neben ihm, mir wurde schlecht, wenn er mich nur anfasste.« Und dann trank sie den Rest ihres Calvados und fügte hinzu: »Und ich war im Krieg so glücklich. Wir waren sehr glücklich. Ohne Männer.«

Der Kellner kam und bot auf Kosten des Hauses noch etwas an, einen Kaffee? Einen Amaretto? Meine Mutter scheiterte beim Zahlen, weil er natürlich kein deutsches Geld nahm, obwohl sie ihm den Hunderter immer wieder energisch unter die Nase hielt und rief: »Aber er ist echt! Es ist gutes deutsches Geld! Wir sind doch in Europa!« Ich zahlte, und der Kellner versuchte, meine Mutter zu trösten, indem er ihr die Tüte mit dem Seidennachthemd bis zur Tür trug. Die Italiener scheinen einfach »la mamma« in jeder Erscheinungsform zu lieben.

Im Hotel fand ich eine Nachricht von Flora. Wir hatten schon ein paarmal telefoniert, natürlich wusste sie, dass meine Mutter mit mir in Mailand war, aber ich hatte ihr versichert, dass sie Donnerstag gegen achtzehn Uhr abfliegen würde. Freitagmorgen wollte Flora eigentlich kommen, doch die Nachricht lautete: »Komme schon Donnerstag fünfzehn Uhr. Will Deine Mamma noch sehen. F.«

Das gefiel mir überhaupt nicht: Ich wollte nicht, dass sie sich trafen. Ich wollte mit Flora allein sein. Ich wollte meine Mutter nicht so eng in mein Leben einbeziehen. Natürlich würden wir ihr nichts von unserer Liebe sagen, aber auch ohne das war mir so eine Begegnung einfach zu nah, zu viel, zu intim. Zu gefährlich. Ich erinnerte mich daran, wie meine Mutter immer mit meinen Freunden umgesprungen war, als ich noch zu Hause wohnte und zur Tanzstunde abgeholt wurde. »Warum ausgerechnet unsere Nina«, hatte sie Rüdiger gefragt, in den ich so verliebt war, »gibt es keine netteren Mädchen?«

Ich konnte die ganze Nacht nicht schlafen, war am nächsten Tag gereizt, und es gab wieder die alten Kräche und Sticheleien zwischen uns. Die Zeit zog sich hin, und ab zwölf Uhr fing meine Mutter schon an mit: »Müssen wir nicht zum Flughafen fahren?« Wie alle alten Leute war sie immer stundenlang zu früh dran. Ich hatte ihr gesagt, dass wir meine Kollegin, die aus Amerika kam, abholen würden, wir könnten dann noch einen Kaffee zusammen trinken, und später würden Flora und ich sie dann ins Flugzeug setzen. Das war ihr recht, und sie fragte: »Spricht sie Deutsch?« »Ja«, sagte ich, »sie ist aus Bruneck in Südtirol, da wachsen alle zweisprachig auf.«

Ich sah Flora sofort. Sie überragte die anderen, sie strahlte, sie leuchtete, und meine Mutter, klein und zappelig neben mir, sagte: »Das ist sie.« »Woher weißt du das?«, fragte ich. »Du kennst sie doch gar nicht.« »Das sehe ich«, sagte meine Mutter. »Sie strahlt. Sie strahlt für dich.«

Ich war zu aufgeregt und zu nervös, um über diese Bemerkung weiter nachzudenken. Sie fiel mir erst viel später wieder ein, und dann verstand ich, dass meine Mutter vom ersten Augenblick an begriffen hatte, was zwischen Flora und mir war. Sie hatte es begriffen, und es gefiel ihr.

Flora und ich umarmten uns, fest, stumm, versicherten uns mit einem Blick, dass zwischen uns alles in Ordnung war, und dann küsste Flora meine kleine stramme Mutter rechts und links auf die Wangen.

»Meine Mamma war auch so klein«, sagte sie. »War?«, fragte meine Mutter. »Ja«, sagte Flora, »sie ist tot«, und meine Mutter sagte: »Ich mach's auch nicht mehr lange.«

Flora lachte. »Danach sehen Sie aber nicht aus«, sagte sie, hakte mich und meine Mutter unter und zog uns ins Flughafenrestaurant.

Wir saßen fast zwei Stunden zusammen. Flora erzählte von New York, meine Mutter sprudelte nur so von unseren Mailänder Erlebnissen, ich war eher still, sah Flora an und dachte: »Wie schön sie ist! Ob sie mich wirklich liebt?« Und, ja, sie liebte mich, ich sah es an ihren Blicken, ich fühlte es, wenn sie unter dem Tisch rasch meine Hand oder mein Bein drückte, und ich wusste es genau nach dieser ersten Nacht seit unserer Trennung.

Aber noch saßen wir hier, ich ungeduldig, wie auf Kohlen, Flora gelöst, meine Mutter völlig überdreht. Als wir sie endlich zu ihrem Abflugsteig brachten, gab sie uns beiden einen Klaps und sagte keck: »Macht's gut, ihr zwei!«, und Flora sagte hinterher: »Die ist nicht blöd. Die merkt sofort, was los ist.« Ich lachte und sagte: »Ach was, auf so was kommt die nicht mal im Traum, diese Generation ist viel zu prüde.«

Als meine Mutter durch die Passkontrolle verschwand, küssten wir uns schnell, und ich bin mir nicht ganz sicher, ob meine Mutter das noch gesehen hat, denn plötzlich drehte sie sich noch einmal um und rief: »Nina! Danke!«

Sie starb zwei Jahre später, nach einem Schlaganfall. Über Flora haben wir manchmal noch gesprochen, sie fragte immer wieder nach ihr, aber ich wich aus und hoffte, Cousine Margret würde nicht entdecken, dass Flora inzwischen schon beinahe bei mir wohnte. Ich war so glücklich mit Flora, aber ich hätte nie den Mut gehabt, meiner Mutter von dieser Liebe zu erzählen. Und doch vertrugen wir uns seit der Reise nach Mailand besser – trotz der alten, schnippischen Rituale zwischen uns waren wir uns nähergekommen. Nicht, dass wir uns umarmt oder größeres Vertrauen zueinander gehabt hätten, aber es war doch nicht mehr so gefährlich kalt wie früher, wenn wir zusammensaßen.

Als meine Mutter im Krankenhaus lag, gelähmt, fast immer bewusstlos, nahm ich Flora einmal mit zu ihr ans Bett. Sie tat, was ich nicht konnte: Sie schnitt ihr die Fuß- und Fingernägel, sie kämmte sie, sie beugte sich über sie und küsste sie. Ich konnte nur dasitzen, über all die verpassten Gelegenheiten weinen und die Hand meiner Mutter halten, die schlaff und weich in meiner Hand lag. Flora setzte sich zu mir, legte den Arm um mich, und auf einmal schlug meine Mutter ihre blauen Augen auf, sah uns an, als würde sie verstehen, dass ich endlich glücklich und zur Ruhe gekommen war, und sie griff nach Floras Hand und legte sie auf meine. Zufall? Bewusste Handlung? Sie starb wenige Tage danach, und wir zogen ihr das schöne Mailänder Nachthemd an.

Monate später, ich hatte ihre Wohnung aufgelöst, ihre Möbel verschenkt, ein paar Kleinigkeiten behalten, kramte ich in einem Karton, in dem sie alte Fotos aufbewahrt hatte. Flora sah mir über die Schulter. Da war mein Vater in Uniform mit

Hakenkreuz, da waren die einbeinigen Onkel, da war ich, auf dem Arm von Tante Paula, da war meine Mutter, Anfang der 40er Jahre, als junge hübsche Frau. Unten in dem Karton lag ein weißer Briefumschlag, auf dem stand: »Nur für Nina.« Er war mit Tesafilm und Klebeband so fest umwickelt und verschlossen, dass wir eine Schere brauchten, um ihn aufzuschneiden. Ich hatte Angst, was ich darin finden würde. Ich fühlte, dass ich ihrem größten, ihrem einzigen, ihrem wirklichen Geheimnis auf der Spur war.

Der Umschlag enthielt vier kleine schwarz-weiße Fotos mit gezackten Rändern. Auf allen vier Bildern waren Tante Karla und meine Mutter – meine Mutter in einem Blumenkleid, das ich unter ihren Sachen in Seidenpapier eingewickelt gefunden hatte. Ich hatte sie nie darin gesehen, aber es war, obwohl ein bisschen verschlissen und verblichen, so schön, dass ich es nicht übers Herz gebracht hatte, es in die Kleidersammlung zu geben wie ihren Nerz und die übrigen Sachen. Ich hatte es behalten, und hier auf diesen Fotos begegnete ich dem Kleid plötzlich wieder. Auf zwei der Fotos rauchte meine Mutter, ich hatte sie nie rauchen sehen. Und neben ihr, den Arm um sie gelegt, ebenfalls rauchend, Tante Karla in einem Männeranzug mit Oberhemd, gelockertem Kragen und Schlips. So standen sie nebeneinander, umarmten sich, sahen unbeschreiblich glücklich aus und lachten in die Kamera, mitten im Krieg, und die Fotos hatte sicher Tante Paula gemacht. Im Hintergrund stand ein Kinderwagen, vielleicht lag ich darin und schlief. Es muss in der Kriegswohnung gewesen sein, in der Tante Karla und meine Mutter zusammen gewohnt hatten, ich erkannte ein Blumenbild an der Wand wieder, das später bei uns zu Hause gehangen hatte, und den schwarzen Elefanten aus Ebenholz mit den echten Elfenbeinzähnen auf dem Radio, der jetzt auf meinem Schreibtisch steht.

Das dritte Bild zeigte meine Mutter mädchenhaft klein in einem Sessel sitzend. Tante Karla saß auf der Lehne, hatte eine Hand auf ihrer Schulter, und sie sahen sich an. Und auf dem vierten Foto waren meine Mutter und meine Tante Karla in einen innigen Kuss versunken, mit geschlossenen Augen.

Ich drehte die Bilder um. Auf der Rückseite aller vier Fotos stand derselbe Satz, mit sepiabrauner, verblichener Tinte in der zierlichen Schrift meiner Mutter geschrieben: »1940–1945, mit Karla. Meine schönsten Jahre.«

7. FRAU JANOWIAK, FRAU JANOWIAK, ICH KANN SIE SEHEN!

Der Elektriker ist wieder weg. Er muss denken, dass ich verrückt bin. Ich habe ihm ein viel zu großes Trinkgeld gegeben, und er hat mich angesehen mit diesem prüfenden, besorgten Blick, mit dem man auf quengelnde Kinder, debile Alte oder eben durchgedrehte Frauen schaut. Aber er hat die Lampe repariert und dabei die Spinne an ihrem Platz gelassen und ihr fein gewebtes Netz zwischen Lampenkabel und Zimmerdecke nicht zerstört.

Als er auf die Leiter stieg und ich zu ihm hochsah, ließ sie sich gerade an einem Faden herunter. In diesem Augenblick passierte irgendetwas in mir, das ich nicht erklären kann – eine Explosion aus Erinnerungen und Gefühlen, und ich stürzte auf die Leiter zu, breitete die Arme aus und rief: »Meine Mutter, meine Mutter!«

Er war abrupt auf der dritten Sprosse stehen geblieben und hatte mich entgeistert angestarrt. Was hätte ich ihm erklären können? Die Tränen standen mir in den Augen, ich konnte gar nichts sagen, nichts erklären, schon gar nicht diesem wildfremden Elektriker.

»Meine Mutter!«, sagte ich stattdessen nur noch einmal

leise, und um überhaupt noch irgendwas zu retten, fügte ich hinzu: »Meine Mutter hat früher so was immer repariert – aber sie ist tot.« Und dann zeigte ich auf die Spinne und ihr zartes kleines Netz: »Bitte«, sagte ich, »machen Sie das nicht kaputt!«

Er nickte, kletterte weiter hoch, schraubte die Lampe mit der zerborstenen Birne und der defekten Fassung aus der Decke und kam wieder herunter von der Leiter. Er setzte sich an meinen Küchentisch und nahm die Lampe auseinander, nachdem er noch einen raschen, besorgten Blick auf mich geworfen hatte.

Ich wusch den verschmierten Lampenschirm mit dem Spülschwamm unter fließendem warmen Wasser sauber. Er entfernte die Scherben der geplatzten Glühbirne aus der alten Fassung, setzte eine neue Fassung, eine neue Birne ein, nahm den Schirm, nachdem ich ihn sorgfältig abgetrocknet hatte, und schraubte das Ganze wieder zusammen.

Es gab keinen Mann in meinem Leben, der eine so einfache Reparatur für mich hätte machen können. Ich war zu ungeschickt und zu ängstlich dazu, und meine Mutter, die sich energisch an alles gewagt hatte, war seit einem halben Jahr tot und fehlte mir entsetzlich. Wie verloren, wurzellos ging ich umher und suchte sie auf dem Weg zum Bäcker, zum Supermarkt, zur Post, hoffte bei der Rückkehr in diese für mich allein so große und stille Wohnung, sie würde doch plötzlich wieder da sein und ich würde sie an der Nähmaschine, am Klavier, mit dem Staubsauger hören, wenn ich heimkäme. Es blieb still, sie war verschwunden. Wohin? Wohin gehen die Toten, wenn sie uns verlassen? Wir sind auf ihr plötzliches und so endgültiges Verschwinden niemals richtig vorbereitet. Aber jetzt, während ich diesem Mann zusah, der die Lampe wieder an der Decke befestigte, jetzt hatte ich zum ersten Mal das Gefühl: Sie ist da, sie ist in meiner Nähe, sie schaut auf mich, hier, in unserer Küche.

»Vorsicht!«, sagte ich zu dem Elektriker, als er sich an der Zimmerdecke zu schaffen machte, und: »Ich weiß schon«, nickte er und schraubte, und ich sah sehr wohl, dass er zu dem Spinnennetz schaute und es gern mit einer einfachen Bewegung seines Schraubenziehers weggewischt hätte. Er tat es nicht.

Er war fertig und kam die Leiter wieder herunter. Keine zehn Minuten hatte er für all das gebraucht, und nun kippte er die Sicherung wieder zurück, drückte auf den Schalter, und die Lampe brannte. »Brennt«, sagte er überflüssigerweise und sah mich an, wie man eben eine Frau ansieht, die plötzlich aus heiterem Himmel »Meine Mutter! Meine Mutter!« schreit und die ein Spinnennetz nicht wegwischt, wie es doch jede gute Hausfrau täte, und die also allem Anschein nach eben das nicht ist, eine normale gute Hausfrau. Immer war ja auch Mutter die Hausfrau gewesen, immer hatte sie alles geordnet, geplant, organisiert, ich war das Kind, bis zuletzt, bis zu ihrem Tod, und da war ich vierzig Jahre alt.

»Kind«, hatte sie in einem ihrer letzten klaren Augenblicke gesagt und meine Hand gehalten, »Kind, wenn du nur zurechtkommst ohne mich! Denk immer dran, ich bin nicht wirklich weg von dir. Das sieht nur so aus. Ich bin immer da, ich sehe dich, und irgendwann wirst du mich auch sehen und wirst wissen, dass ich es bin.«

Wenn das so einfach wäre – bis jetzt hatte ich sie nicht nur nie mehr gesehen, ich hatte nicht einmal in irgendeiner Form ihre Nähe gefühlt, in dieser Wohnung nicht, auf unseren gemeinsamen Wegen nicht, die ich nun allein ging, erst recht nicht an ihrem Grab, in dem sie unter Rosen und Lavendel lag. »Gib ein Zeichen!«, hatte ich schon manchmal geflüstert, aber es gab kein Zeichen, nichts. Ich war allein, das verlassene Kind, sie, die mein ganzes Leben so sehr bestimmt, beschützt, bewacht und geregelt hatte, sie war nicht mehr da. Immer war ich schüchtern gewesen, furchtsam, von heftigen Angstphantasien heimgesucht, glücklich nur in der Welt meiner Bücher, und wenn ich daraus auftauchte – auch später in meinem Beruf als Bibliothekarin in der Stadtbücherei –, dann hatte Mutter immer schon alles aufgeräumt, hatte gekocht, den Tisch schön gedeckt, meine Wäsche gewaschen und gebügelt, und sie strahlte mich an und sagte: »Komm, Kind, leg deine Brille weg, jetzt machen wir es uns richtig gemütlich.«

Einmal hatte ich versucht, einen Mann etwas näher kennenzulernen, der immer so viele Bücher in der Bibliothek entlieh, dass er mir schon dadurch sympathisch geworden war. Er hieß Hermann Westermann, und ich fand es nicht einfallsreich, dass seine Eltern, wenn sie schon Westermann hießen, dem Vornamen auch noch ein -mann hatten angedeihen lassen, Hermann Westermann, der doppelte Mann sozusagen. Er war alles andere als männlich. Zwar war er groß, aber sehr weich, wie knochenlos, rosafarben, und er trug Brillen mit Gläsern wie Flaschenböden so dick. Es hatte lange gebraucht, bis er auf meine freundlichen Ansprachen auch einmal entsprechend reagieren konnte, über und über errötend. Er lieh sich nur Tierbücher aus – Sachbücher, Kinderbücher, Romane, alles handelte von Tieren, und es schien gleichgültig zu sein, ob er das Leben der Eisbären in Alaska, eine Abhandlung über Katzen als Grabbeigaben im alten Ägypten, eine Kulturgeschichte des Weißkopfadlers oder ein lustiges Kinderbuch über ein zahmes Eichhörnchen namens Anton auslieh – alles schien ihm zu gefallen, und ich lud ihn eines Tages ein, meine tierliebe Mutter und mich zu Hause auf einen Tee zu besuchen.

Er war tatsächlich gekommen, aber die Unterhaltung während des Tees war stockend und zögerlich verlaufen. Meine Mutter, die Kuchen gebacken hatte, wollte unbedingt, dass Hermann Westermann sich zu einer bestimmten Tierart vorrangig bekannte. »Sie können nicht alle Kreaturen gleich lieben«, sagte sie, »es führt, wenn Sie mich fragen, kein Weg von der Liebe zum Zierfisch bis zur Verehrung des genügsamen Dromedars.« Er fragte sie aber nicht, blieb einsilbig und verließ uns früh. Ich war noch einmal mit ihm ins Kino gegangen, in den Film *Die Wüste lebt* von Walt Disney, aber er hatte im Dunkeln nicht nach meiner Hand gegriffen, und vielleicht war das auch besser so. Ich war, so schien mir, für die Männer nicht gemacht. Schon in der Tanzstunde hatte mich nie jemand recht beachten wollen, aber wenn ich ein wenig deswegen weinte, hatte Mutter mich getröstet und gesagt: »Kind, die Männer sind es alle nicht wert.« Im Laufe der Jahre hatte ich mich an mein männerloses Leben mit Mutter gewöhnt.

Der Elektriker nannte mir einen Preis, der niedriger war als die Kosten für die Anfahrt. Ich rundete großzügig auf, und er sah mich ein letztes Mal besorgt an, ob denn auch alles in Ordnung wäre mit mir, und dann ging er. Ich setzte mich an den Küchentisch und schenkte mir ein Glas Wein ein, am hellen Tag. Und ich dachte an meinen Vater, der schon früh gestorben war, gerade in dem Sommer, als wir in das kleine Haus am Stadtrand umgezogen waren. Ich war damals zehn Jahre alt. Mein Vater war Vertreter für Herrenstoffe gewesen. Mit einem Koffer, den man aufklappen konnte wie ein Schränkchen und in dem auf kleinen Holzstangen Stoffmuster für Herrenanzüge hingen – grau, graumeliert, pepita, blau, dunkelblau, schwarz –, fuhr er über Land und besuchte Herrenschneider und gute Ausstattungsgeschäfte, und er starb, kurz ehe er damit endgültig pleiteging, denn solche Unternehmen gab es bald nicht mehr und sie wichen großen Kleiderfabriken. Er war still und gehemmt wie ich, und meine Mutter seufzte immer, wenn sie ihn durch die Gardine von seinen Reisen zurückkommen sah. Früher, als wir noch in der dunklen Dreizimmerwohnung in der Mittelstädter Straße gewohnt hatten, gab es ein Elternschlafzimmer, aus dem nie auch nur ein Laut drang, wenn er daheim war – sie stritten nicht, sie lachten nicht, sie redeten ganz offensichtlich nicht einmal miteinander, wenn sie allein waren.

Gespräche mit meinem Vater gab es nur beim Essen in der Küche, an diesem Tisch, wenn es um meine Schularbeiten, die Zahnspange oder eine notwendige neue Anschaffung ging. Fuhr er dann wieder los auf seine Tour mit seinem seltsamen Musterkoffer, sah ihm meine Mutter vom Fenster aus nach, schwieg, seufzte und drehte sich dann zu mir um. »So, Kind«, sagte sie, »jetzt machen wir es uns wieder gemütlich.«

Und das schaffte sie auch immer wieder, es gemütlich zu machen in dieser wenig schönen, lauten Wohnung an der Mittelstädter Straße, durch die Tag und Nacht der Verkehr rollte. Direkt vor unserer Haustür hielt die Straßenbahn der Linie 6, die vom Ostfriedhof kam und an uns vorbei hinausfuhr ins Grüne, zur Elisenhöhe. Das waren von uns aus noch acht Haltestellen, und sonntags fuhren wir manchmal zur Endstation, Mutter und ich, wenn Vater am Küchentisch saß und seine Abrechnungen machte, und dann gingen wir auf der Elisenhöhe spazieren, durch die schmalen, baumbewachsenen Straßen, vorbei an den hübschen kleinen Häusern mit den netten Vorgärten, und meine Mutter sagte: »Hier werden wir eines Tages auch wohnen, das verspreche ich dir.«

Sie hielt ihre Versprechen immer, und tatsächlich gelang es ihr kurz nach meinem zehnten Geburtstag, eines dieser Häuschen zu mieten. Sie nähte damals viel in Heimarbeit und verdiente auch durch Klavierstunden, die sie gab, so viel zum kläglichen Gehalt meines Vaters dazu, dass wir die Miete für ein kleines Haus in der Akeleistraße zahlen konnten. Es hatte auch einen dieser gepflegten Vorgärten, auf den das große Wohnzimmerfenster – das Blumenfenster – hinausging. Rechts um das Haus herum führte ein Kiesweg in den hinteren Garten und zur Küchentür, deren obere Hälfte aus Glas war. Wenn die Sonne schien, konnte man durch dieses Küchenfenster durch die Küche, ein Stückchen Flur, durchs Wohnzimmer und wieder dort zum Fenster hinaus in den Vorgarten blicken.

Wir waren sehr glücklich in unserm kleinen hellen Haus. Wir, das heißt: Mutter und ich, denn kurz nach dem Umzug war Vater auf einer seiner Reisen gestorben. Ein Herzanfall. Er hatte noch rechts an den Straßenrand fahren können und war dann über dem Steuer seines Autos zusammengesunken – ein graues Auto, grau wie er selbst, sein Leben, seine Musterstoffe. Sie hatten uns angerufen, und Mutter und ich waren in ein Krankenhaus gefahren, wo es nichts mehr zu tun gab. Kurze Zeit später schon hatte Mutter das graue Auto, seine grauen Mäntel, Anzüge und Hüte, ja sogar den Musterkoffer mit den Stoffproben verkauft. Die Hälfte des Doppelbettes verschwand aus dem Schlafzimmer, und es war, als ob es diesen Mann nie gegeben hätte. Heute denke ich oft mit einem wehen Gefühl an ihn und versuche, mich daran zu erinnern, was wohl seine letzten Worte an mich gewesen waren. Auf Wiedersehen? Mach's gut? Also dann? Ich weiß es nicht, und manchmal wünsche ich mir, ich könnte noch einmal mit ihm in der Küche sitzen, jetzt zum Beispiel, hier, bei diesem Glas Wein, und dann würde ich ihn bitten, von sich zu erzählen – vom Krieg, von seinen unerfüllten Träumen, und ob er manchmal an uns, an mich gedacht hat, bei seinen langen Fahrten über die Landstraßen.

Nach der Beerdigung hatte Mutter die Nachbarn und Freunde nicht in ein Restaurant eingeladen, wie es üblich war, sondern alle gebeten, mit zu uns nach Hause zu kommen. Die Linie 6 fuhr ja direkt von der Endhaltestelle Ostfriedhof zur Endhaltestelle Elisenhöhe, an unserer ehemaligen Wohnung und der Wohnung der Nachbarn in der Mittelstädter Straße vorbei, man musste einfach nur noch acht Haltestellen länger sitzen bleiben, und die Nachbarn kannten ja unser Häuschen noch nicht.

Sie kamen alle. Es war ein warmer Tag im Mai, man saß im Garten und es gab Kaffee und Kuchen, später Schnittchen, Bier und Schnäpse für die Männer. Die Akeleien und die Pfingstrosen blühten, auch noch der Flieder, und Frau Bittner sagte: »Wie haben Sie es doch schön hier, Frau Janowiak!« und Herr Hürzeler sagte: »Frau Janowiak, ich beneide Sie um diesen Garten.« Ich führte die Nachbarn durchs Haus, zeigte mein Zimmer, Mutters Nähzimmer, das sonnendurchflutete kleine Bad und hoffte, sie würden bald wieder alle gehen. Aber sie blieben bis in den Abend hinein, und als sie endlich mit der Linie 6 wieder abfuhren, zog meine Mutter sofort das schwarze Kostüm aus, ein Hauskleid an, räumte Teller, Tassen, Gläser zusammen und sagte: »So, Kind, das war dieses Kapitel. Jetzt machen wir beide es uns richtig gemütlich«, und dann gab es, nur für uns, Kartoffelsalat mit Würstchen.

Herr Hürzeler hatte angekündigt, uns bald wieder zu besuchen, und tatsächlich stand er schon zwei Wochen später mit einem Strauß Freilandrosen vor der Tür. Ich machte im Garten an einem kleinen Tisch meine Schularbeiten, Mutter gab im Haus eine Klavierstunde – sie hatte in dieser Gegend der gut gestellten Häuschenbesitzer mit Kulturanspruch in kürzester Zeit sieben neue Schüler bekommen und die Preise für eine Klavierstunde mutig erhöht. Herr Hürzeler setzte sich zu mir in den Garten, und wir hörten zu, wie Renate Schlegel die Bassnoten übte, und Herr Hürzeler zeigte unter den Jasmin und sagte: »Hier muss man doch ein Gemüsebeet anlegen!« Das sagte er auch zu meiner Mutter, als Renate Schlegel endlich gegangen war und sie zu uns herauskam. Sie brachte ein Tablett mit Kaffee und Geschirr mit, und ich wurde zum Bäcker geschickt, um drei Puddingteilchen zu kaufen – Eiterbrillen, sagten wir in der Schule dazu, wenn wir in der Pause die Brezeln mit dem süßen gelben Pudding aßen, leckere Eiterbrillen.

Herr Hürzeler trank Kaffee, aß seine Eiterbrille, rauchte dann eine übelriechende billige Zigarre und dozierte über den Garten – was man ausreißen, was neu pflanzen müsse, er kenne sich da aus, er würde das gern übernehmen. Meine Mutter blieb zurückhaltend, bediente ihn freundlich, ging auf die Gartenangebote aber nicht weiter ein und erzählte kleine Geschichten aus der neuen Nachbarschaft. Mir war plötzlich ungemütlich zumute, denn ich hatte das Gefühl, als wolle sich Herr Hürzeler, kaum dass mein Vater drei Wochen tot war, an meine Mutter heranmachen, hier einziehen und der neue Papa werden. Er war Witwer, arbeitete im Finanzamt, wohnte in der Mittelstädter Straße im besonders lauten, besonders dunklen Parterre, und ich konnte mir gut vorstellen, dass er liebend gern in das sonnige Häuschen zu uns gezogen wäre.

Er kam nun öfter, und meine Mutter war freundlich zu ihm, obwohl ich das Gefühl hatte, dass sie jedes Mal leicht seufzte, wenn sie ihn die Straße entlangkommen sah oder wenn schon wieder er es war, dem sie nach 17 Uhr, seinem Büroschluss, oder an den Wochenenden die Tür öffnen und dann stundenlang Kaffee trinkend mit ihm im Garten sitzen musste. Immer wieder bot er sich an, ein Gemüsebeet anzulegen, immer wieder wiegelte sie freundlich ab und wich aus, aber zu mir sagte sie beim Abendessen, während sie energisch mit der Bratpfanne klapperte, in der die Bratkartoffeln brutzelten: »Womöglich kommt er dann jeden Tag zum Unkrautzupfen.« Sie lud mir mit einem gekonnten Schwung die Bratkartoffeln auf den Teller und fügte deutlich hinzu: »Das dann doch nicht.«

Eines Tages war ich beim Bäcker an der Endhaltestelle, um ein Brot zu kaufen, und ich hatte gerade noch gesehen, wie die Linie 6 ankam, und darin saß schon wieder Herr Hürzeler. Er war erst zwei Tage vorher bei uns gewesen. Ich rannte nach Hause und sagte zu meiner Mutter: »Der Hürzeler kommt schon wieder!« Sie dachte einen Augenblick nach, schloss rasch die Küchentür zum Garten ab und sagte mit einem Nachdruck, den ich sonst gar nicht an ihr kannte: »Nein. Diesmal nicht.«

Wir sahen ihn schon um die Ecke biegen, und da zog meine Mutter mich neben sich auf den Fußboden, direkt unter das große Wohnzimmerfenster, legte den Finger auf die Lippen und sagte: »Psssst!«

Warum wir nicht nach oben gelaufen waren, weiß ich nicht – vielleicht hätte die Zeit dafür nicht mehr ausgereicht, vielleicht war es ihr auch einfach nur zu viel Aufwand. Jedenfalls lagen Mutter und ich jetzt eng nebeneinander unter der Fensterbank des Blumenfensters auf dem falschen Perserteppich und hielten die Luft an, als Herr Hürzeler klingelte. Sie lächelte mich an, und ich war sehr glücklich, weil ich plötzlich wusste, dass Herr Hürzeler hier niemals einziehen und niemals mein neuer Papa werden würde. Er klingelte wieder. Mutter zeigte auf eine Spinne, die direkt über unseren Köpfen zwischen Fensterbank und Wand ihr Netz gespannt hatte. »Guck«, flüsterte sie, »wie kunstvoll das Netz ist! Du darfst Spinnen nie töten und möglichst ihre Netze nicht zerstören.

Sie sind nützlich, und sie wohnt genauso gern in unserm schönen Häuschen wie wir.«

Herr Hürzeler klingelte jetzt Sturm, indem er den Finger auf dem Klingelknopf ließ. Und meine Mutter zischte: »Der hat ja Nerven.«

Dann war es ruhig, und wir lauschten darauf, dass seine Schritte sich entfernen würden, aber stattdessen hörten wir ihn über den Kiesweg gehen, der nach hinten in den Garten und zur Küchentür führte. Wir lagen mucksmäuschenstill.

Und dann hörten wir Herrn Hürzelers Stimme.

»Frau Janowiak, Frau Janowiak, ich kann Sie sehen!«, rief er, und als Mutter und ich den Kopf hoben, sahen wir sein Gesicht im oberen Fenster der Küchentür. Er hielt beide Hände rechts und links neben die Augen, um die Sonne abzuschirmen und besser sehen zu können. Er starrte durch Küche, Flur und Wohnzimmer auf uns, die wir da nebeneinander unter dem Blumenfenster lagen.

Für eine kleine Ewigkeit geschah gar nichts. Dann zog meine Mutter tief die Luft ein, stand auf, glättete ihr Kleid und ging durch Wohnzimmer, Flur und Küche zur Hintertür, um Herrn Hürzeler zu öffnen. »Kommen Sie rein«, sagte sie, mehr nicht. Er kam schweigend herein, setzte sich an den Küchentisch, sie kochte Kaffee, und ich verzog mich nach oben, nachdem ich kurz und verlegen guten Tag gesagt hatte. Zum Bäcker wurde ich diesmal nicht geschickt, es gab keine Eiterbrillen. Sie redeten, aber das Gespräch schien mir weniger lebhaft zu sein als sonst. Ich saß oben auf der Treppe und versuchte, etwas aufzuschnappen. Meine Mutter war einsilbig, wenn auch höflich. Herr Hürzeler erzählte, dass Herr

Bittner wegen seiner Krampfadern im Krankenhaus läge. »Oh«, sagte meine Mutter, »der liebe Herr Bittner, da werde ich ihn aber in den nächsten Tagen mal besuchen.«

Herr Hürzeler blieb nicht so lange wie sonst. Er ging, ohne sich von mir zu verabschieden, und er kam nie wieder. Sie hatten beide mit keinem Wort über den seltsamen Vorfall geredet, aber er hatte wohl verstanden und verschwand so aus unserem Leben, wie allmählich alle Nachbarn aus der Mittelstädter Straße aus unserem Leben verschwanden. Mutter hat auch Herrn Bittner nie im Krankenhaus besucht. Als wir Jahre später wieder in eine Stadtwohnung zogen, weil die Besitzer des Häuschens selbst dort einziehen wollten, habe ich Frau Bittner mal auf der Straße getroffen. Sie erzählte mir, dass Herr Hürzeler nach seiner Pensionierung zu seiner Schwester nach Wuppertal gezogen sei.

Als meine Mutter gestorben war, blieb ich in unserer gemeinsamen Wohnung. Einmal bin ich mit der Linie 6 zur Elisenhöhe hinausgefahren und durch unsere alte Straße spaziert, am Häuschen mit dem Blumenfenster vorbei, unter dem wir damals gelegen hatten, und ich musste an die Spinne und ihr Netz in der Ecke unter der Fensterbank denken. Als ich zurück nach Hause kam, fühlte ich mich allein und verlassen und so, als wären die besten Jahre meines Lebens längst vorbei und ich hätte damals nicht gemerkt, dass das schon die besten Jahre wären und dass danach nichts mehr kommen würde. Meine Mutter fehlte mir, und jetzt, als ich mit meinem Glas Wein am Küchentisch saß und spürte, wie mir wieder die Tränen kamen, hatte ich zum ersten Mal das Gefühl, sie doch noch in der Nähe zu haben – als würde sie auf mich herabsehen, schützend, liebevoll, als würde sie ihr mütterliches Nest weiter für mich bauen und ihr fein gesponnenes Netz von Sorge und Fürsorge weiter um mich weben, und ich sah zur Zimmerdecke hoch, wo die Spinne still in ihrem Netz saß.

Ich musste lächeln und sagte leise unter Tränen: »Frau Janowiak, Frau Janowiak, ich kann Sie sehen.«

8. WEISST DU NOCH

Ehen gehen in die Brüche, Lieben laufen ins Leere, Freundschaften zerbrechen, der Tod trennt gnadenlos von allem. Manches tut weh, manches war und ist zum rechten Zeitpunkt geschehen, nachtrauern hilft wenig, manches akzeptiert man erst nach Jahren. Manchmal bleibt eine schmerzende Lücke, manchmal nicht, es kann sein, dass man eine vermeintlich feste Bindung erstaunlich einfach abhaken und vergessen kann.

Was aber hochsteigt, sind Erinnerungen, und es gibt bestimmte Erlebnisse, die man mit bestimmten Personen, nein, eben mit nur *einer* bestimmten Person geteilt hat und die man niemandem sonst vermitteln kann. Dieses »Weißt du noch …«, das fehlt mir bei manchen Trennungen am allermeisten.

Weißt du noch, wie der Hund auf dem Land in den Brunnen gesprungen ist, und du hast ihn rausgezogen, und wir haben mit zwei Mann deine Beine gehalten, der Bauer und ich, damit du nicht auch reinfällst? Weißt du noch, wie wir in dem Lokal saßen, in dem Lenin einst Schach gespielt hat, und vor uns steht plötzlich eine Flasche Champagner mit zwei Gläsern, und der Kellner sagt: »Der Gast, der Ihnen das aus Sympathie spendiert hat, möchte nicht genannt werden«? Und weißt du noch, wie du dann durch das ganze Lokal gegangen und dich per Handschlag bei jedem einzelnen Gast bedankt hast, und wie dann alle applaudiert haben?

Das weißt nur du. Aber du bist nicht mehr da.

9. YANNICK

Wir waren jung und verliebt und zelteten in Frankreich am Meer, es waren die siebziger Jahre. Ein kleiner Bauernjunge, Yannick, kam jeden Tag neugierig an unser Zelt. Ihm gefielen unsere langen Haare, die Hippieklamotten, die Zigaretten, die wir rauchten. Wir ließen ihn seine ersten Züge unter Aufsicht nehmen, wir ließen ihn ans Steuer des 2 CV, wir brachten ihm ein deutsches Gedicht und Schwimmen bei. Abends saß er bei uns, und wir hörten im Kofferradio die Stones, »You can't always get what you want«. Als er weinte, weil sein Vater ihn schlug, redeten wir mit dem Bauern.

Es war ein schöner, unbeschwerter Sommer.

Nach sechs Wochen reisten wir ab. Wir dachten noch manchmal an den kleinen, sensiblen Yannick, aber dann vergaßen wir ihn.

Mehr als zwanzig Jahre später fuhren wir wieder in diese Gegend, auf alten Spuren unseres Lebens. Wir schwammen wieder im Meer, suchten die alten Plätze und Kneipen auf, besuchten auch den Bauern. Er war tot, aber seine Frau lebte noch und hatte gerade Besuch – von Yannick. Er war ein junger schöner Mann geworden und lebte als Metrofahrer in Paris. Er umarmte uns und weinte, nie habe er uns vergessen, sagte er, wir dich auch nicht, logen wir. Und er zeigte uns Fotos seiner beiden Kinder. Ein Junge, ein Mädchen. Sie trugen unsere Namen.

10. RUDERNDE HUNDE

Karneval, bitterkalt, ich glaube, es war 1982. Ich glaube sogar, es war der Rosenmontag. Walter und ich waren tatsächlich auf einem Kostümfest gewesen, selten genug, wir hassten den Karneval, aber um ihn wirklich zu hassen, muss man ihn ja schließlich auch mal mitgemacht haben. Walter trug ein Bärenkostüm, ich ging als Panzerknacker in Gestreift mit Nummer auf der Brust und Pappkugel am Bein. Wir kamen um Viertel nach eins in der Nacht nach Hause, leicht angetrunken, verfroren, es schneite wieder. Ich freute mich auf ein letztes Glas Sekt in der warmen Badewanne und auf mein Bett.

Aber es kam anders. An diesem Abend sollten Heinz und Fritz in mein Leben treten.

Wir fanden auf der Matte zu unserer Wohnung einen Zettel der Nachbarin, die während unserer Abwesenheit nach dem Hund geschaut hatte und auch einmal mit ihm rausgegangen war.

»Telefon hat geklingelt«, schrieb sie, »ein Albert aus Paris. Er fährt mit dem Orientexpress heute Nacht nach München, und sein Zug hat genau um zwei Uhr drei eine Minute (1 Minute!) Aufenthalt hier. Ihr sollt bitte unbedingt an den Zug kommen, es wäre wahnsinnig wichtig.«

Das war noch nicht die Zeit der Handys. Der Zug von Paris nach München war jetzt unterwegs, Albert saß drin und würde in weniger als einer Stunde eine einzige Minute auf unserm Bahnhof sein. Was tun?

Albert war mein ältester und bester Freund. Gut, er war mehr als ein Freund gewesen – ich hatte einige Zeit mit ihm zusammengewohnt, das Bett mit ihm und seinem Labrador Willi, das Bad mit ihm und seinem grünen, zahmen Leguan Theo, die Küche mit ihm und dem Kakadu Ernst-August geteilt. Es war ein chaotischer Haushalt, es war eine chaotische Zeit gewesen, und wir hatten uns, glaube ich, sogar ein bisschen geliebt. Aber ich bin wegen des Chaos dann doch eines Tages ausgezogen, nur um zu merken, dass mich diese Zeit mit Albert auf ewig für bürgerliche Lebensumstände mit Schrankwand, Sitzgruppe, Auslegeware, Ordnung, Sauberkeit und Frische verdorben hatte. Ich war in all dem Durcheinander sehr glücklich gewesen, aber das habe ich erst hinterher gemerkt.

Walter liebte die Ordnung, vor allem auf seinem Schreibtisch und in der Küche war sie ihm unerlässlich. Albert gegenüber war Walter freundlich, auch nicht nachträglich eifersüchtig, aber doch etwas reserviert. Albert, behauptete er, unterstütze meine fatale Neigung zu überbordender Fantasie, zu Leichtlebigkeit und Durcheinander in Haus und Kopf, und er kam nicht darüber hinweg, dass Albert mir nie die zweitausend Mark zurückgegeben hatte, die ich ihm – noch vor dem Zusammenleben mit Walter! – geliehen hatte. Dabei war es mein Geld gewesen, nicht seines, und ich mochte Albert nicht daran erinnern, denn er war mit mir immer großzügig gewesen und es hatte oft genug schon zum Frühstück Champagner und statt Mittagessen teure Trüffeltorte gegeben, und er hatte immer alles bezahlt. Also konnte ich ihm aus einer momentanen Notlage sehr wohl auch einmal heraushelfen, ohne das Geld gleich wieder einzuklagen. Für Walter waren das sogenannte undurchsichtige Verhältnisse, und als er mich einmal an einem leichtsinnigen Abend gefragt hatte, ob wir nicht heiraten sollten, hatte ich schaudernd gedacht: Das wären dann durchsichtige Verhältnisse! und hatte Nein gesagt. Seitdem hatten wir darüber nie wieder gesprochen.

Albert sah ich nur selten, wir telefonierten manchmal, und nun hatte er also angerufen, mitten in der Nacht. Es war völlig klar: Er brauchte uns, mich, er war in Not.

»Er ist krank«, sagte ich, »er musste unbedingt auf diesen Zug, aber er ist krank. Er hat Schmerzen, Fieber, ihm ist schlecht. Er braucht Aspirin. Er braucht heißen Tee, er braucht ein Antibiotikum, er braucht Halspastillen und Hustensaft.«

»Grundguter Himmel«, sagte Walter, »mach doch nicht so ein Theater. Krank! Was der braucht, ist wahrscheinlich Geld. Er wird in Paris alles rausgehauen haben und sitzt jetzt pleite im Zug und kann morgen früh nicht mal das Taxi zahlen. Der braucht Geld, sonst braucht der gar nichts.«

Ich zog es vor, darauf lieber nicht zu antworten, und band mir die Kugel vom Bein. Schluss mit Panzerknacker, jetzt war Fürsorge gefragt.

»Zahnschmerzen«, sagte ich, »er hat vielleicht Zahnschmerzen und braucht Zahnschmerztabletten, nach denen man schlafen kann, Dolomo Nacht, die blauen.«

Albert hatte ein prächtiges Gebiss, aber man weiß ja nie, und Walters Zähne bröckelten täglich schmerzhaft vor sich hin, Zahnschmerztabletten hatten wir immer im Haus, also, warum nicht, vorsichtshalber? Ich begann, eine Tasche zu packen. Aspirin, Hustensaft, Dolomo, ich kochte Tee und füllte ihn in die Thermoskanne, und eine Wärmflasche präparierte ich auch. Walter saß im Bärenkostüm, allerdings jetzt ohne Kopf, am Tisch und sah mir zu.

»Sonst noch was«, sagte er verächtlich.

»Ich war mal in einem Zug ohne Heizung, von Bonn bis Wien«, sagte ich, »das ist furchtbar, man friert sich tot. Vielleicht ist keine Heizung in seinem Zug«, und aus Trotz holte ich noch die blaue Wolldecke, die Walter besonders gern mochte. Er kniff die Lippen zusammen und sagte nichts.

Ich plünderte den Apothekenschrank im Bad und legte Hansaplast und Wundsalbe in die Tasche, nur die Tabletten gegen Menstruationsschmerzen ließ ich liegen.

Der Hund steckte seine Nase in die Tasche, wedelte mit dem Schwanz und freute sich darüber, dass es nun wohl bald auf Reisen ging. Er sah das Leben immer eins zu eins, und er nahm alles, was sich ereignete, als günstige Wendung für sein Hundeleben an. Es war ein sehr törichter Hund, aber ich liebte ihn nun mal. Er hieß eigentlich Purzel, aber Walter nannte ihn Kuno und versuchte, ihm »Sitz! Platz! Fuß!« beizubringen, bis jetzt aber vergeblich. Ich hatte Purzelchen aus dem Tierheim geholt, als ich noch allein war, und Walter konnte sich zuerst ein Leben mit einem Tier gar nicht vorstellen. Aber dann sah er in ihm eine Aufgabe und fand, ein Hund müsse in erster Linie mal parieren. Der Meinung war ich gar nicht, ich dachte, ein Hund müsste in erster Linie dafür sorgen, dass Pfotentapsen auf allzu ordentliche Teppiche und Haare auf keimfreie Sofas kämen und dass Post und Schuhe ein bisschen angeknabbert würden. Aber das sagte ich natürlich nicht.

Albert war Antiquitätenhändler, immer unterwegs nach schönen Dingen für seinen Schwabinger Laden. Vielleicht hatte er sich an einem alten Möbel verletzt, geklemmt, geschnitten – er brauchte Schmerztabletten aller Art, Mullbinden, Watte, Jod, reinen Alkohol. Wir waren gut ausgestattet.

»Vielleicht gibt es in dem Zug nichts zu essen«, überlegte ich und schmierte vier dicke Butterbrote und belegte sie mit Salami und Käse. Walter nahm sich ein Salamibrot und biss hinein. »Ich habe auch Hunger«, sagte er mürrisch, »falls das irgendwen interessiert.«

Dem Hund tropfte der Speichel aus dem Maul auf den Küchenboden, bis mir ein Stück Salami wie zufällig aus der Hand rutschte und ihn glücklich machte. Walter verkniff es sich, zu sagen: »Der Hund soll am Tisch nicht gefüttert werden!«, und ich rechnete ihm das irgendwie als Pluspunkt an. Pluspunkte, fand ich, brauchte er jetzt dringend. Ich wickelte die Brote gut ein, legte das, was wir an Äpfeln, Schokolade, Mandarinen hatten, noch dazu. Die Tasche war fast voll. Wir hatten noch knappe zwanzig Minuten Zeit, und ich dachte nach.

»Vielleicht will er dir ja endlich die zweitausend Mark zurückgeben«, sagte Walter. Ich antwortete darauf nicht, ging suchend durch die Wohnung und packte aktuelle Zeitungen, ein spannendes Buch, Zigaretten, Streichhölzer in die Tasche.

Was konnte ein Mann, der nachts in Not anrief, noch brauchen? Ich stattete den kleinen Kassettenrecorder mit frischen Batterien aus, legte die Kopfhörer dazu und ein paar Kassetten mit Mozart, Bach und Deep Purple, Smoke on the water and fire in the sky, und Walter sagte: »Das siehst du alles nie wieder.«

Um Viertel vor zwei war ich gerüstet. Ich ging noch einmal alles durch, was ich eingepackt hatte, und siehe, es war gut.

»Was ist«, fragte ich Walter, »gehst du mit oder nicht?«

Mit dieser Entscheidung hatte er schon die ganze Zeit gekämpft. Einerseits hatte er überhaupt keine Lust, in der kalten Nacht noch zum Bahnhof zu fahren. Andererseits wollte er mich so allein auch nicht ziehen lassen, und wer garantierte denn, dass ich nicht in den Zug stieg und …

»Der Hund muss sowieso noch mal raus«, sagte er, stand auf und nahm die Leine.

Kuno-Purzel tobte übermütig herum und freute sich, ich nahm die prallvolle Tasche und zog den Mantel über mein Sträflingskostüm.

»Dann los«, sagte ich. Wir schlossen die Wohnung ab, der Hund sprang glücklich vor uns her die Treppe hinunter und hüpfte ins eiskalte Auto, und dann fuhren wir zum Bahnhof, der Hund, der Bär und der Sträfling, in bitterer Kälte, bepackt mit einer Tasche, die alles enthielt, was ein einsamer Mann in einem nächtlichen Zug eventuell brauchen konnte. Sogar eine Flasche Bordeaux und unseren einzigen Korkenzieher hatte ich hinter Walters Rücken noch rasch dazugeschmuggelt.

Der Zug war pünktlich. Frierend sahen wir ihn einfahren, zitternd vor Kälte und vor Spannung. Ich stand da mit der

Tasche, Walter hielt den Hund, befahl: »Sitz!«, und knurrte: »Wenigstens ist er pünktlich, mal was Neues!«, so als würde Albert den Zug persönlich fahren und selbst für den Fahrplan verantwortlich sein.

Der Orientexpress kam mit kreischenden Bremsen um zwei Uhr drei zum Stehen. Außer uns war niemand zu dieser Stunde auf dem Bahnsteig. Ein Mann stieg aus. Die meisten Fenster waren dunkel. Walter überblickte die rechte, ich die linke Seite.

»Da«, sagte er und deutete mit dem Kinn zu einer offenen Tür, und ich rannte los.

Albert stand in einem nachtblauen Morgenrock mit Sternenmuster in der Tür seines Schlafwagens und winkte. Ich lief auf ihn zu, umarmte ihn, er war warm, roch verschlafen und so gut wie damals, und er lachte. Er sah nicht aus wie jemand, der in einem eiskalten Zug mit zerquetschten Fingern zahnschmerzkrank verhungert, verdurstet und erfriert.

Der Hund sprang an ihm hoch und leckte ihm die Hände ab, und Albert sah uns entgeistert an und zeigte auf Walters Bärenkostüm.

»Wie seht ihr denn aus?«, fragte er, und Walter sagte: »Es ist Karneval, wie du vielleicht gehört hast.«

»Aber soviel Verkleidung nur meinetwegen, das war doch gar nicht nötig«, sagte Albert, und ich drängte ihm die Tasche auf. »Nimm! Es ist alles drin, Tee, Tabletten, Geld, Wärmflasche«, und Walter sagte kurz und scharf: »Ach, Geld auch?«

Ich überging das und ärgerte mich, dass ich mich verplappert hatte, denn natürlich hatte ich noch schnell hundert

Mark zwischen die Butterbrote geschoben, als Walter nicht aufgepasst hatte. »Was ist los, Albert«, fragte ich, »warum hast du angerufen?«

»Nichts ist los«, sagte Albert, »ich hab dem Schlafwagenschaffner zwanzig Mark gegeben, damit er mich weckt. Ich hab dir aus Paris etwas mitgebracht, das wollte ich dir persönlich geben. Man kann so was nicht schicken, ich muss unbedingt sehen, wie du guckst.«

Und aus seiner Morgenrocktasche zog er einen winzigen Gegenstand. Es war eine kleine Skulptur aus bemalter Bronze, zwölf Zentimeter lang und drei Zentimeter hoch, wie ich heute weiß, denn ich habe nachgemessen. Sie stellte zwei Hunde dar, die in einem Boot saßen und ruderten. Die Hunde hatten kleine eckige Köpfe mit etwas abstehenden Schlappohren. Sie waren gleich groß, beide weißbraun gefleckt, und sie saßen, die Ruder in den Pfoten, hintereinander auf den kleinen Ruderbänken, von denen ihre Stummelschwänzchen abstanden. Der vordere Hund sah arglos aus, aber der hintere schaute dem vorderen starr und eindeutig böse in den Nacken.

»Das«, sagte Albert, »habe ich in Paris gefunden. Ist das nicht unglaublich? Der vorne heißt Fritz, der hinten Heinz. Wenn ihr genau hinguckt, seht ihr, dass Fritz mit der Frau von Heinz was hat, aber er denkt, Heinz wüsste es nicht. Heinz weiß es aber doch, und irgendwie passiert da bald was.«

Der Stationsvorsteher pfiff. Albert zog fröstelnd den Morgenrock zusammen, ich hielt die Tasche hoch und fragte: »Brauchst du denn gar nichts? Butterbrote? Musik? Wein?« Albert winkte ab, lachte, sah mich an. Ich stand da mit den rudernden Hunden in meiner Hand und konnte mich nicht satt sehen.

»Ich wusste es«, sagte Albert zufrieden, tätschelte noch einmal Kunos Kopf, sagte: »Adieu, Purzelchen!«, und schlug dann die Tür zu. Er grinste hinter der Scheibe. Walter rief: »Er heißt Kuno!«, und Albert winkte ab und nickte, jaja, Kuno.

Der Orientexpress fuhr ab. Ich sah auf Heinz und Fritz und sagte: »Gleich brennt er ihm allein mit Blicken ein Loch in den Hals.«

»Albern«, sagte Walter. »Dafür lässt er uns antanzen, mitten in der Nacht.«

Wir fuhren nach Hause, tranken noch ein Glas Bordeaux, und Heinz und Fritz standen vor uns auf dem Tisch. Sie ruderten. Noch. Aber ich wusste, dass der Tag kommen würde, an dem Heinz dem vorn sitzenden Fritz mit dem Ruder eins drüberziehen würde. Den Tag wollte ich nicht verpassen. Bronze, wir wissen es, kann schmelzen. Man muss nur Geduld haben.

Walter hat inzwischen geheiratet und bringt seinem Sohn vielleicht »Sitz! Platz! Fuß!« bei, wer weiß. Purzelchen ist bei mir geblieben und schläft in meinem Bett, am Fußende. Auf dem Nachttisch stehen Heinz und Fritz, und manchmal ruft Albert an und fragt: »Na, ist schon was passiert?«

»Abwarten«, sage ich dann, »noch rudern sie.«

11. MATILDA

Als kleines Mädchen von acht Jahren war Nureeni Fox zum ersten Mal mit ihren Eltern aus Kanada nach New York gekommen. Sie stiegen ab im Hotel Algonquin, 59 W.44th Street. Es war ein altes Hotel mit einer wunderbaren Eingangshalle, in der dicke Teppiche lagen, tiefe Sessel und kleine Tischchen standen, Kronleuchter ein mildes Licht gaben. Man sprach gedämpft, die Menschen, die hier wohnten oder sich auf einen Drink trafen, sahen elegant aus, und die kleine Nureeni war begeistert. Sie kam aus Ontario, wo es den riesengroßen Algonquin Provincial Park gab, ein wildes, seenreiches Waldgebiet, und unter dem Hotel Algonquin hatte sie sich irgendeine Jägerhütte mitten in New York vorgestellt – und nun diese gediegene Atmosphäre! Nureeni war glücklich, zumal sie erfuhr, dass berümte Schriftstellerinnen wie Edith Wharton, Djuna Barnes, Dorothy Parker und Grace Paley hier ein und aus gegangen waren. Nureeni Fox kannte keine dieser Schriftstellerinnen, aber sie schrieb selbst mit acht Jahren bereits Gedichte und wollte unbedingt eine berühmte Schriftstellerin werden, so dass sie wusste: Hier war der richtige Anfang für eine solche Karriere. Sie schrieb alles, was sie sah, hörte, erlebte und dachte, in ihr Tagebuch und stand lange in der Hotelhalle vor dem großen Wandgemälde, auf dem all die legendären Berühmtheiten der zwanziger Jahre an ihrem runden Stammtisch zu sehen waren – elegante Frauen mit roten Wangen und langen Zigarettenspitzen, in schönen Kleidern und mit eindrucksvollem Schmuck, Herren mit Zigarren und Whiskygläsern, ja, so war das Leben, nicht so, wie es ihr Vater führte, der in New York in Sachen Aluminium von einem Geschäftstermin zum andern eilte. Nureeni besuchte stattdessen mit ihrer Mutter die Museen, die Buchläden, die schönen Kaufhäuser auf der 5th Avenue und auch mal ein Broadway-Musical. Von der Mutter, einer Neuseeländerin, Tochter eingewanderter Holländer, hatte sie die Neigung zum Musischen geerbt. Der Vater, scherzten beide immer gern, konnte einen Kühlschrank nicht von einem Klavier unterscheiden, aber Nureeni und ihre Mutter lasen sich Gedichte vor, spielten vierhändig Klavier und konnten vor Bildern, die Blumenstillleben zeigten, gemeinsam in Seufzer ausbrechen. Ihren seltsamen und in der Welt wohl einzigartigen Namen verdankte Nureeni diesem mütterlichen Hang zum Geheimnisvollen und Schönen: Als Mrs. Fox mit ihrer ersten und einzigen Tochter schwanger war, saß sie in Neuseeland oft am Strand von Oamaru, einem kleinen Städtchen an der Mündung des Waitaki River, und sah jeden Mittwoch um dieselbe Zeit ein stolzes, weißes Schiff in den kleinen Hafen einlaufen, das den Namen *Nureeni* trug. Sie wusste nicht, was der Name bedeutete, aber er klang poetisch und schön, und in Oamaru war ja auch die zwar so unglückliche, aber hochbegabte Dichterin Janet Frame zur Schule gegangen – es wäre gewiss ein Zeichen, würde sie ihre Tochter, wenn es denn eine Tochter sein sollte, was sich Mrs. Fox dringend wünschte, Nureeni nennen. Es war eine Tochter, und gegen den Widerstand ihres Mannes und ihrer Schwiegereltern, die für Mary oder Joanne waren, wurde das zarte, phantasiebegabte, aber auch von Anfang an sehr energische Kind auf den Namen Nureeni getauft. Erst Jahre später erfuhr Mrs. Fox, dass das weiße Schiff ein Müllschiff der Maori war, der wenigen noch lebenden Ureinwohner Neuseelands, das einmal in der Woche in Oamaru anlegte, und Nureeni hieß in der Sprache der australischen Aborigines so viel wie das lateinische *ecce*, nämlich: *siehe da!* Siehe da, das Müllschiff kommt – und so hieß denn das kleine Mädchen *Siehe da.* Erst nach dem Tod der Mutter klärte ein Maori, der damalige Leiter der Glühwürmchengrotte von Te Anau, der die Dialekte der Maori und der Aborigines studiert hatte, Nureeni über ihren Namen auf, und sie dachte amüsiert: sieh mal da!

Bei diesem ersten Besuch in New York im Hotel Algonquin lernte Nureeni Matilda kennen. Matilda war die Hotelkatze, ordinär grau gestreift und wirklich nichts Besonderes. Sie war rund und kräftig, und das einzig Ungewöhnliche an ihr war, dass sie auf dem Pult an der Rezeption lag oder im schönsten Gobelinsessel mitten in der Halle und dass alle Hotelgäste und Besucher es respektvoll vermieden, sich auf eben diesen Sessel zu setzen oder Matilda gar vom Rezeptionspult zu vertreiben. Sie hatte hier ein Anrecht, sie wohnte immer hier, und einige berühmte Dichter, so erzählte man Nureeni, hatten Matilda auch schon in ihren Geschichten verewigt. Matilda ließ sich streicheln, schnurrte aber nicht und zeigte nur Gleichgültigkeit, aber keinerlei näheres Schmusebedürfnis, wie es Nureeni von anderen Katzen kannte.

Bei ihrem zweiten Besuch in New York, man wohnte wieder im Hotel Algonquin, war Nureeni siebzehn Jahre alt und sehr verliebt in einen Jungen aus Ontario. Sie schrieb ihm täglich Briefe, dazu saß sie in der unverändert schönen, bequemen Hotelhalle, das Tagebuch immer neben sich, um Interessantes zu notieren. Eine erste Erzählung von Nureeni war bereits in der Schülerzeitung veröffentlicht und gelobt worden, sie war auf dem besten Wege, eine Dichterin zu werden, und auch in ihren Briefen an Tom, den jungen Mann aus Ontario, bemühte sie sich sehr um blumige Bilder und bewegte Schilderungen des New Yorker Lebens. Auch Matilda wurde beschrieben, die Hotelkatze, die grau gestreift auf dem Gobelinsessel saß. Schmaler schien sie geworden zu sein, hochbeiniger, und sie schnurrte, wenn man sie streichelte. Nureeni wusste, dass das damals nicht so gewesen war, aber, dachte sie, wir verändern uns eben alle, ich bin ja auch nicht mehr dieselbe wie damals. Bei diesem zweiten Besuch war Mrs. Fox schon kränklich und nicht mitgekommen. Mr. Fox war den ganzen Tag in Sachen Aluminium unterwegs, holte seine Tochter eigentlich nur abends zum Essen ab, und die Tage verbrachte Nureeni am Times Square, im Battery Park beim Füttern der Eichhörnchen, in der Nationalbibliothek auf der 42. Straße oder im Metropolitan Museum.

Bei ihrem dritten Besuch in New York war Nureeni die junge Ehefrau eines sehr viel älteren Professors für Geschichte. Sie wünschte sich, im Algonquin zu wohnen, und zeigte ihrem Mann mit Feuereifer alles, was sie kannte – die

Bar, das Wandgemälde in der Halle, den Speisesaal, Matilda, die Katze an der Rezeption. Matilda schien ihr weniger grau als beige gestreift zu sein, aber man kannte diesen leichten Vergilbungseffekt ja auch von altem Leinen, warum nicht von altem Pelz. Matilda presste zärtlich ihren Kopf an Nureenis Hand, als sie gestreichelt wurde, und Nureeni dachte: Sie kennt mich jetzt schon, nach all den Jahren, sie kennt mich, und sie freut sich, mich wiederzusehen.

Nureenis sehr viel älterer Mann starb, als sie erst fünfunddreißig Jahre alt war. Sie verkaufte das gemeinsame Haus in Stanford, wo er an der Universität gelehrt hatte, und zog nach Long Island an der Ostküste, ans Meer, in eine Kolonie, in der kultivierte, aber verarmte alte Russen lebten. Immer hatte sie das Meer geliebt, und hier konnte sie lesen, schreiben, schauen, und ab und zu fuhr sie für ein paar Tage nach New York und wohnte im Hotel Algonquin. Sie traf dann auch Freunde in der Stadt, ging in die Oper und ins Theater, genoss das Leben in Manhattan und sprach mit ihrem Verleger, der treu zu ihr hielt, obwohl ihre schmalen Lyrik- und Erzählbände sich nicht gut verkauften. Sie war tatsächlich Schriftstellerin geworden, aber keine sehr berühmte, wie sie es als Kind erträumt hatte. Sie hatte ein paar gute Kritiken bekommen, war in ein paar Zeitschriften abgedruckt worden, aber ohne das Erbe aus ihres Vaters Aluminiumimperium hätte sie nicht so angenehm leben können, wie sie es tat. Matilda saß immer noch auf oder neben dem Pult, wenn sie ins Algonquin kam, oder sie lag zusammengerollt auf dem neubezogenen, nun roten Samtsessel. Sie schien viel kleiner zu sein als früher – wie eben alte Menschen ja auch schrumpfen und klein werden wie die Kinder. Nureeni schrieb eine kleine Geschichte über Matilda, die tatsächlich in der Samstagsbeilage der *New York Times* erschien und ihr im Hotel Algonquin freundlichen Respekt einbrachte.

Mit fünfundvierzig Jahren heiratete Nureeni ein zweites Mal, aber diese Ehe brachte ihr kein Glück. Arthur verjubelte einen Teil ihres Vermögens und verstand nichts von ihren Gedichten, und sie ärgerte sich darüber, einer plötzlich so heiß aufgewallten Leidenschaft wegen auf diesen zwielichtigen Immobilienmakler Arthur Miller hereingefallen zu sein – vielleicht, weil er so hieß wie der bewunderte Schriftsteller. Sie konnte sich diesen Ausrutscher jedenfalls nicht erklären und verkroch sich nach dem Scheitern dieser Ehe für zwei Erholungswochen im stillen, freundlichen Hotel Algonquin, in dem man noch wusste, was Manieren sind. Matilda lag jetzt oft in der Bar auf dem Ledersofa und ließ sich auch durch den dicken Zigarrenqualm rauchender Herren nicht abschrecken. Seit einiger Zeit tat sie wieder so, als würde sie Nureeni Fox gar nicht kennen, wich sogar ihrer Hand aus, wenn sie sie streicheln wollte. Nureeni suchte die alten Plätze und fand viele davon nicht mehr. Das Café, das sie so geliebt hatte, war einer Jeansboutique gewichen. Das ehemalige Jugendstilrestaurant am Union Square beherbergte jetzt eine Bank, der Squirrel-Man im Battery Park, der gegen ein paar Cents Futter für die grauen Eichhörnchen verkaufte, war nicht mehr da, und aus dem See im Central Park hatte man das Wasser abgelassen. Die grünen alten Leselampen im großen Lesesaal der Nationalbibliothek in der 42. Straße waren Neonröhren gewichen, und auf den langen Holztischen standen Computer, vor denen junge Leute mit dicken Turnschuhen an den Füßen saßen. Nureeni spürte zum ersten Mal, dass sie alt wurde und dass sich alles veränderte. Und sie empfand diese Veränderungen als durchaus schmerzlich: Sie hatte, als die Dinge noch schön waren, nicht bemerkt, wie schön sie waren, und nun wurde alles banal und häßlich. Sie weinte, wenn in ihrer Umgebung Bäume abgeschlagen wurden, die sie lange gekannt hatte, sie litt unter dem Verlust von Freunden, es tat ihr weh, kleine alteingesessene Geschäfte beim nächsten Besuch der Stadt nicht mehr wiederzufinden, weil die Besitzer gestorben oder von mehr Miete zahlenden Geschäftsleuten vertrieben worden waren. Die einzigen Konstanten, so schien es ihr auf einmal, waren die Halle des Hotels Algonquin, auch wenn die Polsterbezüge wechselten, und Matilda, und erst als Nureeni schon weit über fünfzig Jahre alt war, wurde ihr von einer Sekunde auf die andere plötzlich bewusst: Das konnte ja gar nicht mehr die Matilda von früher sein. Mit acht Jahren hatte sie die Hotelkatze zum ersten Mal gesehen, und da gab es bereits in Romanen und Erzählungen der Dichter, die regelmäßig im Algonquin abstiegen, Geschichten über sie. Also konnte sie schon damals nicht mehr so jung gewesen sein. Jetzt wäre sie längst über fünfzig Jahre alt, und das wäre dann doch ein zu langes Leben für eine Katze. Vorsichtig erkundigte sich Nureeni an der Rezeption nach Matilda. Eine junge Frau, elegant, modern, ganz anders als die liebenswerte, umständliche ältere Dame von früher, saß am Computer und gab gern Auskunft.

»Ach«, sagte sie, »wir nennen sie immer alle Matilda. Die älteste wurde, glaube ich, elf. Meistens laufen sie irgendwann hinter einem Gast her hinaus, werden überfahren oder finden nicht zurück. Wir besorgen dann sofort eine neue, die so ähnlich aussieht. Die Stammgäste bestehen darauf, Matilda hier anzutreffen.« Sie zeigte auf die gegenwärtige, tiefgraue Matilda, lachte und sagte: »Das da ist ein Kater, heißt aber trotzdem Matilda. Die Tradition, wissen Sie.«

Nureeni wusste nicht, ob dies nun ein besonders schmerzlicher Fall von Betrug oder eine besonders komische Geschichte war. Sie ging verwirrt auf ihr kleines Zimmer. Im Algonquin war nur die Halle groß, die Zimmer erlaubten kaum Luxus. Nureeni legte sich aufs Bett und dachte lange nach über alles, was sich um sie herum immerfort veränderte. Sie wollte Konstanten, sie wollte etwas, das blieb, etwas, an dem man sich orientieren konnte. Wohnungen und Häuser wechselten, Möbel wurden ausgetauscht. Menschen verschwanden, Städte veränderten täglich ihr Gesicht, ein großes weißes Schiff fuhr durchs Leben und entsorgte alles, Nureeni, das Müllschiff, das alles mitnimmt, irgendwohin, *ecce vita, sieh an, das Leben*, dachte sie und schlief ein.

Als sie erwachte, beschloss sie, nie wieder über Matilda nachzudenken und dankbar dafür zu sein, dass es diese eine feste Größe in ihrem Leben gab. Alles verschwand, Matilda blieb, alles änderte sich, Matilda war unwandelbar am selben Ort, mit demselben Namen, eine Katze, die ewige Katze, der ruhige Pol in der Erscheinungen Flucht. Wenn das alles auch auf einer Lüge beruhte, so ließ sich mit der Lüge einer Tradition besser leben als mit dem gänzlichen Verschwinden aller Traditionen. Dorothy Parker, da war Nureeni sich sicher, hätte das auch so gesehen.

Nureeni ging in die Halle, bestellte sich einen Gin Tonic und klopfte leicht neben sich auf die gepolsterte Bank.

»Komm, Matilda«, flüsterte sie, und der graue Kater namens Matilda sprang neben sie, rollte sich zusammen, schnurrte, und Nureeni streichelte das graue Tier und flüsterte ihm ins Ohr: »Es tut so gut, jemanden zu haben, der mich schon kannte, als ich erst acht Jahre alt war.«

12. TRISTAN UND LORETTA

– Eine Kindergeschichte –

Natürlich hat man seine Eltern lieb, aber man wird doch auch mal kritisieren dürfen, oder? Man wird doch wohl sagen dürfen: Ihr habt mir einen fürchterlichen Namen gegeben, wie konntet ihr nur!

Das dachte das kleine Mädchen und schaute grimmig aus dem Fenster in die tanzenden Schneeflocken; dabei war schon März, aber in diesem Jahr wollte es einfach nicht aufhören zu schneien. Dieses Jahr war überhaupt furchtbar, schon jetzt, dabei war erst März. Es schneite immer noch und immer wieder, aber klar, zu dünn, der Schnee, um etwas Gescheites damit anzufangen – etwa Schlitten zu fahren, Schneebälle auf Autos zu werfen, einen Schneemann zu bauen. Dafür reichte es nicht, nur für nasse Füße, kalte Hände und schlechte Laune. Außerdem hatten sie in der Schule eine neue Biologielehrerin gekriegt, so eine richtige Trutsche, die strenge Hausaufgaben aufbrummte, wenn man nicht aufpasste – in Biologie! Wer will denn in Biologie aufpassen, wozu soll das gut sein? Wie langweilig war das denn? Das kleine Mädchen war gerade zehn Jahre alt geworden und aufs Gymnasium gewechselt, und schon nach zwei Wochen Faulenzerei und Tiefschlaf in Biologie kommt diese ehrgeizige Maus daher und will wissen, was passiert, wenn man rosa Fleißige Lieschen mit weißen Fleißigen Lieschen kreuzt? Was passiert da in der zweiten, in der dritten Filialgeneration – na, was? Ja, interessiert das denn irgendwen? Kreuzt denn irgendwer irgendwelche Fleißigen Lieschen, für was denn? Und was ist denn überhaupt eine Filialgeneration, he? Tochtergeneration, sagt die Trutsche, die Nachkommen. Wie bitte – Nachkommen von Fleißigen Lieschen? Sonst noch was?

Und dann dieser Name. Das kleine Mädchen sah noch wütender in den Schnee. Dieser Name, den ihre Eltern ihr gegeben hatten, wie absolut grässlich, und erst jetzt wurde ihr das so richtig bewusst. In der Grundschule war es noch nicht so schlimm aufgefallen, obwohl niemand hieß wie sie, aber da waren sie noch Kinder, egal. Jetzt, auf dem Gymnasium – in ihrer Klasse waren zum Beispiel drei Paulas, eine Anna, zwei Klaras, vier Alexandras, zwei Jessicas und eben eine Hannelore. HANNELORE! Das war sie.

Hannelore! Gibt es einen blöderen Namen? Das muss man sich jetzt wirklich mal vorstellen: H-a-n-n-e-l-o-r-e. Nach Mutters Schwester, und die hieß so, weil deren Mutter für eine Schauspielerin namens Hannelore geschwärmt hatte. Hannelore hieß man aber heute nicht mehr! Es half nichts, Hanne oder Hanni oder Lore daraus zu machen, es war und blieb blöd, spießig, peinlich.

Und dann eines Mittags, beim Essen, lachten die Eltern und erzählten mal wieder »Weißt-du-noch-Geschichten«: Weißt du noch, als wir damals in Berlin waren, kurz vor Ostern? Da war auch März, aber was für ein März, schon über zwanzig Grad, nicht dieses Schneedrama wie heute. Und weißt du noch? Wir saßen im Garten, so eine wunderbare Kneipe. »Wie hieß die noch?«, fragte ihre Mutter, und der Vater sagte: »Die hieß genau so: Im Garten.« »Loretta!«, rief ihre Mutter, »Loretta im Garten hieß die, mitten in Berlin. Ach, war das schön da, ganz warm, im März.« Plötzlich strahlte Hannelore, der Vater lachte und sagte:

»Du guckst, als wärst du dabei gewesen«, aber Hannelore stand auf, klopfte an ihr Wasserglas und sagte: »Jetzt weiß ich's. Ich will nie wieder diesen bescheuerten Namen Hannelore hören, ich will auch nicht mehr euer Hannchen oder Lorchen sein, ab sofort heiße ich Loretta.«

Sie setzte sich, und die Eltern waren doch tatsächlich für einen kurzen Moment sprachlos. Und Loretta stand noch mal auf, klopfte wieder an ihr Glas – bei der goldenen Hochzeit von Oma und Opa hatte sie diese Art, sich Gehör zu verschaffen, kennengelernt und nutzte sie gern, wenn sie mal wieder zwischen Vater und Mutter nicht zu Wort kam.

»Und außerdem«, sagte sie, »will ich jetzt endlich einen Hund. Ihr habt immer gesagt, kein Tier vor zehn, jetzt bin ich zehn, also bitte.«

Die Eltern waren sprachlos, und das will was heißen. »Sie heißt also jetzt Loretta«, sagte der Vater. »Sie will einen Hund«, sagte die Mutter.

Und was soll ich jetzt noch groß erzählen, was die nächsten Tage, fast zwei Wochen lang, passierte – immer wieder fing jemand an: »Hanne – äh – Loretta, kannst du mal bitte …« Oder in der Schule riefen die Klaras und Paulas: »Lorchen, komm mal, wir – äh, ja, schon gut, Loretta, komm jetzt endlich, wir gehen Puddingteilchen kaufen«, und auch die Lehrer lächelten zuerst amüsiert, sagten dann aber: »Nun gut, Loretta. Bist du eben ab jetzt Loretta, klingt auch nett.« Nur die Biologielehrerin stellte sich erst mal quer.

»Loretta?«, fragte sie. »Auf einmal? Und was soll das für ein Name sein? Hannelore ist sehr hübsch, das setzt sich aus Johanna und Eleonore zusammen, beides sehr schöne Namen.« »Mag sein«, sagte Loretta, »aber ich bin nun mal nur die Zusammensetzung, und die ist eben NICHT schön.« »Das kann ich so nicht stehen lassen«, sagte die Biologielehrerin, »Hannelore Kohl, Hannelore Kraft, Hannelore Hoger, Hannelore Elsner, Hannelore Schmidt, lauter tolle Frauen. Hannelore Schmidt wurde Loki genannt.«

»Kenn ich nicht«, sagte Loretta, »und Loki ist ja das Allerletzte, wenn ich das mache, sagen am Ende noch alle Lokus zu mir. Ich will Loretta heißen.« »Man kann«, sagte die Biologielehrerin, »Namen nicht so einfach verändern, dann kommt alles durcheinander.« »Was denn?«, fragte Loretta, und die Biologielehrerin sah sie nachdenklich an. »Das ist in der ganzen Natur so«, sagte sie. »Wir können das Rhinozeros nicht plötzlich Zebra nennen.«

»Das ist doch ganz was anderes«, sagte Loretta, und die Trutsche gab zu: »Ja. Vielleicht. Nun gut. Loretta. Bis morgen könntest du eine Seite darüber schreiben, was du denkst, wie der Mensch entstand.« »Warum?«, fragte Loretta, und »Darum!«, sagte die Biologielehrerin, die blödeste aller Antworten.

Also, das mit den Namen war durch, Hannelore war vergessen, das Mädchen hieß nur noch Loretta, überall, außer auf sogenannten Dienstwegen, aber wann gab es für eine Zehnjährige schon Dienstwege …

Doch. Als der Hund angeschafft wurde. Beim Tierarzt wurde ein Hundepass ausgestellt und eine Karteikarte angelegt, Besitzer des Hundes: Hannelo – nein! Loretta Fabian. Da stand es, schwarz auf weiß. Und der Hund hieß …

Dazu muss man erst mal sagen, was für ein Hund das war. Es war, und das ist wirklich wahr, der schönste Hund der Welt, der schönste, der lustigste, der klügste. Jaja, das sagt jeder von seinem Hund, aber die Leute machen sich ja immer gern was vor. Loretta wusste: Sie hatte in der Hundelotterie das ganz große Los gezogen.

Die Eltern wollten keinen großen Hund: Der macht zu viel Dreck, der scheißt zu große Haufen, der zieht dich und du fällst um. Wie soll der im Urlaub ins Auto passen? Wenn der nass ist und sich in der Wohnung schüttelt, müssen wir renovieren – es gab 1001 Argumente gegen einen großen Hund. Loretta wollte keinen kleinen Kläffer: Die bellen dich taub; die beißen in jedes Bein; die sehen lächerlich aus; wenn man drauftritt, klingen sie wie eine Fußhupe, und man tritt leider drauf; die findet man nicht, wenn sie weglaufen; die werden gebissen. Einen mittleren Hund? Guckt sie euch an, die trostlosen Cockerspaniel mit den tränenden Augen, die sabbernden Boxer, die kleinen, aber mittelgroßen Münsterländer (nur der große Münsterländer ist groß, der kleine ist mittel), die jede Ente und jedes Häschen totbeißen und nie folgen, wenn man sie ruft. Ein Beagle? Zu wild. Ein Spitz? Zu hässlich. Ein Dackel? Lieber wär man ja wohl tot. Ein Jack Russell? Kleine giftige Kröten. Ein Pudel? Wir denken nicht mal dran.

Es wurde ein …

Es wurde ein MOPS. Ein kohlpechrabenschwarzer Mops, hochbeinig, freie Nase, kugelrunde Augen, aber keine Glupschaugen, kleine Schlappöhrchen, Ringelschwänzchen – hat die Welt schon mal so was Schönes gesehen wie diesen Mops? Nein, hat sie nicht. Er hieß …

Er hieß, und zwar sofort und ohne nachzudenken: TRISTAN. Und jetzt kommt's: Ausgerechnet die Mutter, die den dämlichen Namen Hannelore (den wir fast schon vergessen haben) ausgesucht hatte, nur weil ihre Schwester so hieß und die Patentante war, die Mutter sagte, als sie das kleine schwarze Etwas zuerst sah: Tristan! Denn die Mutter liebte Wagner-Opern über alles, und da hätte sie ja nun auch Lohengrin oder Siegfried oder Wotan sagen können, aber sie sagte Tristan, und es passte hundert Prozent. Ein Lohengrin ist irgendwie eher ein Schwan als ein Mops, ein Wotan ist ein alter Mann, der nichts mehr auf die Reihe kriegt, ein Siegfried ist immer blond – der hier war schwarz, jung, bildschön, und wenn man ihn sah, dachte man ganz groß das Wort LIEBE: Tristan, der konnte nur Tristan heißen.

Tristan und Loretta sollten ein so legendäres Paar werden wie Tristan und Isolde, ein Paar, von dem alle sprachen, über das alle staunten. Sie waren füreinander geschaffen.

Tristan trug immer nur weiche rote Kalbslederhalsbänder, Loretta trug die rote Leine und hatte immer Hundekekse in der Tasche, und dann lief das so ab: Tristan raste auf einen Jogger zu, drehte sich aber nach Loretta um. Verschwand die Hand in der Jackentasche, kam er sofort zurück und wusste:

Es gibt einen Keks. Ein Radfahrer kam, Tristan raste hinterher, blickte sich kurz um – zack, Umkehr, Keks. Für einen Keks tat er alles, er folgte, er kam, er ging bei Fuß, aber es ging eben nur mit dieser Erpressung. Wenn er einen mit seinen kugelrunden Augen ansah, konnte man ihm nichts, nichts abschlagen. Die kleinen Ohrenläppchen hingen so unfassbar niedlich am Kopf herunter, das Ringelschwänzchen wurde derart schön getragen, die Beinchen waren hoch und schnell, Tristan war kräftig, aber nicht dick, dafür rannte er zu viel (Jogger! Radfahrer!), die Kekse waren gesunde Haferkekse, die nicht dick machten, und wie gesagt: ihm bei diesem Blick etwas abzuschlagen – unmöglich. Tristan durfte aufs Sofa, aufs Fußende von Lorettas Bett, er saß im Auto vorne auf Mamas Schoß, lag in der Kneipe auf Papas Jacke neben Loretta auf der Bank, und jeder, der ihn sah, rief, wahlweise:

»Oooooch, ist der süüüüüüß!« oder

»Was für ein niedliches Möpschen!« oder

»Das ist ja nicht zu glauben, so ein schönes Tier!« oder

»Ja, wie heißt du denn?«

Tristan, Tristan hieß er, und die Welt liebte ihn, und er liebte die Welt, und Loretta liebte ihn am allermeisten und alles war gut.

Sogar mit der Biologielehrerin lief es besser, denn als Mama Loretta mal mit Tristan von der Schule abholte, stieg die gerade auf ihr Rad und stieg sofort wieder ab, streichelte Tristan und sagte: »Ach, ein Moppel! Der hat aber schöne Rosenohren!«

Rosenohren! Das hatte noch keiner gesagt, und Loretta sah die Biologielehrerin mit anderen Augen.

Sie hieß Frau Ludwig, Liesel Ludwig, und die damalige Hausaufgabe – Wie entstand der Mensch? – war gar nicht so schlecht gewesen. Loretta hatte sogar drei Seiten statt nur einer geschrieben und mehrere Theorien aufgestellt:

Erstens: Den Menschen hat ja Gott gemacht, aus Lehm und Spucke, unter den Fingernägeln sieht man ja den Dreck immer noch. Oft. Oder wenn man mit dem Spuckefinger auf der Haut rubbelt, gibt es so schwarze Würstchen – das ist der Beweis: Der Mensch ist aus Erde gemacht.

Zweitens: Der Mensch war erst mal ein Affe, aber dann war es ihm zu ungemütlich immer auf dem Baum. Er baute sich ein Baumhaus und wurde allmählich Mensch.

Drittens: Alles Leben soll ja angeblich aus dem Wasser kommen, also war der Mensch vielleicht eine große Wasserschildkröte? Bisschen unwahrscheinlich, aber letztlich, wenn Jesus übers Wasser gehen konnte … Alles ist möglich, oder?

Die Biologielehrerin, Frau Ludwig, hatte nach dem Unterricht mit Loretta über die verschiedenen Theorien geredet, die mit dem Affen schien ihr sehr einleuchtend. »Weißt du«, sagte sie, »der Affe hangelt sich ja mit allen vieren von Baum zu Baum. Richtig los ging das mit dem Menschen erst, als da jemand anfing, aufrecht zu gehen. Auf zwei Beinen, den Kopf hoch, und das, was mal Vorderbeine waren, das wurden Arme. Und damit konnte man was machen, bauen, basteln.« Und dann sagte sie noch was, und das ließ Loretta nicht mehr los, nie mehr, und von da an war Biologie ihr Lieblingsfach. Sie sagte: »Als dieses erste Wesen aufrecht ging, nehmen wir an, eine Art Zottelaffe, da rutschte der Kehlkopf tiefer. Und dadurch konnte Sprache entstehen. Und das ist ja, was uns Menschen letztlich von allen anderen unterscheidet: Wir haben die Sprache. Was denkst du?«

Loretta dachte: Aufrecht. Kehlkopf. Sprache. Tristan.

Der Mops Tristan sollte bei Tisch nicht gefüttert werden, ist klar. Jeder, der einen Hund hat, nimmt sich das vor, aber nicht jeder hält es durch. Fast keiner hält es durch.

Vielleicht will man es durchhalten, aber dann fällt einfach aus Versehen (aus Versehen! Kann doch passieren!), aus Versehen so ein Stückchen Wurst runter und (peng!) hat man ein Problem. Der Mops ist ja nicht doof, gerade so ein pfiffiges Möpschen ist alles andere als doof, und Tristan wusste jetzt: Was die da oben haben, riecht nicht nur lecker, das schmeckt auch lecker, da bleib ich jetzt dran.

Er blieb folgendermaßen dran: Er stand an Lorettas Stuhl, und da stand er auf seinen zwei Hinterbeinen beziehungsweise auf den zwei niedlichen kleinen Pfoten. So reichte er fast bis zur Tischkante. Die großen runden Augen richtete er flehentlich (»Ich verhungere, hat denn niemand Mitleid?«) auf Loretta, dabei ließ er (Achtung!) sein rechtes Vorderpfötchen lässig herabhängen, mit dem linken stützte er sich ganz sacht an Lorettas Bein. Endlos lange konnte er so stehen und einfach nur – warten. Der Vater nannte diese Haltung »künstlerisch beeindruckend, aber moralisch verwerflich«. So stand er.

Und an dieses Stehen, dieses künstlerisch beeindruckende, moralisch verwerfliche lange, geduldige Stehen dachte nun unsere Loretta, als die Lehrerin vom aufrechten Gang sprach, bei dem der Kehlkopf nach und nach herunterrutschte und das Reden möglich machte.

Tristan sollte reden lernen. Loretta sprach mit niemandem darüber; aber sie fing an, ihren Mops zu trainieren. Er stand jetzt nicht nur bei Tisch in seiner bewundernswerten Haltung, sondern auch in ihrem Zimmer. Sie hielt ein kleines Würstchen oder einen dieser herrlichen Erziehungskekse in der Hand, Tristan stand, starrte auf Keks oder Wurst, und Loretta sprach ihm vor:

»Loretta«. Immer wieder: »Loretta«. Ihren Namen sollte er sagen, so wie sie seinen sagte. Sie hatte den Film *Jenseits von Afrika* gesehen, und am besten hatte ihr die Stelle gefallen, als Karen Blixen wieder aus Afrika abreiste und den schwarzen Boy, der ihr all die Jahre gedient hatte, zum Abschied bat: »Sag meinen Namen.« Und der Boy sagte: »Sie sind Karen, Memsahib.« Ist das nicht zum Weinen schön? Und da stand nun der schwarze Tristan, künstlerisch beeindruckend, moralisch möglicherweise verwerflich, aber aufrecht, mit der Möglichkeit, dass sein Kehlkopf vielleicht eines Tages herunterrutschen und er »Du bist Loretta« sagen konnte. So hatte Loretta drei Jahre zuvor ihrem Wellensittich die Worte »Koko Koko lieb« und »Koko Koko Küsschen« beigebracht, ehe der Arme in der Tür zerquetscht – nein, jetzt nicht daran denken. Jetzt musste Tristan sprechen lernen, und er würde sprechen lernen, das schwor sich Loretta. Mühe gaben sich beide, das muss man sagen, aber es dauerte. Oder sagen wir ehrlich: Die Zeit verging, Tristan stand wie eine Eins und oft auf den Hinterbeinen, aber er schwieg, schaute allerdings umwerfend und betörend.

Ja, die Zeit verging. Die Kinder werden so schnell groß heutzutage, ich habe das Gefühl, viel schneller als früher! Irgendwie ist ja alles schneller als früher. Schon waren zehn Jahre vergangen und Loretta hatte das Abitur gemacht und ein Studium begonnen: Biologie – man stelle sich das mal vor, solche Folgen hatte der interessante Unterricht von Frau Liesel Ludwig! Tristan war nun auch schon zehn Jahre alt und ein bisschen grau um die Nase, aber sehr rüstig, und er begleitete Loretta, so oft es ging, auch in die Vorlesungen, da saß er still versteckt in einer Tasche. Er war ihr treu ergeben, verstand stets, worum es ging, aber Sprechen hatte er noch immer nicht gelernt. Loretta war während ihres Biologiestudiums klargeworden, dass auch der Affe damals sich nicht einfach aufgerichtet hatte und sofort sprechen konnte, sondern dass womöglich ein paar hunderttausend oder Millionen Jahre dazwischen lagen, also würde sie ein Gespräch mit Tristan wohl nicht mehr erleben. Sie liebte ihn trotzdem, und er liebte sie.

Er blieb auch bei ihr, als sie heiratete. Er blieb in der Familie, als die Kinder kamen – Leonie und Aurelio, und er stand noch immer ab und zu bei Tisch in dieser unnachahmlichen Haltung: auf zwei Hinterbeinen, die rechte Vorderpfote baumelte lässig herab, die linke stützte ihn ganz leicht an Leonies oder Aurelios Bein. »Künstlerisch beeindruckend, aber moralisch doch irgendwie verwerflich«, sagte Lorettas Mann Hagen, und Loretta dachte: Vielleicht spricht er ja doch eines Tages, und sagte: »Lasst ihn nur, das hat er schon immer so gemacht.«

Normalerweise begraben wir irgendwann unsere Tiere,

weil sie doch vor uns sterben, und diese Abschiede sind so furchtbar, dass man gar nicht weiß, wie man mit dem Weinen aufhören soll. Aber Tristan – der dachte nicht ans Sterben. Niemand zählte mehr die Jahre, er war einfach immer schon da, und er wurde älter und älter, begleitete Leonie zum Fußball und Aurelio zur Klavierstunde, und die Leute sagten:

»Das ist aber ein liebes altes Tier!« oder:

»So ein süßes Möpschen, das ist aber nicht mehr ganz jung, oder?«

Und wenn mal einer nichts sagte oder an der Ampel sich nicht bückte, um ihn mal kurz zu streicheln, dann starrte ihn Tristan so lange nieder mit seinen Kulleraugen, bis der oder die Fremde irritiert sagte: »Wie guckt denn dieses Tier? So menschlich!«

Tristan gehörte zur Familie, aber, nein, ein Mensch war er nicht. Um Mensch zu sein, hätte er, wir wissen es von Liesel Ludwig, sprechen müssen. Und hätte auch keine Rosenohrenläppchen haben dürfen und kein Ringelschwänzchen.

Leonie und Aurelio gingen irgendwann aus dem Haus, Leonie heiratete einen Fußballer und Aurelio eine Flötistin, und um diese Zeit verliebte sich Lorettas Mann Hagen neu und gründete mit einer jungen Dame namens Désirée eine zweite Familie. Loretta blieb allein mit Tristan, sie sahen zusammen das Fernsehprogramm, vor allem täglich die Serie *Verbotene Liebe*, und sie hatten ein Abonnement für die Philharmonie – in einer großen schwarzen Samttasche lag Tristan still, und sie lauschten zusammen der Musik: Mendelssohn, Mozart, die Beethoven-Quartette.

Und einmal, als Tristan tief seufzte, beugte sich Loretta zu ihm und flüsterte: »Ja, das war der Tristanakkord, gut aufgepasst, mein Lieber!«

Loretta wurde ziemlich alt, und als sie starb, standen Kinder und Enkelkinder, Freunde und ein Dirigent, ihre letzte Liebe, an ihrem Grab, und natürlich war Tristan da, dieses Mal mit einer schwarzen Schleife um den Hals statt mit seinem roten weichen Kalbslederhalsband. Seine Augen tränten, und er schniefte.

Und als alle ans Grab traten, um Blumen hineinzuwerfen und ein wenig Erde auf den Sarg zu schütten, weil der Mensch, der ja aus Erde gemacht war, wieder zu Erde werden sollte, da kam, an der Leine von Leonie, auch Tristan ans Grab. Und stellte sich auf die Hinterbeine, mit einer Pfote an Leonie abgestützt. Und es klang, als ob er heiser bellte, als ob er sich räusperte, aber Leonie hörte es ganz genau, sie stand ja direkt neben ihm. Er sagte:

»Adieu, Loretta.«

Außer Leonie hat es niemand gehört. Und die hat es mir erzählt. Und kurze Zeit später ist Tristan auch gestorben, einfach eingeschlafen, und Aurelio und Leonie haben ihn heimlich zu Füßen Lorettas in das noch frische Grab gelegt, niemand hat etwas gemerkt.

Solltest du also einen Hund haben, der bei Tisch moralisch verwerflich, aber künstlerisch durchaus beeindruckend auf zwei Beinen steht und nach der Knackwurst schielt – bitte niemals aufgeben. Die Evolution braucht lange. Aber sie kommt.

13. ERIKA

Ich hatte das ganze Jahr hindurch gearbeitet wie eine Verrückte und fühlte mich kurz vor Weihnachten völlig leer, ausgebrannt und zerschlagen. Es war ein schreckliches Jahr gewesen, obwohl ich sehr viel Geld verdient hatte. Es war, als hätte ich zu leben vergessen. Ich hatte meine Freunde kaum gesehen und war nicht in Urlaub gefahren, meine Mahlzeiten hatte ich irgendwo zwischen Tür und Angel im Stehen eingenommen – Gyros und Krautsalat, ein Stück Pizza, ein paar Tortillas und dazu zwei, drei Margaritas –, oder ich hatte zu Hause ein paar Rühreier aus der Pfanne gegessen, vor dem Fernseher, und an vielen Tagen hatte ich auch gar nichts gegessen und nur Wein, Kaffee und Gin getrunken und war wie ein Stück Blei ins Bett gefallen, ohne die Post zu öffnen oder den Anrufbeantworter abzuhören, traumlos, leblos. Ein paar Tage vor Weihnachten – ich war gerade nach Hause gekommen und hatte mich vor Erschöpfung nach einem Sechzehn-Stunden-Tag einfach in Mantel und Stiefeln der Länge nach auf den Teppich gelegt und nur noch ganz flach geatmet – klingelte das Telefon. Beim ersten Ton schon griff ich danach wie nach einem allerletzten Lebenszeichen von da draußen.

»Ja!«, sagte ich, und ich hätte auch genauso tonlos »Hilfe!« sagen können.

Es war Franz, und er rief mich aus Lugano an. Franz und ich hatten vor Jahren mal eine Weile zusammengelebt, uns dann aber einigermaßen friedlich getrennt und beide geheiratet. Inzwischen waren wir auch beide wieder geschieden, und er lebte in Lugano und ich in Berlin.

Franz arbeitete in Lugano bei einem Architekten, und ab und zu schrieben wir uns alberne Karten. Manchmal traf ich seine Mutter, die so gern gesehen hätte, dass wir zusammengeblieben wären, und die in Berlin langsam vermoderte, wie so viele alte Leute. Sie erzählte mir dann ein bisschen von ihm, aber Mütter wissen ja nichts von ihren Kindern, und ich erfuhr nur, dass es Franz gut gehe, und er verdiene viel, sie sei allerdings noch nie in Lugano gewesen.

»Hallo, Betty«, sagte Franz am Telefon. Er ist der Einzige, der mich Betty nennt. Ich heiße Elisabeth, aber das sagt nur meine Mutter zu mir. Mein Vater nannte mich Lisa, in der Schule hieß ich Elli, und mein Mann hatte Lili zu mir gesagt. Manchmal weiß ich selbst nicht mehr, wie ich eigentlich heiße, und nenne mich bei meinem zweiten Namen: Veronika. Nur für Franz war ich Betty gewesen, und ich holte tief Luft, streifte mir die Stiefel von den Füßen und sagte: »Ach, Franz.«

»Hört sich nicht gut an, ach, Franz«, sagte er. »Ist was los?«

»Ich glaube, ich bin tot«, sagte ich. »Kneif mich mal.«

»Dazu müsstest du etwas näher kommen«, sagte Franz, »und das ist es, weshalb ich anrufe.«

Ich machte die Augen zu und dachte an die komische Dachwohnung, in der wir zusammen gewohnt hatten. Franz hatte Bühnenbilder in verkleinertem Maßstab gebaut, und im Szenenbild von »Don Giovanni« hatten unsere beiden Hamster Kain und Abel gewohnt. Sie waren auf den kleinen Balkönchen erschienen und hatten sich geputzt, und vom Tonband spielten wir dazu Donna Annas Arie aus dem Ende des zweiten Aktes, »or sai chi l'onore rapire a me volse«, und zu der Zeit haben wir furchtbar viel getrunken. Wir arbeiteten auch – er an seinen Bühnenbildern, ich für meine Zeitung, aber wir tranken Gin und Weißwein und Tequila in solchen Mengen, dass ich heute nicht mehr weiß, wie wir überhaupt morgens aus dem Bett kamen, wer all die leeren Flaschen wegbrachte und wann wir eigentlich die Katze versorgten. Einer der beiden Hamster wurde später in dem dicken Lesesessel totgedrückt – er war zwischen Sitzpolster und Lehne gekrochen –, und wir fanden ihn erst, als er zu riechen begann, und brauchten – es war bei einem Frühstück – an dem Tag den ersten Gin schon morgens, obwohl im Grunde so eine letzte Regel galt: Wein ab 16 Uhr, Gin ab 20 Uhr und Tequila erst nach zehn. Was soll's, lange her.

»Warum kommst du nicht über Weihnachten zu mir nach Lugano?«, fragte Franz.

»Warum sollte ich«, sagte ich und freute mich irrsinnig, aber ich ließ meine Stimme ganz unten. »Kannst du ohne mich auf einmal nicht mehr leben?«

»Ich kann wunderbar leben ohne dich«, sagte Franz, »und was glaubst du, wie ich das genießen werde, wenn du nach Neujahr wieder abfährst.«

Ich war noch nie in Lugano gewesen. »Wie ist Lugano«, fragte ich, »grässlich?«

»Grauenhaft«, sagte Franz. »Alte Häuser mit Palmen davor und mit Glyzinien bewachsen, die so ekelhaft lila blühen, überall Oleander mit diesem scheußlichen Duft und ein grässlicher See inmitten scheußlicher Berge. Und sie trinken hier diesen widerwärtigen Fendant, bei dem man schon nach vier Flaschen betrunken ist. Überleg's dir.« – »Versprichst du mir, dass wir uns die ganze Zeit streiten?«, fragte ich, und Franz sagte: »Ehrenwort.«

»Fabelhaft«, sagte ich, »aber du vergisst, dass ich schon tot bin. Ich glaube nicht, dass ich es noch bis Lugano schaffe, ich schaff's ja nicht mal mehr bis in die Küche, Franz.«

»Du fliegst«, sagte Franz, »bis Mailand, und dann fährst du eine Stunde mit dem Zug nach Lugano, und ich hol dich ab.«

»Hol mich nicht ab«, sagte ich, »vielleicht hab ich ja Glück und das Flugzeug fällt runter, und dann wartest du umsonst.«

»Gute Idee«, sagte Franz, »ich könnte auch bei Chiasso einen Baumstamm quer über die Schienen legen, dann würde dein Zug entgleisen, was hältst du davon?«

»Großartig«, sagte ich und fing plötzlich an zu weinen und dachte an unsere Katze, die eines Tages vom Dach gefallen war, einfach so, und wir hatten gedacht, das würde nie passieren. Sie war gewöhnt daran, über die Dächer zu gehen, und von unserm kleinen Balkon aus sah ich sie oft in der Sonne sitzen und sich putzen, hoch neben dem Schornstein, vor der Fernsehantenne, auf der die dicken Tauben gurrten. Eines Tages war sie gerutscht, ins Strudeln gekommen, hatte sich vor Verwirrung nicht mehr halten können und an allen Vorsprüngen und Balkons vorbei einen geraden Sturz in die

Tiefe gemacht, fünf Stockwerke, und ich sah sie bewegungslos unten liegen und war unfähig, ihr nachzulaufen.

Schließlich war Franz die Treppen runtergerannt und lange nicht wiedergekommen. Wir haben nie mehr über die Katze gesprochen, und in dem Jahr lebten wir uns auseinander, wie man wohl so sagt. Wir konnten einfach über nichts mehr ernsthaft reden, wir waren zynisch und ironisch und unehrlich miteinander, und wir litten beide darunter, aber ändern ließ es sich auch nicht mehr.

»Du wirst mich gar nicht mehr erkennen, wenn ich komme«, sagte ich. »Ich bin ganz alt geworden und schlohweiß und potthässlich.« Ich zog die Nase tüchtig hoch, stand auf und warf mich in einen Sessel, um Haltung anzunehmen. »Du warst immer schon potthässlich«, antwortete Franz, »ich wollte es dir nur nie sagen. Ich bin übrigens strahlend schön wie immer.«

»Gut«, sagte ich, »das seh ich mir an, ich komm Heiligabend, falls da was fliegt.« Ich hatte das Gefühl, er freute sich wirklich und ich wäre irgendwie gerettet.

Ich schloss die Augen und blieb vielleicht noch eine halbe oder eine volle Stunde im Sessel liegen. Ich hörte die Geräusche im Haus, zuklappende Türen, eine Männerstimme, schnelle Schritte, und von der Straße klang Berlins böses Brummen hoch, ein brodelnder Dauerton wie kurz vor der Explosion eines Kessels, und ich stellte mir Lugano vor wie eine kleine Oase mit roten Dächern in einer Schneekugel.

Am 24. warf ich am frühen Morgen ein paar Pullover und Jeans, meine Brille, meinen Muff, ein bisschen Wäsche, Waschzeug, meine Ballerinas, ein Paar feste Schuhe, das alte schwarze Seidenkleid mit dem verblassten Rosenmuster, ein paar Bücher und meinen Reisewecker in eine Tasche und ging noch mal kurz ins KaDeWe, um elsässischen Senf für Franz zu kaufen. Es gibt dort eine Abteilung mit achtzig oder hundert verschiedenen Sorten Senf, in Gläsern und Tuben und Tontöpfen, scharf und süß und süßsauer, cremig und körnig, hellgelb bis dunkelbraun, und die ganze Perversität des Westens, die ganze unerträgliche Angeberei dieser aufgeblähten, maroden, verlogenen Stadt Berlin fließt für mich zusammen in der Unglaublichkeit dieser Senfabteilung – die Welt steht in Flammen, es ist Krieg, Menschen verhungern und schlachten sich ab, Millionen sind auf der Flucht und haben kein Zuhause, Kinder sterben auf den Straßen, und Berlin wählt unter hundert Sorten Senf, denn nichts ist schlimmer als der falsche Senf auf dem gepflegten Abendbrottisch. Aber ich hätte auch das noch geschafft, ich wäre mit dem Fahrstuhl hochgefahren und hätte für Franz, den Zyniker, Franz, den trostlosen Intellektuellen, Franz, den Spötter mit den tiefen Falten rechts und links der Nase, ich hätte für Franz, mit dem ich so verzweifelte Nächte und so verlogene Tage verbracht habe, den grobkörnigen, dunkelgelben, süßscharfen elsässischen Senf im Tontopf mit Korkverschluss gekauft, wenn ich nicht im Parterre das Schwein gesehen hätte. Erika.

Es sah aus wie ein Mensch, und ich weiß nicht, wieso ich auf »Erika« kam, aber es war wirklich mein erster Gedanke. Das Schwein sah aus wie eine Person, die Erika hieß und aussah wie ein Schwein. Erika war fast lebensgroß, fast so groß wie ein ausgewachsenes Schwein. Sie war aus hellrosa Plüschfell, hatte vier stramme dunkelrosa Beine, einen dicken Kopf mit leicht geöffneter Schweineschnauze, weichen Ohren und etwa markstückgroßen himmelblauen Glasaugen mit einem unbeschreiblichen Ausdruck – vertrauensvoll, gutmütig, neugierig und mit einer Art gelassener Pfiffigkeit, die zu sagen schienen: Was soll all die Aufregung, nimm es, wie es kommt, sieh mich an, ich bin nur ein rosa Plüschschwein mitten im KaDeWe, aber ich bin ganz sicher, dass das Leben einen wenn auch verborgenen Sinn hat.

Ich zahlte ohne zu zögern 678,– per Kreditkarte für Erika. Meine Reisetasche musste ich mir über die Schulter hängen, für Erika brauchte ich beide Hände. Sie war erstaunlich leicht, aber enorm dick und samtweich, und sie ließ sich nur tragen, indem ich sie vor meinen Bauch presste. Ich umschlang sie mit beiden Armen. Sie legte die Vorderpfoten auf meine Schultern und die Hinterbeine rechts und links auf meine Hüften. Ihr Kopf blickte mit den blauen Augen über meine linke Schulter, und die Verkäuferin sagte: »Noch einmal streicheln!« Sie fuhr mit der Hand zwischen die aprikosenfarbenen Ohren, sanft und zärtlich, und dann blieb sie zwischen Teddys, Giraffen und Stoffkatzen zurück, und Erika und ich verließen das Kaufhaus. Die Menschen bildeten eine Gasse und ließen uns durch. Es waren die letzten Stunden vor Ladenschluss, vor Weihnachten, und alle waren gehetzt, erschöpft, entnervt von den Vorbereitungen und voller Angst vor all den Familienkrisen, die für die nächsten Tage in der Luft lagen. Aber wer Erika ansah, musste lächeln. Ein Penner, der im Eingang stand und sich im abgestandenen Kaufhauswind wärmte, streckte verstohlen eine Hand aus und zog Erika am Hinterbein.

Ich trat auf die Straße und sah mich nach einem Taxi um. »Mein Gott, wie schön, da wird sich das Kind aber freuen!«, sagte eine alte Frau und legte ehrfürchtig eine Hand auf Erikas großen weichen Kopf, und ich dachte daran, dass das Kind, auf dessen Gabentisch dieses Schwein landen würde, Franz hieß und achtunddreißig Jahre alt war. Der Taxifahrer sagte kopfschüttelnd: »Für wattie Leute allet Jeld ausjehm«, und starrte Erika misstrauisch von der Seite an. Ich hatte sie neben ihn auf den Vordersitz geklemmt. Ihre dicken Pfoten lagen auf dem Armaturenbrett, und sie schaute mit ihren blauen Augen in den Berliner Straßenverkehr, der keine Logik und keine Rücksicht erkennen ließ, das war ein Kampf ums Erstersein. Ich saß mit meiner Reisetasche hinten und fühlte, wie mir Erikas breiter Nacken Ruhe und Sicherheit einflößte.

Wenn das Taxi an Ampeln oder im Stau halten musste, grinsten die Fahrer aus den Nachbarautos zu uns herüber, sie lachten, sie hupten, sie winkten, sie warfen Kusshändchen. Kinder pressten ihre Hände und Nasen an beschlagene Scheiben und wussten, dass das Weihnachtsfest für sie gelaufen war, wenn nicht so ein Schwein unter dem Baum wäre. Die Sache machte nun sogar dem Taxifahrer Spaß.

»Ja, kiekt nur«, knurrte er, »Schweinetransport«, und er genoss das Aufsehen, das er mit seinem Beifahrer erregte. »Watt kostenn sowatt?«, fragte er mich, als ich zahlte und ausstieg, und ich log: »Weiß ich nicht, hab ich zu Weihnachten gekriegt«, weil ich mich schämte, ihm den Preis zu nennen.

Normalerweise wäre meine Reisetasche als Bordgepäck durchgegangen, aber ich durfte nicht beides mitnehmen – Erika und die Tasche –, also gab ich die Tasche auf. Erika passte in keines der übervollen, schmalen Gepäckfächer, und zum ersten Mal wurden wir getrennt. Die Stewardess setzte Erika auf einen freien Platz in der ersten Klasse, schnallte sie an und versicherte mir: »Da geht es ihm gut.«

»Ihr«, sagte ich, »sie heißt Erika.« Die Stewardess sah mich nett und leer an und ging rasch weg, und mir fehlte Erikas weiches Fell, ihr sanfter Blick, und ich geriet fast in Panik, als zum Start der Vorhang zur ersten Klasse zugezogen wurde und ich sie nicht mehr sah. Ich schloss die Augen und dachte an meinen ersten Kinderheimaufenthalt. Nach Borkum war ich geschickt worden, meiner kranken Lungen wegen. Ich war neun Jahre alt, stand am Zugfenster und weinte, und das Letzte, was ich von meiner Mutter hörte, war: »Stell dich nicht so an, die anderen Kinder heulen auch nicht.« Ja, Mutter, weil immer nur die Kinder weinen, die nicht lieb gehabt werden und tief im Herzen spüren, wie sehr die Mütter aufatmen, wenn sie sie wenigstens für vier Wochen mal abschieben können. Ich weinte, weil ich mir nicht mal sicher war, ob sie bei meiner Rückkehr überhaupt noch da sein würde oder ob sie sich in der Zwischenzeit heimlich und für immer aus dem Staub machte. Mein Vater hatte mir einen Teddy mit honiggelbem Pelz und braunen Glasaugen geschenkt. Er hieß Fritz, und ich presste ihn an mein Gesicht und ließ Rotz und Tränen in sein Fell laufen, wie ich es jetzt gern mit Erika gemacht hätte, aber Erika flog erster Klasse. Mir fiel ein, dass ich mich nicht mal von meiner Mutter verabschiedet, ihr auch nicht frohe Weihnachten gewünscht hatte, aber vielleicht würde sie das ja auch gar nicht merken, und außerdem konnte ich sie aus Lugano immer noch anrufen.

In Frankfurt nahm ich Erika wieder in Empfang und presste sie fest an mich, als ich für den Flug nach Mailand durch die Auslandshalle gehen musste. Auf den Lederbänken, den Chromstühlen, auf Koffern, auf dem Fußboden, überall saßen und lagen müde Menschen, die auf ihren Weiterflug warteten – Inder mit Turban, verschleierte Frauen, Schwarze in bunten Baumwollgewändern, Japaner im Einheitsanzug, plattköpfige Koreaner, magere alte Amerikanerinnen mit Pelzjäckchen und grotesken Haarfarben und Kinder, Kinder aller Nationen und Altersgruppen, essende Kinder, lesende, weinende, schlafende, Kinder auf Mutters Schoß und auf Vaters Arm, Kinder, die eine Puppe oder ein kleines Köfferchen umklammerten oder die an den großen Scheiben standen und auf die Rollbahn starrten, stumm und traurig, sich von Weihnachten nichts mehr versprechend. Die Luft war warm und abgestanden, die Halle von Lärm erfüllt, niemand sah freundlich, gelassen oder glücklich aus. Das Reisen am Heiligen Abend strengte alle Gefühle auf das Äußerste an, und dann kam Erika.

Ich hatte mir ihren Rücken vor den Busen gepresst, so dass sie den Leuten ihren hellrosa Bauch zeigte und die vier stämmigen Beine in die Luft streckte. Mit ihren freundlichen blauen Glasaugen veränderte Erika in ein paar Sekunden den ganzen Raum. Der Geräuschpegel wurde raunend sanft, Gelächter war zu hören. Die Kinder standen auf, wurden von den Eltern angestoßen, geweckt, Köpfe drehten sich um, ein paar Kinder kamen angelaufen. Zaghaftes Lächeln wurde zu breitem Lachen, in die Luft kam Bewegung, und in allen Sprachen der Welt, die ich nicht verstand, sagten kleine Jungen und Mädchen dasselbe: »Oh, darf ich es anfassen?« Ich nickte. Erikas Pfoten wurden gedrückt, ihr Ringelschwänzchen vorsichtig aufgerollt, ihre Ohren gekrault. Ein dunkler Junge tupfte sacht auf eines der blauen Glasaugen, und ein kleines schwarzes Mädchen mit zahllosen Perlenzöpfchen küsste Erika mitten auf die Schnauze und rannte dann schnell hinter den schützenden Rücken seiner Mutter.

Hätte ich mich in diesen Raum gestellt und zu diesen Menschen von Sanftheit und Liebe, von Harmonie und Sehnsucht, von Weihnachten, von Erlösung und Versöhnung gesprochen – niemand hätte mir zugehört. Eine peinliche Figur wäre ich gewesen, und der Wachmann hätte mich beim Arm genommen und gesagt: »Darf ich Sie zu Ihrem Flugzeug bringen?«, oder: »Jetzt trinken Sie erst mal eine Tasse Kaffee.« Erika schaffte die Verzauberung durch ihre bloße Anwesenheit. Ein Schwein von solcher Größe, mit einem so milden Blick und einer derart weichen Anfassfläche vermittelte mehr Frieden auf Erden und den Menschen ein Wohlgefallen, als die Prediger aller Mitternachtsmessen das würden schaffen können. Nehmt das geschundene, verkitschte, blond gelockte Jesuskind aus den Krippen und legt ein lebensgroßes Schwein mit rosa Fell und flehenden Glasäuglein unter den Weihnachtsbaum, und ihr werdet ein Wunder erleben!

Die letzte Maschine nach Mailand war klein, fast gemütlich, nicht ausgebucht. Erika konnte neben mir sitzen und wurde von Captain Travella und seiner Crew als *sorpresa speciale* an Bord herzlich begrüßt. Ein Gast *molto strano, però simpatico*, und die fünfzehn, zwanzig Fluggäste applaudierten.

Allmählich geriet ich in eine fast ausgelassene Stimmung.

In nur wenigen Stunden hatte Erika mein Leben bereits verändert, das heißt, mein Leben mit Erika war anders abgelaufen, als es das ohne Erika getan hätte: Ich hatte mit wildfremden Menschen gesprochen, sogar mit dem Taxifahrer, Leute hatten mich angestrahlt und ich hatte zurückgelacht, und überall da, wo Erika und ich aufgetaucht waren, hatten wir die Stimmung und die Gesichter der Menschen für einen Augenblick aufgehellt.

Ich bestellte mir einen Rotwein und auch einen für Erika, der kommentarlos freundlich geliefert und serviert wurde. Wir flogen über die Alpen, und ich lehnte meinen Kopf an Erikas Schulter, fühlte mich wohl und wäre gern immer so weitergeflogen, um die Welt.

In Mailand streikten die Angestellten des Flughafens. Keine Treppe wurde an das Flugzeug gefahren, kein Bus kam auf das Rollfeld, um uns zu holen, wir mussten das Flugzeug über eine Rutsche verlassen. Als ich an der Reihe war, überlegte ich, ob ich zuerst rutschen und Erika so lange einem andern Passagier oben anvertrauen sollte oder ob ich Erika mit dem Ruf »Erika, ich komme!«, nach unten schicken und sofort nachkommen sollte. Die Entscheidung wurde mir durch die weit geöffneten Arme bereits unten stehender Passagiere abgenommen: »Avanti!«, riefen sie, und: »Vieni, bella!«, und sie meinten Erika, die auf ihrem runden Rücken nach unten rollte und in die geöffneten Arme fiel, gedrückt, geküsst und gelobt wurde: »Brava, brava!« Ich rutschte nach und nahm sie eifersüchtig in Empfang, ganz stolze Mutter eines viel beachteten Kindes. Wir mussten unsere Koffer selbst aus dem Bauch des Flugzeugs holen und dann den langen Weg übers

Rollfeld zum Zollgebäude zu Fuß gehen. Die Passagiere halfen sich gegenseitig mit ihren schweren Gepäckstücken. Erika hatte eine milde Laune über all die gegossen, die sonst nur daran dachten, selbst so gut und so rasch wie möglich klarzukommen. Ein Schwein weilte unter uns und sorgte für samtene Heiterkeit am Vorweihnachtsabend. Ich bildete ein Paar mit einem großen Schwarzen, der sich zu seinem Koffer noch meine Reisetasche über die Schulter hängte und mir dafür sein kleines Aktenköfferchen zu tragen gab, aber in der Mitte zwischen uns schwebte Erika – er hielt ihre linke, ich die rechte Pfote –, und so gingen wir über den dunkelnassen Asphalt, von allen beneidet, denn mit Erika wäre jeder gern gegangen, aber er war der Entschlossenste gewesen. Ich hatte sofort Lust, für den Rest des Lebens mit diesem Schwarzen zusammenzubleiben, Erika in der Mitte, aber er erzählte mir, dass er Mr. Wilson heiße und Weihnachten bei seiner Schwester in Mailand verbringe, ohne seine Familie in Cleveland, Ohio. »A wonderful present«, sagte er über Erika, und ich erschrak bei dem Gedanken, sie verschenken zu müssen.

Die italienischen Zollbeamten winkten mich auf die Seite. Mr. Wilson verabschiedete sich mit Bedauern und händigte mir meine Reisetasche aus, aber die Tasche fand wenig Interesse bei den Zöllnern. Sie pikten mit den Fingern ins Schwein, rochen daran, drehten es um, versuchten, ob es klapperte, und Nando musste kommen und Luigi, Michele, Danilo und Sergio, und jeder musste Erika anfassen, begutachten, hochheben. Als sie in den Röntgenkasten geschoben werden sollte, protestierte nicht nur ich. Die Passagiere empörten sich mit mir: So ein Unsinn, ein Schwein, ein Weihnachtsgeschenk für ein Kind, nun solle man nicht päpstlicher sein als der Papst … Schließlich holte der, den sie Danilo nannten, einen alten, schlecht gelaunten Schäferhund, der mit seiner nassen Nase auf Erika herumschnüffelte und die Drogen bei ihr suchte, nach denen man ihn süchtig gemacht hatte. Sein Interesse an Erika war so gering, dass wir endlich die Sperre passieren konnten. Mr. Wilson, in Begleitung seiner Schwester, hatte auf uns gewartet und schien erleichtert. Er zeigte auf uns, die Schwester führte die Hand zum Mund und lachte. Wir winkten uns zu, und dann verschwand er, und ich suchte den Bus zum Bahnhof.

Der Busfahrer rauchte, trotz der überall angebrachten Schilder »Vietato fumare«. Wir fuhren durch Straßen mit hohen, alten Häusern, die Schaufenster waren weihnachtlich geschmückt, und bunte Lichterketten flimmerten in den kahlen Bäumen der Vorgärten. Der Bus soff dreimal ab und blieb mitten auf der Straße stehen – dann fluchte der Fahrer, stieg aus, trat irgendwo dagegen, kam wieder herein, betätigte alle möglichen Hebel und es ging wieder weiter. Ich hatte meine Tasche ins Gepäcknetz gelegt und hielt Erika auf dem Schoß. Ein Nordafrikaner saß müde und knurrig neben mir und sah aus dem Fenster auf all den Dreck und den Verkehr, aber ich merkte, wie er mit der einen Hand einmal kurz über Erikas dicken Hintern strich. Alle anderen Fahrgäste sahen natürlich immer wieder zu uns herüber, und jeder reagierte auf seine Weise, mit Lächeln, hochgezogenen Augenbrauen, begeistertem Kopfnicken. Ich wurde müde und schlief an Erikas rosa Rücken fast ein, aber wir kamen am Bahnhof an, und ich musste aussteigen.

Der Mailänder Bahnhof ist groß und hoch und sehr alt und schön, mit würdigen Fenstern, geschnitztem Holz und prächtigen, fast jugendstilartigen Verzierungen. Wie auf jedem Großstadtbahnhof gab es auch hier ein Menschengewimmel, so dass man ständig geschubst und gestoßen wurde, wenn man nicht aufpasste, aber ich hatte eine Gasse, durch die ich gehen konnte. Erika sah mir mit blauen Glasaugen den Weg frei, und ich ging wie das Volk Israel durchs Rote Meer durch diesen überfüllten Weihnachtsbahnhof, und hinter mir schlossen sich die Wogen wieder.

Mein Zug war brechend voll. Kein Speisewagen, keine Möglichkeit zu entkommen, ich musste auf dem Gang stehen und mir meine Tasche zwischen die Beine klemmen. Aus dem Sechsmannabteil winkte jemand: Geben Sie mir nur Ihr Schwein, ich halte es! Erika landete auf dem Schoß einer alten Frau, die alles ausgiebig betastete und beschnüffelte, und dann wanderte sie weiter von Schoß zu Schoß, von Arm zu Arm, eifersüchtig und misstrauisch von mir bewacht. Ich bin jemand, der von Kristalllüstern in Hotels schon mal ein paar geschliffene Glasanhänger stiehlt, und mit hellwachen Sinnen passte ich auf, dass sich keiner an Erikas blauen Augen zu schaffen machte, ich kannte die Bosheit der Menschen, mir musste man nichts erzählen!

Der Zug fuhr durch eine trostlose Industrielandschaft mit zerbröckelnden Mietskasernen für die Arbeiter der Auto-, Amaretto- und Möbelwerke. Auf vielen Balkons die bunten Lichterketten, die nach Karneval aussehen, in Italien aber zu Weihnachten gehören. Blinkende Lichterketten in Palmen und Oleanderbüschen und magere Katzen in vertrockneten

Vorgärten. Ich wurde plötzlich so traurig, fühlte mich so verlassen, so kläglich, so erschlagen von der Armut und dem Dreck der Welt, dass ich mit einer harschen Gebärde Erika zurückverlangte und mein Gesicht in ihren dicken weichen Nacken presste. Die Weihnachten meiner Kindheit fielen mir ein, die keine Weihnachten waren, weil meine Mutter mit Kirche und Christentum nichts zu tun haben wollte und also auch kirchliche Feiertage nicht akzeptierte. Weihnachten fand einfach nicht statt, es gab weder einen Baum noch Geschenke, und für ein Kind ist das nicht leicht zu verstehen. Ich saß im Wohnzimmer am Fenster, sah überall in der Straße die Christbäume aufleuchten und schluckte die Tränen hinunter. Franz und ich hatten uns immer einen Baum geschmückt, mit lauter verrückten Utensilien wie Küchensieben, Gabeln, Korkenziehern, aber doch mit Kerzen, und Geschenke gab es auch, und dann beleuchteten wir das Bühnenbild zu »Don Giovanni«, in dem aus Fahrradbirnchen zusammengeleimte Kronleuchter hingen, hörten die Ouvertüre und versteckten Futter für Kain und Abel auf den Balkonen. Was würden Franz und ich, wir beiden Einsamen, heute Abend tun? Er hatte vielleicht etwas gekocht, und ich hatte Erika für ihn. Ob wir es schaffen würden, die zynischen Witze mal für einen Abend wegzulassen? Ob wir wirklich miteinander reden konnten, über alles, was schief gegangen war, und über Pläne und Hoffnungen? Ob ich würde sagen können: Mein Vater ist tot, ich bin so traurig und verlassen, ob ich würde sagen können: Ich bin krank, ich muss operiert werden, und ich fürchte mich so? Und würde er mir erzählen von seiner Arbeit und warum er dafür so weit geflüchtet war? Hatte er keine Freundin? Im Leben von Franz gab es immer Frauen, sogar als er mit mir noch zusammen war, aber ich bin nicht von der eifersüchtigen Sorte – ich kann einfach keine Szenen machen, zumal ich das Gefühl kenne, sich in jemanden zu verlieben, und sei es nur für einen Abend. Was war schon dabei in einem so kurzen und endgültigen Leben. Ich fürchtete mich plötzlich vor den scharfen Falten im Gesicht von Franz, vor seinem scharfen Verstand und seinem scharfen Blick auf mich. Als der Zug nach längerem Halt und einer Zollkontrolle – Erika wurde abermals sehr ausgiebig betastet und überprüft – von Chiasso aus weiterfuhr, nächster Halt Lugano, brach mir der Schweiß aus. Ich müsste mich von Erika trennen, für Franz, der sie vielleicht gar nicht schätzen würde. Ich müsste neben Franz im Bett liegen heute Abend, und auf einmal erinnerte ich mich daran, wie verbissen und fast gewalttätig Sex in den damals letzten Wochen zwischen uns gewesen war. Wir wussten, dass wir uns trennen würden, und es war, als wollten wir vorher versuchen, uns gegenseitig zu zerstören. Am Ende waren wir matt und sanft gewesen und friedlich auseinandergegangen, aber die Wochen davor hatte jeder versucht, den anderen zu zerbrechen.

Ich konnte Franz nicht wieder sehen. Ich konnte nicht, ich wollte nicht, es war aus zwischen uns, und nach all den Jahren waren wir auch keine Freunde mehr. O Gott, ich hätte nicht herfahren sollen, diese weite Reise, am Heiligabend, nun stand ich in diesem überfüllten Zug und fuhr in eine Stadt, die ich nicht kannte, zu einem Mann, mit dem ich fertig war und dessen Ironie ich in meinem desolaten Zustand nicht würde ertragen können. Und Erika – um keinen Preis würde ich Erika hergeben, schon gar nicht an Franz.

Als der Zug in Lugano hielt, sah ich ihn sofort. Er stand unter einer Lampe, in einem eleganten Mantel, und rauchte. Seine Augen waren zusammengekniffen und sein Gesicht schien mir noch schmaler als früher. Ich spürte eine vertraute Zärtlichkeit für ihn, den ich so gut kannte, aber gleichzeitig eine würgende Angst, ihm gegenüberzutreten, von ihm umarmt zu werden, ihn zu küssen. Ich blieb stehen, mein Gesicht in Erikas Fell gepresst, und ließ die Reisenden an mir vorbei aussteigen. Das Abteil wurde fast leer. Franz schlenderte über den Bahnsteig, suchend, er kam auch an meinem Fenster vorbei, sah flüchtig hoch, beobachtete aber sofort wieder den Bahnsteig, die Hände tief in den Taschen, die Zigarette im Mundwinkel. Franz!, dachte ich, weißt du noch, früher haben wir immer behauptet, dass Liebende ihre gegenseitige Nähe spüren, sie fühlen, wenn der andere ins Lokal tritt, und drehen sich im rechten Augenblick um – das war in unserer allerersten Zeit, als wir noch so glücklich miteinander waren. In einem Lokal haben wir uns kennengelernt, ich war an Wochenenden Aushilfskellnerin, um mein letztes Semester zu finanzieren, und du kamst an einen Tisch und studiertest so lange die Karte, dass ich schließlich auf dich zugegangen bin und gesagt habe: »Ich bin Lisa mit der Empfehlung des Tages, Hände weg vom Käsekuchen, der ist von letzter Woche, aber den Apfelkuchen kann ich nur empfehlen.« Du sahst mich verblüfft an und sagtest schlagartig: »Gut, dann nehme ich den Käsekuchen.« Wir mussten beide lachen und du sagtest:

»Das ist aber ein klasse Trick, um die Reste loszuwerden«, und ich sagte: »Der ist nicht von mir, er ist aus irgendeinem Film, aber er gefällt mir so gut.« – »Du gefällst mir auch gut«, sagtest du, und an dem Abend lag ich schon in deinem Bett – mit uns war immer alles ganz schnell und unkompliziert gegangen.

Und genauso schnell entschied ich mich jetzt, aus diesem Zug nicht auszusteigen. Ich wollte Franz nicht wieder sehen. Ich wollte nicht, nur weil es uns beiden schlecht ging, eine alte Geschichte wieder aufwärmen. Ich wollte mich von Erika nicht trennen, und der Zug fuhr weiter, rollte aus dem Bahnhof von Lugano durch einen langen, finsteren Tunnel, und ich dachte: »Frohe Weihnachten.«

Ich stellte mir vor, wie Franz jetzt verblüfft zurückbleiben und in der Bahnhofsgaststätte einen Espresso trinken würde. Dann würde er vielleicht nach Mailand telefonieren, ob das Flugzeug pünktlich angekommen sei, er würde noch einen Zug abwarten und vielleicht noch einen, und schließlich würde er in seine elegante Wohnung über dem See zurückfahren und auf einen Anruf oder ein Telegramm warten, sein Roastbeef endlich allein essen, seinen Fendant dazu trinken und fluchend aus dem Fenster sehen und denken: »Das gibt's doch nicht, dass die kleine Betty mich so linkt.«

Ich wusste nicht, was aus mir werden sollte. Ich wusste nicht, wie weit ich fahren, wo ich übernachten würde, aber ich hatte Erika und einen Platz im leer gewordenen Abteil, auf den ich mich mit ihr setzte. Der Zug fuhr durch kleine Bahnhöfe, ohne zu halten. Vielleicht, dachte ich, hält er ja in einem zauberhaften Ort, und ich steige aus und mache mein Glück, es ist alles drin. Und ich bereute keinen Augenblick, Franz auf dem Bahnhof stehen gelassen zu haben. Franz war schon eine Million Lichtjahre weit weg, und außerdem konnte man wahrscheinlich von überall nach Zürich weiterfahren und von dort aus noch nach Hause fliegen.

Der Zug fuhr jetzt langsamer. Links sah man in einem Tal eine Industrieansiedlung, rechts lagen schöne alte Villen unter hohen Zedern an einem Hügel. Ein Kastell wurde sichtbar und ein ehrwürdiges Gebäude mit der Inschrift »Istituto Santa Maria«, wahrscheinlich etwas für höhere Töchter, und dann hielt der Zug kurz nach 19 Uhr in Bellinzona. Ich stieg aus und stand mit Erika auf einem fast leeren Bahnsteig. Es war kalt, und vor mir versuchte eine Taube, einen Krümel aufzupicken, aber es gelang ihr nicht, denn ihr Schnabel war mit Kaugummi verklebt. Ich verließ den Bahnhof und sah direkt gegenüber ein riesiges rosafarbenes Hotel, *Albergo internazionale.* Alle Fenster waren geschlossen, und an der Tür hing ein Schild: *Chiuso.* Ich schulterte meine Tasche, presste Erika an mich und ging die Straße am Bahnhof hinunter, die aussah wie fast alle Straßen an fast allen Bahnhöfen – Boutiquen, Kaufhäuser, Jeans-Shops, Reisebüros, Armbanduhren, Tabak und Zeitschriften. Ich sah in alle Nebenstraßen hinein, und bei der Dritten hatte ich Glück: *Pensione Montalbina.*

An der Tür war ein Schild: *Chiuso*, aber im Parterre war hinter vorgezogenen Gardinen Licht zu sehen. Ich musste es versuchen. Ich war sicher, dass Erika mir die Türen öffnen würde. Das Jesuskind, dessen Existenz meine Mutter so gründlich bezweifelte, wurde am Heiligabend nirgends eingelassen, aber einem Plüschschwein würde man sich doch nicht verschließen können!

Eine Gardine wurde vorsichtig zurückgeschoben, und hinter der Scheibe erschien ein dicker roter Männerkopf. Mit kreisrunden Augen schaute er auf mich und winkte mit dem Zeigefinger ab.

»Chiuso!«, formte sein kleines fettes Mündchen, aber ich sah ihn flehend an und hielt Erika hoch. Er starrte auf Erika, und die Gardine wurde wieder vorgezogen. Innen hörte ich ihn schlurfen, und nach langem, umständlichem Genestel wurde schließlich die Tür geöffnet. Vor mir stand ein Mann, nicht viel größer als ich, aber unermesslich dick. Der runde Kopf saß ihm halslos auf den Schultern, seine Füße hatte er sicher seit Jahren nicht sehen können unter dem mächtigen Bauch, und die feisten Arme ruderten mit abwehrender Geste rechts und links neben dem Körper.

»Chiuso«, sagte er, geschlossen, niemand da, und staunte Erika an. »Was ist das denn?«, fragte er, und ich sagte: »Das ist ein Schwein, und wir suchen ein Zimmer für eine Nacht und ein Abendessen.« – »Ein Schwein«, murmelte er, »un maiale!«, und streckte die Hand aus, um Erika vorsichtig zu streicheln. »Es heißt Erika«, sagte ich kühn, und der Dicke nickte ehrfürchtig und murmelte, als sei das die selbstverständlichste Sache der Welt: »Erika.« – »Bitte, lassen Sie uns rein«, sagte ich, »mich und Erika. Wir wissen nicht, wohin wir sollen«, und ich zeigte ihm auch vorsichtshalber, dass ich Geld hatte, um ein Zimmer zu bezahlen.

Er schüttelte den Kopf, aber eher ratlos und verzweifelt als wirklich abweisend. »Es geht nicht«, sagte er, »die Pension ist bis *15.* Januar geschlossen, und ich bin nur der Koch. Es ist niemand da.« – »Bitte!«, sagte ich, und ich wusste selbst nicht, warum ich so hartnäckig war. Ich hätte ja auch einfach zum Bahnhof zurückgehen und nach Zürich fahren können, aber ich war müde und fror, und dieser Dicke flößte mir Vertrauen ein, nachdem ich den ganzen Tag mit der dicken weichen Erika so glücklich gewesen war. Ich wollte meinen Heiligabend mit einem fetten Koch und einem runden Schwein verbringen.

Der Mann starrte mich lange an, und Kämpfe spielten sich in seinem Innern ab, man konnte es auf seinem Gesicht lesen. Die Stirn lag in qualvollen Falten, das Mündchen spitzte sich und stieß kleine Laute aus, die Nase bebte, und die Kugelaugen weiteten sich immer mehr. Seine Gesichtsfarbe ging von Rosa in ein dunkles Rot über, und die Ohren schienen violett, und endlich hob er die Arme, legte den Kopf schief, stieß mit dem Fuß die Tür etwas weiter auf und ließ mich eintreten. Er schloss hinter mir ab, und da stand ich nun in einem dunklen Flur, Erika im Arm, und wartete, was in diesem Jahr aus Weihnachten noch werden würde.

Der Dicke tänzelte auf zierlichen Füßen vor mir her und öffnete die Tür zu einer erstaunlich großen Küche, in der ein Kaminfeuer brannte. Ein großer Herd war an der einen Seite, umgeben von Regalen und Gerätschaften, und an der anderen Seite stand ein riesiger gescheuerter Holztisch mit einer Bank und ein paar Stühlen. Auf dem Tisch standen ein Teller mit Salami, eine Flasche Wein und ein Kofferradio, aus dem Riccardo Cocciante sang. Der Dicke wies mir mit der Hand einen Platz am Tisch an und stand unschlüssig herum. Ich setzte mich und platzierte Erika neben mich, die ihre Pfoten brav auf die Tischplatte legte. Der Dicke konnte sich nicht satt sehen. »Erika«, sagte er wieder, und: »mai visto un maiale così grande, noch nie habe ich ein so großes Schwein gesehen.«

Er nahm seinen Teller, der fast leer gegessen war, und steckte sich die letzten Salamischeiben in den Mund. »Jetzt kochen wir richtig«, sagte er und band sich eine Schürze um. Er setzte einen Topf mit Wasser auf und holte Nudeln aus dem Schrank. In einer Pfanne rührte er eine Soße an, auf einem Brett hackte er frische Kräuter, vor seiner Brust schnitt er ein großes Weißbrot in Scheiben. Er arbeitete stumm, rasch und sicher, und es schien, als hätte er mich vergessen. Nur auf Erika warf er ab und zu einen Blick und murmelte ihren Namen. Mitten in seiner Arbeit stellte er mir ein Glas hin und schob mir die Weinflasche zu. Ich goss mir und auch ihm ein und hielt mein Glas hoch. »Salute«, sagte ich, und er drehte sich vom Herd um und sah mich an. Er lächelte und zeigte kleine weiße Zähne. Er nahm sein Glas, stieß mit mir an und sagte: »Franco.« – »Veronika«, sagte ich, und er wiederholte: »Veronika. E Erika.«

Ich streckte meine Beine aus, genoss die Wärme und schloss die Augen. Ich hörte Franco hantieren und die Spaghetti abgießen, im Radio sang jetzt Francesco de Gregori das Lied vom kleinen Italiener, der auf einem großen Schiff nach Amerika fährt. Aber er sieht nichts von Amerika, denn er ist Heizer und muss immer unten im Bauch des Schiffes bleiben, *in questa nave nera su quest'Atlantico cattivo.* Ich fühlte mich wohl und geborgen und dachte: »Adieu, Franz. Ciao,

Franco.« Franco stellte einen Teller mit einer Gabel vor mich hin. Er brachte dampfende Schüsseln und fragte: »Lei non mangia?«, sie isst nicht?, und zeigte auf Erika. Nein, sagte ich, aber ich hätte einen Riesenhunger, und wir fingen an zu essen. »Danke, Franco«, sagte ich und legte einen Augenblick meine Hand auf seine, als wären wir alte Freunde. Er war verlegen und konnte mich nicht ansehen. Erika saß zwischen uns – Franco am Kopfende des großen Tisches, dann Erika links an der Seite, dann ich, und wir schoben die Weinflasche vor Erika hin und her, bis sie fast leer war und Franco eine Zweite holte. Er sprach ein bisschen Touristendeutsch, und ich radebrechte Italienisch, und so versuchten wir, uns gegenseitig zu erklären, was uns ausgerechnet Heiligabend in diese Küche verschlagen hatte. Ich log etwas von auf der Durchfahrt, Flugzeug verpasst, und er erzählte von Herrschaften, die in Urlaub waren. Er dürfe hier wohnen, weil er nicht nach Hause wolle. Ich fragte ihn, warum nicht – ob er Familie hätte, wo er wohne, und nach einer langen Pause mit stockenden Anfängen kam dann schließlich Francos traurige Geschichte heraus – dass er vom Dorf sei, nicht hier aus der Schweiz, sondern aus Cusino, drüben in Italien, und jeden Tag fahre er als Koch hin und her, denn er habe eine Frau und eine Tochter. Und die Frau hatte ihn verlassen, gerade jetzt vor Weihnachten war sie zu einem Friseur nach Locarno gezogen, mit dem Kind, und allein hielt er es zu Hause nicht aus. Er sah Erika verzweifelt an und rief: »Meine Frau war auch so dick, und ganz rosa, so eine schöne zarte Haut!«, und streckte die Hand aus und streichelte Erika, und Tränen kamen ihm in die Augen. Ich erzählte, dass ich geschieden sei und ganz allein lebte und dass ich jemanden in Lugano besuchen wollte und dann einfach weitergefahren wäre, und ob wir nicht diesen Abend zusammen hier bleiben könnten?

»Sisi«, rief er, jaja, und holte eine Flasche Grappa und zwei Gläser. »Sie ist einfach weggefahren mit ihm«, schluchzte er, »was will sie denn mit einem Friseur, der kann ja nicht mal richtig für sie kochen!« Er holte Tiramisu aus dem Kühlschrank und machte uns in großen Tassen Cappuccino. Die zweite Flasche Wein war leer, und der Grappa floss auch gut weg. Ich legte den Kopf auf den Tisch und drehte am Radio. Ich fand das Weihnachtsoratorium und drehte es laut auf: »Bereite dich, Zion, mit herrlichen Chören, den Schönsten, den Liebsten bald bei dir zu sehen«, sang ich mit, denn ich war als Kind in einem Bach-Chor gewesen und konnte alle Oratorien singen. Franco wischte sich mit der Schürze die Tränen ab, putzte seine Nase und nahm Erika auf den Schoß. »So weich war sie«, rief er, »so weich, und ich habe sie immer gut behandelt. Mit einem Friseur!« Und er fing wieder an zu weinen und drückte sein Gesicht zwischen Erikas Ohren. Jauchzet, frohlocket. Ich wurde so müde und rückte meinen Stuhl näher ans Feuer. Mein Grappaglas nahm ich mit und schaute in die Flammen, die loderten und knisterten, und ich hätte gern einen Tannenzweig verbrannt, damit es nach Weihnachten gerochen hätte. »Scheißweihnachten«, sagte ich und legte noch ein Stück Holz nach, und Franco sagte: »Erika«, und der Kopf fiel ihm herunter.

Als ich aufwachte, war es gegen Morgen und das Feuer war ausgegangen. Steif geworden hing ich in meinem Stuhl, das Grappaglas lag in Scherben auf dem Boden. Tageslicht drang durch die Vorhänge, und quer über dem Tisch lag der dicke Franco, den Kopf auf Erika gebettet, und schlief.

Ich stand sehr leise auf, nahm meine Tasche und ging, ohne ein Geräusch zu machen. Der Schlüssel steckte in der Haustür, die ich hinter mir zuzog. Die Straße lag still und leer da, ich sah zur *Pensione Montalbina* hoch und dachte: »Alles Gute, Erika, tröste ihn, du kannst es!«, und ging zum Bahnhof. Zu Hause in Berlin fand ich ein Telegramm von Franz: »Was ist los, verdammt?«, und ich telegrafierte zurück: »Nichts. Adieu«, und rief meine Mutter an, die noch gar nicht gemerkt hatte, dass ich weg gewesen und dass erster Weihnachtstag war.

14. BLUMEN

Einmal ging ich etwas angeschlagen durch das schöne Villenviertel – so viele Prachthäuser, so riesige Gärten, so viel Geld, wo kam das her? Wie lebte man da drin? Mein kleines Leben in meinem kleinen Haus war gerade mal wieder zusammengekracht, ich hielt es draußen besser aus als drinnen, ging stundenlang durch die stillen Straßen, dachte mir Geschichten von anderen Leben aus.

Vor einer Villa in der Lindenallee hielt ein Jaguar. Ein Mann stieg aus mit einem großen Blumenstrauß. Er wickelte ihn aus dem Papier, hielt ihn in der Hand, sah ihn nachdenklich an. Dann sah er hoch, ich war gerade bei ihm angekommen, unsere Blicke trafen sich: seiner müde, angestrengt, ratlos, meiner wohl eher melancholisch, hoffnungslos, aber doch auch interessiert. Wir sahen uns etwas länger an als nötig. Dann reichte er mir den Strauß und sagte: »Nehmen Sie ihn. Sie freut sich sowieso nicht.« Gab mir die Blumen, warf das Papier auf die Rückbank, schloss das Auto, ging zum Tor, klingelte, stützte sich mit einer Hand an der Mauer ab, sah auf seine Schuhe, wartete, sah mich nicht mehr an. Ich stand da, bis das Tor sich hinter ihm schloss.

Ich bin jahrelang immer wieder an diesem Haus vorbeigegangen, habe ihn oder sein Auto nie mehr gesehen. Ich hoffe, er hat sich von einer Frau, die sich über solche Blumen nicht freut, getrennt und ist jetzt glücklich. Ich hätte gern seine Adresse, um mich zu bedanken.

Diese Geschichte ist mein Dank.

15. CHAMPAGNER

Es war ein Treffen von Krimiautoren gewesen, ich war nur zufällig im selben Hotel und saß an der Bar mit einer netten Autorin, die mir erklärte, wie wichtig es sei und wie schön und wie entspannend, Kriminalromane zu lesen. Ich hielt tapfer dagegen. Ein Mann setzte sich zu uns mit dem klassischen Satz: »Na, Mädels, so allein?« Sie kannte ihn auch nicht, er war kein Autor, sondern Zufallsgast wie ich. Er blähte sich mächtig auf. Er unterhielt uns. Er baggerte uns an. Er riss alles an sich, Nüsschen, Gespräche, unsere Zeit. Als er merkte, dass wir nicht auf ihn abfuhren, wurde er pampig, beschimpfte uns als intellektuelle Hühner, frustrierte Weiber, blöde lesbische Tussen und zahlte seine sechs Bier auf Zimmer 57.

Als er weg war, bestellten wir die teuerste Flasche Champagner (182 DM) auf Zimmer 57 und hatten noch lange gute Gespräche pro und contra Krimilesen.

Kleine Strafe musste sein.

16. MITTE

Ein Freund wird beerdigt. Ich bin selbst sehr krank, habe Angst, mit meiner Krankheit an einem Grab zu stehen. Aber ich gehe hin.

Peter hakt mich energisch unter.

»Komm«, sagt er, »wir stellen uns ganz an den Rand, da kann dir nichts passieren.«

Ich frage, warum, und er sagt: »Es heißt doch immer: Wieder hat der Herr jäh aus unserer Mitte einen Freund genommen. Der Herr nimmt immer aus der Mitte. Stell dich an die Ränder, und du bist auf der sicheren Seite.«

17. NUREJEW

Einmal war ich in Wien, als Rudolf Nurejew in der Staatsoper ein Gastspiel gab. Natürlich waren auch auf dem Schwarzmarkt keine Karten mehr zu kriegen. Rudolf Nurejew!!! Aber wenn es sein muss, kann ich sehr erfinderisch und hartnäckig sein, und ich fand den Mann heraus, der in Wien die meisten Beziehungen hatte, natürlich darf ich ihn nicht verraten. Ich erzählte ihm am Telefon von meinem Wunsch: Ich wollte einmal Nurejew tanzen sehen, den schönen Mann aus Ufa, der verbotenen Stadt, den Mann, der Männer und Frauen liebte und sich drehte und sprang wie kein Zweiter und in den ich als Teenager so verliebt gewesen war! Auf meine Sehnsuchtstirade antwortete der wichtige Wiener: »Wos für a Kleidergrößen hast?« Ich war verdutzt, sagte: 38 – das waren noch schöne schlanke Zeiten, und er fragte: »Schuhgröße?« 39, die Schuhgröße bleibt einem ja treu. Er bestellte mich, am Abend des Gastspiels, für eine halbe Stunde früher in die Oper.

Ich traf ihn an mit einer Rotkreuzschwester namens Marie, in kompletter Tracht und Schnürschuhen, und er wies uns an, die Kleider zu tauschen. Auf der Damentoilette schlüpfte sie in mein kleines Schwarzes und die Pumps, ich in die knallhart gebügelte Schwesterntracht mit Schürze und Häubchen.

Dann zeigte mir der Wohltäter einen Stuhl neben Reihe drei, wo bei jeder Vorstellung eine Schwester zu sitzen hat, den Erste-Hilfe-Koffer neben sich. Nun wurde mir aber doch schummerig zumute: »Ich weiß doch gar nicht, was man macht, wenn jemand umfällt?« Mein Wohltäter winkte gelassen ab, und kurz ehe die Türen schlossen, rief er: »Is a Oarzt im Saal?« In Reihe dreizehn meldete sich ein Mann, ja, er sei Arzt – und mein Bekannter beugte sich zu mir und flüsterte: »Den merkst dir, Schatzerl.« Dann ging er mit Schwester Marie in meinem Kleid an die Bar, ich sah Nurejew tanzen, niemand fiel um, und es war ein wunderbarer Abend.

18. NUREJEWS HUND

Als der weltberühmte Tänzer und spätere Choreograf Rudolf Nurejew 1993 in Paris starb, hinterließ er außer Antiquitäten einen Hund namens Oblomow. Es war, wie der literarisch Gebildete unter den Lesern unschwer errät, ein besonders träger Hund. Auf relativ kurzen Beinen und sehr breiten Pfoten trug er einen schweren Leib in den Farben Schmutzig-Weiß, Beige und Verwaschen-Schwarz, seine Augen tränten, seine kräftigen Krallen waren zu lang und kratzten auf Parkettboden, seine Ohren hingen trostlos neben dem melancholischen Gesicht. So elegant, geschmeidig und durchtrainiert Rudolf Nurejew selbst in späteren Jahren und noch zu Beginn seiner tödlichen Krankheit war, so unelegant, übergewichtig und schwerfällig war Oblomow, der Hund. Wie sich besonders schöne und attraktive Menschen instinktiv mit unscheinbaren Freunden umgeben, damit ihr eigener Glanz nicht Schaden nimmt, so hatte sich Rudolf Nurejew, der Weltmeister der Schwerelosigkeit, ausgerechnet diesen kurzatmigen, plumpen Hund ausgesucht, der ergeben neben ihm schlurfte, während sein Herr geradezu flog, tanzte, durchs Leben glitt.

Ausgesucht? Er hatte sich diesen Hund keineswegs ausgesucht, dieser Hund war eines Tages einfach in sein Leben getreten. Jemand, der immer auf Reisen, immer auf Tournee ist, reißt sich nicht gerade um die ständige Verantwortung für einen Hund.

Rudolf Nurejew war in New York zu einer Party des Schriftstellers Truman Capote eingeladen. Truman lag, als Nurejew die Wohnung betrat, unbeachtet von den Gästen betrunken auf dem Boden und trank mit einem hässlichen, dicken Hund aus einer kostbaren Silberschüssel etwas, das wie Champagner aussah. Beide sahen nicht besonders glücklich aus. Spät in der Nacht, schon fast am Morgen, als alle Gäste gegangen waren, lag Truman, nun schlafend, immer noch auf dem Boden. Nurejew saß in einem Sessel und hörte Musik, der Hund lag auf dem Diwan und sah Nurejew unverwandt aus seinen tränenden Augen an. Natürlich dachte er, das sei Trumans Hund. Er sprach mit ihm, zunächst Englisch, aber der Hund rührte sich nicht. Er sprach Französisch – nicht einmal ein Schwanzwedeln. Dann sprach er leise ein paar russische Wörter. Da sprang der Hund vom Bett, setzte sich vor Nurejew und hob eine seiner dicken Pfoten. Der Tänzer war gerührt und streichelte den großen Kopf. Dann schlief er im Sessel ein und wurde erst wach, als die Sonne hell ins Zimmer schien.

Truman Capote saß in einem Morgenmantel aus weinroter Seide verkatert und misslaunig am Tisch und trank Kaffee. Zu seinen Füßen lag der unförmige Hund und knabberte an einem Muffin.

»Guten Morgen«, sagte Capote, »ich habe dir angesehen, was du geträumt hast.«

Nurejew lachte, stand auf und reckte sich.

»Dann erzähl es mir«, sagte er, »ich habe es nämlich schon wieder vergessen, aber ich weiß noch, dass es etwas Angenehmes war.«

Er setzte sich an den Tisch und zeigte auf den Hund.

»Seit wann hast du dieses hübsche Tier?«

»Ich?«, sagte Capote und verschluckte sich fast.

»Das ist doch dein Hund.«

»Mein Hund?«

»Ja, mir gehört er jedenfalls nicht.« Der Schriftsteller sah den Hund geradezu angewidert an. »Fett und hässlich bin ich selbst«, sagte er, »da brauche ich nicht noch einen fetten hässlichen Hund.«

»Streckfus«, sagte Nurejew leicht verärgert, denn Streckfus war der eigentliche Name des Schriftstellers, »Streckfus, veralber mich nicht. Als ich gestern Abend zu deiner Party kam, lagst du mit diesem Hund schon auf dem Boden. Ihr habt zusammen aus der Schüssel da gesoffen.«

Truman Capote wischte sich angewidert mit der Serviette den Mund ab und sah sehr entsetzt aus. »Was habe ich?«, sagte er, und dann, müde, melancholisch: »Na ja. Kann schon sein. Ich bin in letzter Zeit etwas exzentrisch.«

»In letzter Zeit«, lachte Nurejew, und er zitierte, was der deutsche Schriftsteller Heinrich Böll über Capote gesagt hatte: »In der Welt Truman Capotes ist nur Platz für Kinder, Asoziale, Irre, doch wer den Ritterschlag erhalten will, muss mindestens der leichten Spinnerei verdächtig oder Großmutter sein.«

»Böll?«, fragte Capote. »Was weiß denn der. Aber immerhin

hat er nichts von Hunden gesagt.« Rudolf Nurejew fragte: »Wie heißt der Hund?« »Wie soll ich das wissen«, sagte Truman Capote, »es ist doch dein Hund. Und du hast ihn mir nicht vorgestellt.«

»Es ist nicht mein Hund«, sagte Nurejew. »Er war hier, als ich kam.«

Capote dachte nach und kratzte sich an seinem kugelrunden, in jungen Jahren so schön gewesenen Kopf. »Wer hat das Biest denn mitgebracht und dann einfach hier gelassen?«, fragte er. Nurejew zuckte die Achseln. »Wen hast du denn alles eingeladen?«, fragte er, und Capote seufzte: »Wenn ich das wüsste … einer, den man einlädt, bringt ja immer drei mit, die man nicht kennt.«

»Aber es lässt doch niemand einfach einen Hund da.«

»Anscheinend doch.«

»Hattest du nicht früher auch Hunde?«, fragte Rudolf Nurejew, und Capote sah traurig in die Ferne. »Möpse«, sagte er, »zwei wunderbare Möpse, sie hießen Maggie und Charlie. Ich habe sie über alles geliebt.«

»Na siehst du«, sagte Nurejew.

»Was sehe ich?«, funkelte Truman Capote böse.

»Ich sehe gar nichts. Ich sehe einen Hund, der so scheußlich ist wie ich und den ich nicht kenne.«

Nurejew beugte sich zu dem Hund und fragte auf Russisch: »Kak savusch?« Wie heißt du?

Der Hund kam zu ihm geschlurft, legte seinen Kopf in Nurejews Hand, seufzte tief und plumpste dann auf die Füße des Tänzers, wo er unverzüglich einschlief.

»Da haben wir es«, triumphierte Truman Capote,

»natürlich ist es dein Hund, das sieht man doch.«

»Er ist träge«, sagte Nurejew, »das gefällt mir.

Er ist ein Oblomow.«

»Er ist scheußlich«, sagte Capote, »nimm ihn mit, deinen Hund, ich will ihn nicht länger in der Wohnung haben. Er riecht streng, und er schmatzt.«

Rudolf Nurejew konnte noch so oft versichern, dass es nicht sein Hund war – es half nichts. Als er am späten Vormittag und nach einem üppigen Frühstück den Schriftsteller verließ, trabte der Hund einfach hinter ihm her auf den Flur und ins Treppenhaus, und dann fuhr er mit ihm im Fahrstuhl nach unten. Oben schloss Capote dreimal die Wohnungstür hinter den beiden zu.

Das war im Frühjahr 1984. Zu dieser Zeit hatte Truman Capote noch ein halbes Jahr zu leben, Rudolf Nurejew noch achteinhalb Jahre und Oblomow, der Hund, noch ganze fünfzehn Jahre. Bis zu Nurejews Tod wohnte er bei ihm, mal in New York, mal in Paris, und wenn der Tänzer unterwegs war, sorgten Freunde für das plumpe, freundliche, träge Tier, das meistens auf einem Brokatkissen lag und schlief. Wenn Nurejew zu Hause war, begleitete Oblomow seinen Herrn natürlich überallhin, vor allem zum täglichen Training in den Ballettsaal mit den riesigen Spiegeln, dem glatten Boden und der *barre*. Dort lag dann das Brokatkissen neben dem Klavier, und wenn Monsieur Valentin spielte und Rudolf Nurejew sich an der Stange bog und drehte oder mit seinen Schülern oder dem Corps de Ballet der Pariser Oper neue Tanzschritte erprobte, lag Oblomow schläfrig auf seinem Lager, schaute durch fast geschlossene Augen dem Treiben zu und seufzte ab und zu tief. Er verstand inzwischen viel vom Tanz, wenn er auch nicht recht begriff, weshalb Lebewesen sich der Tortur unterzogen, mit beiden Beinen gleichzeitig in der Luft zu sein und dabei noch die Arme graziös emporzurecken, *ailes de pigeon, en avant et en arrière*. Wozu das alles? Der Boden erbebte leicht, und Oblomow spürte den Rhythmus des Klaviers und der tanzenden Füße und nahm ihn zufrieden grunzend in sich auf.

Un, deux, trois, allez! Nurejew sprang in die Luft, die Beine fest und gerade aneinandergeschmiegt, die Arme gestreckt, *assemblé soutenu*, und seine Partnerin kam ihm in einer *grande jetée en tournant* entgegengeflogen, der rechte Fuß stand auf der Spitze, der linke war mit 90 Grad nach hinten gestreckt, die Arme schienen Flügel zu sein, und Oblomow spürte tief in seinem Inneren unter dem dreifarbigen Fell, was Sehnsucht ist, was Romantik und Schönheit. Es machte ihn glücklich. Nachts träumte er mitunter von acht Ballerinen in aprikosenfarbenen Tutus, die gemeinsam *pas emboités* tanzten, eine Serie voreinander geschachtelter Schritte in die jeweils fünfte Position, o ja, Oblomow kannte sich aus, er hatte schon viel gesehen und konnte einen *entrechat quatre* durchaus von einem *entrechat six* unterscheiden, bei dem die gestreckten Füße dreimal statt nur zweimal beim Sprung in der Luft gekreuzt werden.

Was er hier sah und erlebte, war etwas anderes als das, was er in seinem früheren Leben, von dem niemand etwas wusste, gesehen hatte. Bei zwei jungen Männern hatte er gelebt, die abends Frauenkleider anzogen, mächtige Perücken aufsetzten und ihn in eine verrauchte Bar mitnahmen, wo sie vor anderen Männern scheußliche Lieder sangen. Oblomow hatte damals noch Garçon geheißen, denn wenn die beiden jungen Männer eine ihrer zahlreichen Partys gaben, hatten sie ihm eine Fliege umgebunden und ihn als Hausdiener vorgestellt. Oblomow hatte das keineswegs amüsant gefunden, er hatte es sogar, ehrlich gesagt, abscheulich und unter seiner Würde gefunden, den Hausdiener geben zu müssen. Bei Rudolf Nurejew, das spürte er sofort, war er in eine ganz andere Umgebung geraten, die Kultur und Schönheit bedeutete, auch wenn es ebenfalls oft rauschende Partynächte gab. Die beiden jungen Männer hatten ihn damals einfach bei Truman Capote zurückgelassen, oder vielleicht war er auch nur eingeschlafen und hatte nicht gemerkt, dass sie gingen – so genau konnte er sich nicht mehr erinnern.

Das Leben bei seinem neuen Herrn gefiel Oblomow ungemein, und er liebte es, Nurejew zuzusehen, wenn auch dessen Sprungkraft nicht mehr so groß war wie in den früheren Jahren. Oblomow, der seine ideale Balance nur durch maximale Trägheit erreichte, konnte sich nicht sattsehen an den kraftvollen Sprüngen, die Schwerelosigkeit des Tänzers schien ihm ein Wunder, und wenn sein Herr die Position *écarté de face* einnahm, schräg gegenüber von Oblomow in seiner Ecke beim Klavier, dann vibrierte sein Herz vor Liebe, und die Augen wurden ihm feucht. Denn es erfüllten sich ihm Träume und Ahnungen und Vorstellungen von großer, erhebender Kunst, die schon immer in ihm geschlummert hatten.

Aber Rudolf Nurejew litt an einer Krankheit zum Tode. Als er immer schwächer wurde, wich Oblomow nicht von seinem Lager. Viele Stunden lag Nurejew im Halbdunkel auf seinem Diwan, neben ihm auf dem Brokatkissen Oblomow, und Nurejew erzählte von seiner Kindheit in Ufa, der verbotenen Stadt, von seiner Mutter, von seinen ersten Tanzversuchen vor verletzten russischen Soldaten, barfuß, auf Asphalt. Oblomow hörte zu und traute sich kaum zu atmen, so lieblich klangen ihm diese leisen russischen Geschichten. Freunde des Tänzers kamen und versorgten ihn, denn trotz seines Kummers nahm sein Appetit nicht ab, und er mochte das Haus nur noch für das Allernötigste verlassen. Und als Nurejew gestorben war, fand man den trauernden Hund auf einem der Orientteppiche nahe dem Bett mit den vielen Seidenkissen. Er hatte die dicken Pfoten dicht vor die entzündeten Augen gelegt, so als wolle er nicht zeigen, dass er geweint hatte.

Natürlich hatte Nurejew von seinem Liebling Abschied genommen, ehe er ins American Hospital verlegt wurde, wo er im Januar 1993 starb, und natürlich hatte er für ihn gesorgt und sich einen Menschen ausgesucht, der sich nach seinem Tod um das Tier kümmern sollte. Dieser Mensch war Olga Piroshkowa, eine Ballerina, die nie in der ersten Reihe getanzt hatte, aber ein Leben lang ein dem Tanz treu ergebenes Mitglied zuerst der Leningrader, dann der Pariser Oper gewesen war. Sie bewunderte Nurejew. Sie betete ihn an. Und sie kochte ihm, als er krank war, täglich kräftige Suppen, die sie ihm in einem blausilbernen Warmhaltetopf brachte. Sie fütterte ihn teelöffelweise mit der guten Rindfleisch- oder Hühnerbrühe – das Fleisch bekam Oblomow –, und wenn Nurejew erschöpft einschlief, hüllte sich die Piroshkowa in ihren großen schwarzen Samtschal mit den langen Fransen über ihrem tiefroten Wollmantel und ging mit Oblomow die kastanienbewachsene Allee entlang, bis der Hund sich entleert hatte und an der Leine zog, weil er wieder nach Hause zu seinem Herrn und den weichen Teppichen wollte.

Und oft erzählte sie ihm dann von dem wilden, ungebärdigen Tatarenjungen aus Ufa, der sich in den Westen abgesetzt, aber immer an seine Kollegen vom Leningrader Ballett gedacht hatte. Auch für sie hatte er eines Tages eine Ausreisegenehmigung erwirkt, nie würde sie ihm das vergessen. »Er ist ein guter Mensch«, flüsterte sie, »auch wenn man das manchmal nicht sieht. Ich weiß es. Wer so schön ist, muss gut sein.« Und Oblomow seufzte vor tiefstem Einverständnis.

Olga Piroshkowa also legte der sterbende Nurejew seinen Hund ans russisch-besorgte Herz. Er hatte in seinem Testament vermerkt, dass der alte Gläserschrank mit den kostbaren Biedermeiergläsern sowie zwei usbekische, sehr wertvolle Teppiche, die Sammlung seltener Schallplatten und eine größere Summe Bargeld in den Besitz der Piroshkowa übergehen sollten, verbunden mit der Bitte, sich um Oblomow bis zu dessen letztem Atemzug liebevoll zu kümmern.

Die Piroshkowa nahm das Erbe dankbar an. Sie erwirkte, dass Oblomow, der einzige Hinterbliebene aus Nurejews unmittelbarer Umgebung, während der Trauerzeremonie mit in die Kirche durfte, und er lag stumm, nur hin und wieder tief seufzend zu ihren Füßen und störte niemanden. Im Gegenteil, viele der aus aller Welt angereisten Tänzer, Regisseure, Dirigenten, Choreografen, viele der Künstler und Journalisten und der Bewunderer, Fans und Freunde streichelten über Oblomows großen Kopf und sagten leise:

»Ach, du armer Hund!«, oder: »Nun bist du ganz allein.«

Auch die beiden jungen Männer, zu denen er einmal gehört hatte, waren gekommen. Sie trugen auffällige Samtjacken und übertriebene Spitzenjabots, aber wenigstens keine Frauenkleider, und sie sangen auch nicht. Sie weinten. Sie erkannten nicht einmal ihren Hund, der nun auch neun Jahre älter und erheblich korpulenter geworden war, und Oblomow hütete sich, sich zu erkennen zu geben und sie gar schwanzwedelnd zu begrüßen. Er sehnte sich nicht danach, wieder in zugigen Kneipen auf der Bühne zu liegen und unsägliche Lieder zu hören, er sehnte sich nach einem ruhigen, stillen Lebensabend bei Olga Piroshkowa. Und trotzdem dachte er mit einem Anflug von Bitterkeit: »Was für miese Burschen! Lassen mich einfach bei einem betrunkenen Schriftsteller zurück und kennen mich später nicht einmal mehr. Dabei habe ich in ihrem Bett geschlafen.«

Aber dann gab er doch insgeheim zu, dass er nicht ganz unschuldig war – er hatte sich damals zusammen mit Truman Capote durchaus am Champagner betrunken und nicht einmal gemerkt, dass seine beiden sonderbaren Herrchen in Frauenkleidern ohne ihn aufgebrochen waren. Nun ja. Er kuschelte sich an die Piroshkowa, steckte seinen Kopf zwischen die Pfoten und lauschte den bewegenden Reden und der Musik von Dmitri Schostakowitsch.

Er war kein armer Hund, und er war keineswegs ganz allein auf der Welt. Er hatte ja die Piroshkowa, in deren Appartement am Bois de Boulogne er nun einzog. Seine mit rotem Samt eingefassten Decken, sein schwarzes thailändisches Körbchen, sein Brokatkissen, sein weiches Halsband aus Kalbsleder, das ihm Bianca Jagger einmal geschenkt hatte, seine Fress- und Wassernäpfe aus bestem Sèvresporzellan mit leuchtendem Blumendekor von Falconet, ein Geschenk von Andy Warhol, der ihm besonders gefallen hatte und von dem er sich sogar einmal fotografieren ließ, das alles kam mit und vermittelte ihm ein Gefühl von Heimat in seiner tiefen Traurigkeit. Olga Piroshkowa liebte den Hund, wie sie Nurejew geliebt hatte. Sie versorgte ihn gut, ließ ihn vor ihrem Bett schlafen, und wenn sie die wunderbaren alten Schallplatten mit den Divertissements von Rameau, Gluck oder Gounod auflegte, zu denen Rudolf Nurejew so oft getanzt hatte, dann hatten sie beide Tränen in den Augen. Dann und wann ging Olga Piroshkowa in den Trainingssaal der Oper und übte mit den Balletteleveinnen. Dann lag Oblomow wieder neben dem Klavier bei Monsieur Valentin, sah zu, hörte zu, spürte den Fußboden beben, und ein namenloses Sehnen zog durch seine Brust und brach manchmal in einem kurzen, markerschütternden Geheul aus ihm heraus, das alle Tänzer erstarren ließ. Auch Monsieur Valentin hielt dann inne, nahm die langen weißen Hände von den Tasten, bückte sich, kraulte Oblomow hinter den Ohren und sagte:

»Ah, mon pauvre petit chien, il n'est pas disparu, il est toujours entre nous«, mein Armer, er ist nicht wirklich weg, er ist immer hier bei uns, und Oblomow spürte, dass daran etwas Wahres war.

Die Piroshkowa lebte ein zurückgezogenes Leben. Sie war über sechzig, ihre besten Jahre waren längst vorbei, und sie hatte ohnehin nie so ausschweifend gelebt, solche opulenten Feste gefeiert, Bankette gegeben, so viele Freunde so großzügig bewirtet, wie das bei Rudolf Nurejew der Fall gewesen war. Ihr Leben war leise, diszipliniert, ein kleines Ritual, aber Oblomow, auch in die Jahre gekommen, fühlte sich, wenn er ganz ehrlich war, dabei wohler als bei den lauten, wilden Gelagen damals in Nurejews Wohnung, bei denen ihm schöne junge Männer Champagner in seinen Trinknapf gegossen und ihn mit Kaviarbrötchen gefüttert hatten.

Zu Olga Piroshkowa kam die große Welt nicht. Aber zu ihr kamen junge und alte Exilrussen, Tänzer, Schriftsteller, ein Maler, eine Pianistin. Dann wurde diskutiert, Musik gehört, es gab ein kleines Essen, man lachte und weinte, sprach ausschließlich Russisch, was Oblomow sehr gut verstand, es klang ihm immer als die schönste Sprache von allen, ja, fast wie Musik, und er fühlte sich in dieser Gesellschaft sehr wohl. Ein alter Schriftsteller schaute ihn einmal an, streichelte ihn und sagte: »Ich sehe dir an, dass du alles verstehst.« Und Oblomow dachte an Truman Capote, der zu Nurejew gesagt hatte: »Ich habe dir angesehen, was du geträumt hast.« Oblomow hatte es auch gesehen: Nurejew hatte von seiner Mutter geträumt, die er in Ufa zurückgelassen und die er sehr geliebt hatte. Jahre später schrieb der Schriftsteller eine Geschichte über einen Hund, der Russisch verstand. Sie erschien in einem kleinen Exilverlag, aber man weiß nicht, ob sie außer dem Verleger, der auch der Lektor war, je irgendein Mensch gelesen hat.

Oblomow wollte jetzt, da er alt wurde, seine Ruhe haben, und die hatte er bei der Piroshkowa, die zeitig zu Bett ging. Aber er konnte nicht besonders gut und lange schlafen, weil ihm zu viele Geschichten durch den dicken Kopf gingen. Darum wurden ihm die Nächte doch manchmal etwas lang, und er schlurfte durch die nur angelehnte Tür auf den kleinen Balkon und sah nachts um halb drei durch das Gitter der Veranda hinunter auf die stille Straße vorm Bois de Boulogne. Und eines Nachts ertappte er sich zu seinem Erstaunen dabei, wie er plötzlich die Vorderpfoten zierlich kreuzte und einen kleinen Sprung wagte – fast eine *révoltade*, eine äußerst komplizierte Variation aus Spielbein und Sprungbein. Er schnaufte heftig. Langsam hob er seinen Hinterleib und stellte sich auf die Spitzen der Hinterpfoten – ein beinahe perfektes *relevé* war ihm da gelungen, und er legte noch einen Schritt drauf, einen ganz kleinen, eigentlich nur angedeuteten *frappé*, ein leichtes Fersenanschlagen, Spielbein gegen Standbein. Dann stand er verwundert still und horchte in sich hinein. Was war denn das? Konnte er, wollte er etwa tanzen, in seinem Alter, bei seiner Leibesfülle? Trieb ihn Sehnsucht nach seinem Herrn, Erinnerung, oder hatte er ästhetische Bedürfnisse? Er wusste es nicht. Er wusste nur, dass es ihn reizte, auszuprobieren, was er so oft gesehen, wovon er so oft geträumt hatte. *Jeté! Plié!* Oblomow fügte, wie er es tausendmal beobachtet hatte, eine kleine Serie *demi-pliés* an, um die Muskeln zu lockern und die Balance zu halten, und dann wagte er sich an die erste Position: Die Füße werden nach außen gedreht, Fersen aneinander, und so muss es eine gerade Linie sein. Oblomow gelang das perfekt. Die zweite Position – beide Füße in gerader Linie mit einem Schrittabstand zwischen den Fersen – machte ihm auch keinerlei Mühe. Sein Herz klopfte, er war sehr aufgeregt und bereute, nicht schon früher mal einige Tanzschritte erprobt zu haben. Aber er kam rasch außer Atem und beschloss, es nicht zu übertreiben und weitere Positionen in der nächsten Nacht zu versuchen. Er atmete die würzige Nachtluft tief ein und trollte sich wieder auf seine Decke, ließ sich schwer fallen und sank in einen Traum, in dem dralle böhmische Mädchen zu Musik von Dvořák erotische Tänze tanzten.

Am nächsten Tag wunderte sich Olga Piroshkowa darüber, dass der Hund gleichermaßen erschöpft und nervös wirkte. Er schnaufte schwer beim Treppensteigen, er mochte nicht spazieren gehen, aber in der Wohnung lief er unruhig auf und ab, und es schien ihr, als setzte er die Pfoten anders als sonst – nicht so breitbeinig, sondern zierlicher, als würde das schwere Tier versuchen, leichter zu gehen, und sie war beunruhigt und doch auch sehr gerührt. Sie beschloss, Oblomow im Auge zu behalten.

In der Nacht erhob er sich wieder von seinem Lager und ging mit kratzenden Schritten über das Parkett auf den Balkon. Die Piroshkowa hatte meistens einen leichten Schlaf. Sie war zudem von ein paar Sorgen belastet, denn sie hatte eine südindische Tanztruppe nach Paris eingeladen und war sich nicht sicher, ob die Pariser wirklich die religiösen Tanzdramen der Brahmanen sehen wollten und ob sich das ganze Unternehmen rentieren würde. Sie erwachte und sah, wie Oblomow auf den Balkon schlich. Wie erstaunte sie, als der Hund plötzlich, den Kopf zur Stabilisierung des Gleichgewichts gegen das Gitter gepresst, die beiden Vorderpfoten in die dritte Position stellte – parallel in entgegengesetzte Richtungen zeigend, die Fersen aneinandergeschmiegt. Natürlich konnte das ein Zufall sein, eine seltsame Haltung, unwillkürlich eingenommen, aber auch die vierte Position stimmte, und dann die komplizierte Fünfte, aus der heraus der Hund plötzlich mit völlig unvermuteter Leichtigkeit in die Höhe sprang und *assemblé simple* versuchte. Dann stand er still. Olga Piroshkowa hielt den Atem an und hörte ihn schwer schnaufen. Oblomow blickte lange hinab auf die Straße, und dann versuchte er, sich auf die Hinterpfoten zu stellen und die Vorderpfoten *en haut* über den Kopf zu halten, so graziös wie möglich, aber er hielt das nicht lange durch und stand bald wieder auf allen vieren. Sie war bis ins Herz gerührt. Es bestand für sie kein Zweifel: Nurejews Hund übte heimlich Tanzschritte, und sie konnte es kaum fassen. Wie sollte sie sich verhalten? Sollte sie das Tier loben, ihm zeigen, dass sie sein Geheimnis kannte, oder sollte sie still das Schauspiel genießen und sich gar nicht anmerken lassen, dass sie etwas wusste? Sie entschied sich zunächst für Letzteres, konnte aber lange nicht einschlafen vor Aufregung und konnte es sich nicht versagen, wie zufällig ihre Hand aus dem Bett hängen und über Oblomows Kopf gleiten zu lassen, sanft, lobend, als der schwer atmende Hund längst wieder auf seiner Decke vor ihrem Bett lag und träumte, dass in schöne Trachten gekleidete Männer kraftvoll den Gopak, einen aus der Ukraine stammenden Nationaltanz im $2/4$-Takt, tanzten.

Die Piroshkowa beobachtete die nächtlichen Versuche Oblomows, elegante Tanzschritte zu wagen, nun öfter. Er machte Fortschritte. Sie hätte gern ab und zu eingegriffen und ein wenig geholfen, korrigiert, gefordert und gefördert, aber sie hütete sich davor, denn sie fürchtete, das Tier würde erschrocken darauf reagieren und nie mehr tanzen, wenn es sich entdeckt und beobachtet fühlte. Aber es drängte sie natürlich, ihre unerhörte Beobachtung mitzuteilen: Nurejews Hund tanzt! Was für eine Sensation! Sie dachte sogar daran, Fotos davon an alle großen Blätter zu verkaufen, eine Titelgeschichte in den Tanzjournalen wäre das allemal wert, und sie könnte es sich teuer bezahlen lassen – allzu üppig war das Konto der Piroshkowa nicht, auch Nurejews Geld schmolz dahin. Sie würde ja alle Einnahmen durchaus mit Oblomow teilen, ihm eine neue Kaschmirdecke kaufen, das beste Fleisch für ihn kochen, Basmatireis als Beilage reichen statt des einfachen amerikanischen Langkornreises. Dennoch sprach sie mit niemandem, auch nicht mit Oblomow.

Es fiel ihr schwer, den russischen Freunden nichts davon zu erzählen. Sie war so stolz auf Oblomow! Und sie malte sich aus, wie die Freunde ihr nicht glauben würden, wie sie Oblomow dann bitten und wie er für sie tanzen würde – welche Freude hätten sie daran! Und sie träumte davon, mit Oblomow zu reisen, sie sah Plakate an den großen Häusern dieser Welt: »Heute Abend: Nurejews Hund tanzt!« Vielleicht würde sie sogar in Leningrad, ihrer Heimat, mit ihm auftreten können, das jetzt endlich wieder St. Petersburg heißen durfte. Ja, sie würde eine Choreografie entwickeln für diesen tanzenden Hund, nein, noch besser: Für einen alten Hund und eine alte Tänzerin, *La belle et la bête*, und gemeinsam würde man auf der Bühne stehen und … so träumte sie. Aber sie ließ es bei den Träumen, sie erzählte nichts. Doch einmal lud sie die Pianistin, mit der sie befreundet war, allein zu einem späten Abendessen ein und bat sie, auch ihren Fotoapparat mitzubringen – es gäbe vielleicht eine Überraschung. Die Pianistin kam, man aß und trank, hörte Milhauds »L'homme et son désir« und hatte einen schönen Abend miteinander. Der Mond schien über dem Bois de Boulogne, und auf dem Balkon lag Oblomow, die Schnauze ans Gitter gedrückt, und sah hinab auf die abendlich belebte Straße oder döste. »Was ist mit der Überraschung?«, fragte die Pianistin kurz vorm Aufbrechen, und Olga Piroshkowa hob bedauernd die schönen Hände, lächelte und sagte: »Es hat leider nicht geklappt. Vielleicht ein andermal, bis dahin darf ich dir nichts verraten.« Die beiden Frauen küssten sich auf die Wangen, verabschiedeten sich, und während Olga Piroshkowa die Gläser und Teller und die leere Weinflasche in die kleine Küche räumte, sah sie immer wieder zu Oblomow, der auf dem Balkon lag und sich nicht rührte. Es war ein milder Sommerabend. Olga führte den Hund noch einmal aus, dann legten sich beide zum Schlafen nieder.

In dieser Nacht geschah nichts, und in der nächsten Nacht lag ein kleiner Fotoapparat in Olga Piroshkowas Reichweite neben dem Kopfkissen. Wenn Oblomow wieder tanzte, würde sie versuchen, ein Foto davon zu machen.

Und wirklich, gegen vier Uhr, als es bereits hell wurde und die ersten Vögel zwitscherten, stand das große, unförmige Tier draußen am Balkongitter und übte eine kleine *arabesque* mit weit zurückgestrecktem linkem Hinterbein. Olga Piroshkowa nahm vorsichtig den Fotoapparat auf und schaute durch die Linse. In diesem Moment drehte der Hund sich um und sah sie mit einem so traurigen Ausdruck an, dass sie das Gefühl hatte, ihn verraten zu haben wie Orpheus seine Eurydike, als er sie aus der Unterwelt befreite und dann für immer durch seine Neugier verlor. Der Hund stand da, sah sie an, sie ließ den Fotoapparat sinken, flüsterte: »Pardon, mon cher!«, und Oblomow trottete ins Zimmer und legte sich, weit entfernt von ihrem Bett, auf den kleinen usbekischen Teppich unter ihrem Schreibsekretär.

In dieser Nacht schliefen sie beide schlecht. Die Piroshkowa träumte von einem totalen Desaster mit der südindischen Tanztruppe, die in Wahrheit zwei Wochen später einen großen Erfolg haben und der Piroshkowa einiges Geld einbringen sollte, und Oblomow träumte von Männern mit Dolchen, die im wilden 6/8-Takt die Lesginka aus Daghestan tanzten.

In den nächsten Tagen gingen beide äußerst vorsichtig miteinander um, die alternde Ballerina und der Hund des weltberühmten toten Tänzers. Sie wusste nicht, ob sie das nächtliche Geschehen ansprechen sollte, er wusste nicht, ob sie ihn wirklich durchschaut und beobachtet hatte. Er tanzte einige Tage nicht oder nur dann, wenn er fest davon überzeugt war, dass Olga Piroshkowa tief schlief, er hörte es an ihrem Atem. Dann übte er schwierige Sprünge und entzückende kleine Pirouetten, landete aber immer plump auf allen vier Pfoten statt auf zweien oder gar auf nur einer.

Am 17. März 1998 wäre Rudolf Gametowitsch Nurejew sechzig Jahre alt geworden. Oblomow lebte nun schon fünf Jahre bei Olga Piroshkowa, und er fühlte sich immer öfter alt und müde. Aber immer noch übte er ab und zu Tanzschritte, und er hatte das Gefühl, seine Gelenke blieben dadurch gesund und sein Herz jung. An diesem Tag im Frühling, es war schon warm, die Forsythien blühten, schmuggelte die Piroshkowa Oblomow auf den russischen Friedhof von Sainte-Geneviève-de-Bois zum Grab Nurejews, wo Hunde natürlich verboten sind. Sie hatte einen großen Strauß weißer Rosen dabei und legte ihn auf dem Grab ab. Lange stand sie still da, mit gefalteten Händen, und Oblomow lag neben ihr, den schweren Kopf auf den Pfoten, schaute auf das Grab und träumte.

Weit und breit war kein Mensch zu sehen. Da beugte sich Olga Piroshkowa zu ihm hinunter, streichelte ihn sanft und flüsterte: »Mily Oblomow, ty potjesch pupliaschy tolka dlia jewo«, Oblomow, mein Lieber – tanz einmal. Nur für ihn. Zum ersten Mal hatte sie mit ihm Russisch und nicht Französisch gesprochen! Er war tief gerührt.

Oblomows Nase zitterte, seine Flanken bebten. Er verstand genau, was sie meinte. Er sollte sein Geheimnis offenbaren, mit ihr teilen, einmal tanzen, für Nurejew, seinen früheren Herrn, der hier lag und den sie beide geliebt hatten. Der Hund erhob sich langsam, schüttelte sich, verharrte. Er hob seinen Kopf und sah zu Olga Piroshkowa hoch, die ihn sanft anlächelte. Sie würde ihn nicht verraten, das wusste er. Und er ging ein wenig zurück, nahm einen kleinen Anlauf, und dann legte Oblomow, der schwere, nun fast sechzehnjährige Hund des weltberühmten Tänzers Rudolf Nurejew, eine tadellose *cabriole* mit geschlossenen Hinterbeinen, hochgestreckten Vorderbeinen, einen Flug über das Grab mit tadelloser Landung auf dem zitternden Standbein hin. Er landete mitten in den weißen Rosen. Und die Piroshkowa sah ihn an, hatte Tränen in den Augen und flüsterte: »Une cabriole, merveilleux, wie stolz wäre er auf dich, mon cher.«

Und dann gingen sie heim, beschwingt, glücklich, einander tief verbunden, und auf dem Treppenabsatz vor der Tür zu ihrem Appartement leistete sich Oblomow einen völlig überraschenden *soubresaut*, einen komplizierten Senkrechtsprung aus der fünften Position mit perfekter Landung. Danach hat Oblomow bis ans Ende seines Hundelebens nie wieder getanzt, und die Piroshkowa hat nie ein Wort über ihr gemeinsames Geheimnis verloren, kein französisches und kein russisches.

Als der Hund mit fast siebzehn Jahren die Augen für immer schloss, ging die Piroshkowa mit der in eine Kaschmirdecke gewickelten Hundeleiche des Nachts auf den Friedhof, auf dem auch Nurejew lag.

Ein junger Mann vom Ballett begleitete sie, der eine Schaufel trug. Er grub zu Füßen Nurejews ein tiefes Loch in das Grab. Die Piroshkowa, den schweren Oblomow auf ihren dünnen Ärmchen, schauderte. Sie hatte Angst, dass ihr toter Freund »Au!«, oder »Was tut ihr da?«, rufen würde, doch nichts geschah. Alles blieb still, der Mond schien sehr friedlich, und der junge Mann und die Piroshkowa legten den toten Hund zu Füßen des toten Tänzers vorsichtig in das Grab. Der junge Mann schaufelte das Loch wieder zu, und sie verließen den Friedhof.

Das Grab ist natürlich eine Art Wallfahrtsstätte für Tanzenthusiasten aus aller Welt geworden. Sie wissen nicht, dass sie mit ihrem Besuch dort zwei großen Tanzlegenden huldigen, dem unvergleichlichen Nurejew und Oblomow, seinem Hund.

19. NERO CORLEONE KEHRT ZURÜCK

Es ist immer genug Liebe da

Für alle, die sich fragen,
was aus Nero Corleone geworden ist

Isolde war lange nicht mehr in Italien gewesen. Jetzt kam sie mit einem Möbelwagen, jetzt wollte sie vielleicht für immer in dem Haus bleiben, das ihr und Robert jahrzehntelang als Ferienhaus gedient hatte, oben auf dem Hügel, mit dem Blick über den See.

Auch in Italien kann es mal kalt sein. Es war kalt an diesem Tag, kalt innen und außen. Isolde war traurig, und sie fror. Sie war traurig, weil die Erinnerungen an glücklichere Zeiten in diesem Haus an ihr fraßen, und sie fror, weil das Haus lange leer gestanden hatte und ausgekühlt war. Die alte Heizung rumpelte, schepperte, gab sich Mühe, aber es dauerte mit dem Warmwerden. Isolde beschloss, sofort den Kamin anzumachen, wenn die Männer von der Spedition erst alles abgeladen hätten und wieder verschwunden wären, aber zuerst kochte sie ihnen noch einen heißen Kaffee und sagte, wo alles hinzustellen war: das Klavier an die Wand zwischen den Fenstern, die Kisten mitten ins Zimmer, der kleine Schreibtisch neben den Kamin, die Stühle in die Küche, viel mehr war es ja nicht. Danilo, ein Freund und der Elektriker aus dem Dorf, würde später ihren neuen roten Glaslüster anschließen, und vielleicht konnte er auch das Kabelgestrüpp von Computern, Lautsprechern, Stereoanlagen entwirren, sie hatte Zeit.

Sie wollte jetzt für immer hierbleiben, ja.

Na ja. Vielleicht nicht ganz für immer. Sie hatte sich eine kleine Wohnung mit ein paar Möbeln in Köln bewahrt, aber das Haus war verkauft, das Haus, in dem sie mit Robert glücklich gewesen war, das Haus, in dessen Garten die schielende Katze Rosa begraben lag, im Nachbargarten ruhte Karl, Kagels Kater, mit dem Nero so befreundet gewesen war, und Kagel war auch schon gestorben.

Isolde war älter geworden, aber nicht alt. Sie hatte sich, wie man so sagt, ganz gut gehalten, sie war auch wieder ein bisschen verliebt, aber sie wusste noch nicht, ob das mit Justus nun das Richtige war. Erst mal Abstand halten, erst mal allein nach Italien ziehen, dann würde man schon weitersehen.

Robert wohnte noch in Köln, er hatte eine Freundin in Osnabrück und fuhr immer hin und her zwischen Köln und Osnabrück. Manchmal trafen sie sich, gingen zusammen essen, telefonierten oft, weil es Dinge zu regeln gab, sie verstanden sich gut, aber irgendwie war es doch vorbei. Einmal hatte Robert am Telefon gesagt:

»Deine einzige ganz große Liebe war doch immer nur Nero gewesen, nicht ich«, und sie mussten beide lachen.

Aber es stimmte auf eine gewisse Weise. Nero war Isoldes große Liebe gewesen, aber er war schließlich kein Ehemann, sondern nur ein Kater. Nur? Als ob das wenig wäre – grüne

Augen, die im Dunkeln leuchten, schwarzer Pelz, der knistert, wenn man darüberstreicht, die eine weiße Pfote, die so beharrlich vom Tisch zog, was immer sie wollte: Schinken, Würste, Nudeln. Und erst das Schnurren – ein Geräusch wie etwas zwischen einem fernen, leisen Gewittergrummeln, einem kleinen Güterzug, der weit weg in der Nacht über eine Holzbrücke fährt, und einem Wasserkessel, der gerade zu summen anfängt, kurz bevor das Wasser kocht. Es ist eines der schönsten Geräusche der Welt und nicht zu vergleichen mit Roberts Schnarchen.

Und dann, eines Tages, als Nero ausnahmsweise wieder mit nach Italien hatte fahren dürfen, war er dageblieben, einfach nicht wieder aufgetaucht, nie wieder aufgetaucht, sie hatten ohne ihn abfahren müssen, und Isolde hatte nie aufgehört, um ihn zu trauern. Rosa war damals schon lange tot. Vielleicht hatte er heimgewollt, vielleicht bei der kleinen Grauen bleiben, in die er sich verliebt hatte …

Isolde gab den Spediteuren ein Trinkgeld und hörte, wie sich der schwere Wagen den kleinen Weg bergab rumpelnd entfernte. Sie setzte sich auf eine der Kisten, auf der nicht ACHTUNG! stand, denn wo ACHTUNG! draufstand, waren die Gläser verpackt, in den anderen waren die Bücher, und sie trank einen kleinen starken Espresso aus ihrer Maschine. Das tat gut.

Das Radio lief, und Riccardo Cocciante sang »Sincerità«, ho lavorato tutto il giorno, ich hab den ganzen Tag gearbeitet, und als die Nacht kam, waren die Sterne am Himmel, und ich kehre zu dir zurück und will dir alles von mir geben, i giorni e tutte le notti, die Tage und die Nächte, sincerità, das ist alles, was uns noch bleibt – Ehrlichkeit, Aufrichtigkeit.

Und Isolde musste weinen, einfach nur so. Weinen. Wegen nichts. Nicht wegen Robert, nicht wegen des Alters, nicht wegen Nero. Nicht aus Kummer, Angst oder Heimweh. Es waren Tränen, die von ganz tief innen kamen, Lebenstränen vielleicht, die ungeweinten Tränen vieler Tage und Nächte, alles, was sich als Eis in ihr angesammelt hatte, schmolz jetzt und kam in dicken Tropfen zu den Augen heraus, und es tat gut, diesen Fluss der unstillbaren Sehnsucht einfach so fließen zu lassen.

Sie saß da, sah über den See, Cocciante sang, der Kaffee schmeckte gut, ihr Haus war schön und wurde schon etwas wärmer, das Leben ging einen neuen Weg mit ihr, und sie weinte, lange und glücklich und dann nur noch wenig und dann nicht mehr, und dann ging sie einfach ins Bett, zwischen die kalten Laken und Decken, mitten in dem ganzen Durcheinander, und sie schlief sage und schreibe zwölf Stunden am Stück.

Das war der erste Tag.

Am nächsten Morgen schien eine kalte Sonne, und Isolde zündete das Holz im Kamin an. Es knisterte und roch gut, sie aß zum Frühstück von dem Graubrot und der Rügenwalder Teewurst, die sie noch aus Deutschland mitgebracht hatte, das würde es hier jetzt lange nicht mehr, eigentlich gar nicht mehr geben, sondern wieder Weißbrot, morgens noch knusprig, mittags schon weich, und fette Mortadella oder Salami. Es war ihr recht. Man musste nicht in Ägypten deutsches

Sauerkraut und in Spanien Leberkäse essen. Sie war in Italien, es würde Pasta und Pizza geben, Espresso und weißes Brot und blassen Taleggio-Käse. Alles gut so, und bitte jetzt auch keine Rheinweine mehr, sondern Brunello, Barbera und Barolo.

Es gab viel zu tun nach dem Frühstück. Erst Kisten auspacken oder erst putzen? Erst den Garten besichtigen oder erst die Gläser einräumen?

Ach, es war ganz egal, sie hatte Zeit, und sie hatte auf alles die gleiche unbändige Lust und Freude. Die gestrigen Tränen hatten viel weggeschwemmt, der Tag lag klar vor ihr, das neue Leben sollte nur kommen, sie war bereit.

Das Telefon klingelte. Es war Danilo, der Elektriker.

»Isoldina«, rief er, »sei venuta!«, du bist gekommen, ich habe den Wagen gesehen, wie schön, jetzt bleibst du endlich mal da, du bleibst doch, oder?

Ja, sie wollte bleiben, und ob er nicht mal kommen könnte und nach den Kabeln, den Anschlüssen, der Heizung sehen? Natürlich konnte er das, gleich heute Abend, und er würde Clara mitbringen, seine Verlobte, und Romeo, seinen Hund, und Isolde freute sich auf alle drei und fragte, weil sie das immer tat: »Nero ist nicht aufgetaucht, oder?«

»Nerone!«, rief Danilo, »la canaglia, questo criminale, questo mafioso brutto«, doch, man habe ihn angeblich immer mal wieder im Dorf gesehen, wo er Katzen geschwängert habe, Hühnerbeine gestohlen, Mülltüten ausgepackt, aber niemand habe ihn anfassen oder gar fangen können. Er sei irgendwo, aber nun schon seit Monaten nicht mehr aufgetaucht.

Für Isolde war das genug. Er hatte überlebt, ihr Prinz, er hatte sich seine Art bewahrt zu nehmen, was ihm seiner Meinung nach zustand, er war durchgekommen, und er würde auch weiterhin durchkommen. Nero.

Sie dachte daran, dass ihr bestimmt wieder eine Katze zulaufen würde, hier auf dem Land. Sie würde sie behalten, es war nicht nur schön, mit einer Katze zu leben, es war dringend notwendig. Ein Leben ohne Katzen, dachte sie, ist doch ziemlich sinnlos. Sie räumte die Kisten leer, es machte Spaß, die Bücher einzuordnen, sie las manchmal ein wenig, las sich fest in einem Buch, das hieß: »Die Katze des Dichters«, in dem eine Katze sehr missgestimmt über ihren Herrn, eben einen Dichter, auspackte:

»Wenn er doch nicht so viel rauchen würde. Mir tränen schon die Augen. Und dauernd geht er auf und ab. Kann er nicht still sitzen? Ich liege auf dem Schreibtisch, direkt an der Heizung. Der Computer brummt leise. Die Schreibmaschine war schlimmer, die machte so einen Krach, dass ich es auf dem Schreibtisch nicht ausgehalten habe. Aber dafür gab es eine Menge Papier, warme Papierberge, auf denen man liegen konnte, zerknülltes Papier auf dem Boden, in dem man rascheln konnte. Das ist vorbei. Computer. Manchmal laufe ich über die Tasten und mache schöne Bilder, dann schreit er und jagt mich weg. Er ist ja so nervös.«

Isolde musste lachen, setzte sich in den Sessel und hatte Lust, mitten im Auspackchaos einfach weiterzulesen. Das Buch hatte eine deutsche Schriftstellerin geschrieben, die als Katzenfreundin bekannt war, und es hätte auch wirklich Nero sein können, der hier über Robert lästerte:

»Er schreibt Tiergeschichten. Sie schreiben alle Tiergeschichten. Sie erleben ja sonst nichts. Sie gucken unsereinen an, denken, sie verstehen uns, und schreiben darüber. Pah. Er hat keine Ahnung. Er weiß nicht, dass ich ihn für einen mickrigen Burschen halte. Wenn er nachts schläft, gehe ich über die Dächer, schaue in die Fenster und sehe, was anderswo alles so los ist. Bei ihm – nichts. Computer, Dosenfutter, schlafen. Das ist alles.«

Isolde holte sich ein Glas Wein und las die Schimpfkanonade des Katers über den Dichter zu Ende, nicht mal eine Freundin habe der Hungerleider, aber na gut, Frauen parfümierten sich auch immer so, das könne er ohnehin nicht leiden, aber diese Raucherei, wenn das so weiterginge, wolle er einfach eines Tages weggehen und sich eine nette alte Oma suchen, und dann könne der Dichter ja Zettel an alle Bäume nageln: »Kater entlaufen, schwarz, hört auf Moritz.«

»Ich werde ihn dann«, hieß es in der Geschichte weiter, »vom Fenster der alten Dame aus bei der Suche beobachten und mich nicht mucksen. Er wird herumrennen und nach mir rufen, und ich werde denken: Schrei du nur, ich bin jetzt hier und pfeif auf dich.«

Aus. Isolde klappte das Buch zu. Was für eine böse Geschichte! Dachten sie wirklich so, die Katzen, die bei den Menschen wohnten? Hatte Nero so gedacht? War er damals weggeblieben wegen Roberts Zigarren, wegen ihres Parfüms, wegen Dosenfutter? Hatte er sie rufen und suchen gehört und sich absichtlich nicht gemeldet, als sie so bitterlich weinend zurück nach Deutschland fuhren, ohne ihn?

Nein, Unsinn, er hatte sie beide geliebt, er wollte wieder zurück in seine Heimat, er war ein wilder Stromer, er wollte vielleicht wieder frei sein …

Ach, dass sie aber auch gerade jetzt diese Geschichte lesen musste, schon krochen wieder trübe Gedanken in ihr hoch, nicht mal der gute Rotwein half dagegen.

Energisch legte Isolde das Buch weg und machte sich wieder ans Auspacken und Einräumen.

Der kleine alte Schreibtisch wurde bestückt mit Lampe, Füller, Papier, einem Stapel unbeantworteter Briefe, hier würde sie genug Zeit dafür haben. Das Radio lief, ein Countertenor sang die herrliche Arie aus Händels *Xerxes* über den Baum, dessen Schatten so unendlich schön war, nie wieder würde ein Schatten so voller Trost und Schutz sein, ombra mai fu.

Nie wieder würde vieles so sein wie früher. Aber im Nie wieder steckte auch immer etwas Neues, es gab ja nicht den luftleeren Raum, das ereignislose Leben. Solange ich lebe, dachte Isolde, kommt etwas Neues, ein neuer Baum, ein anderer Schatten, andere Aufregungen, andere Ruhe, andere Lieben, andere Katzen. Nichts bleibt, das haben wir doch schon in der Schule gelernt, alles fließt. Justus wird gleich anrufen und fragen: »Ist noch Liebe da?« Das fragte er immer, immer als Erstes.

Und natürlich rief Justus an, sie sah seine Nummer auf dem Display, nahm ab und sagte: »Es ist noch Liebe da.«

»Wie geht es dir?«, wollte er natürlich wissen, und er hatte schon mal angerufen, in Sorge, aber sie erklärte ihm, wie tief und traumlos sie geschlafen hatte. »Du fehlst mir«, sagte Justus, »jetzt schon.« Und sie freute sich, denn es ist schön, wenn man jemandem fehlt, und sie dachte: Es ist vielleicht doch besser, ein bisschen mehr, nur einen Hauch, nur ein winziges Millimeterchen mehr geliebt zu werden, als selbst zu lieben, das Herz ist dann nicht ganz so in Gefahr.

Justus fragte nach dem Haus, nach den Möbeln, ob alles gut angekommen sei, nach dem Wetter, und er erzählte, dass es in Deutschland grau und trübe war, in Deutschland und in seinem Herzen, und sobald er weg könne, würde er sie besuchen kommen, und bis dahin solle bitte noch Liebe da sein.

Isolde versprach es und sah aus dem Fenster. Kleine Wolken lagen über dem See, der Oleander in ihrem Garten hielt Winterschlaf und durch die Pinie tobte ein Eichhörnchen.

Am Abend kamen Danilo, Clara, Romeo. Danilo lang und dünn, Clara klein und dick, Romeo, ein puscheliges Etwas von einem Hund, beigefarben, quirlig, herumwuselnd, keine Sekunde still, mit einer roten Schleife um den Hals. Sie saß mit Clara am Tisch, Wein trinkend, und Danilo stand auf einer Leiter und befestigte den roten Glaslüster an der Decke, den beide als molto bello! bellissimo! bestaunten. Man redete über alles, über das Dorf, über Neuigkeiten, über die Familie, über Romeo, der aus Mailand stammte, von einem Züchter – dabei gab es so viele herrenlose, herumirrende Hunde, die ein gutes Zuhause brauchen könnten, aber das war mit Clara nicht zu machen, es musste immer alles vom Besten sein. Für die geplante Hochzeit wusste sie schon ganz genau, wo man die Betten und wo die Küche kaufte, wie das

Bad gekachelt werden müsste und welches Geschirr von der Familie zu schenken sei, und das Wichtigste war natürlich das Brautkleid, bloß nichts hier aus dem Ort, aus Mailand musste es sein, und Danilo verdrehte die Augen, und Clara fragte: »Wie war *dein* Hochzeitskleid?«

»Ich hatte keins«, sagte Isolde, und Clara riss die Augen auf. Isolde erzählte von der Studentenhochzeit damals, in einem lila Minikleid, mit allerdings silbernen Schuhen, Robert in schwarzer Lederjacke, weißes Hemd, aber kein Schlips. »Bohème«, sagte Clara, und es klang wie eine Mischung aus Abscheu und Bewunderung, und Danilo rief: »Siehst du, es geht ohne dieses ganze Theater!«, und sie sagte streng: »Pass du lieber auf, dass du nicht von der Leiter fällst«, und sie rollte die Augen: »Männer!«

Romeo sollte zur Hochzeit eine weiße Schleife kriegen, auch das war schon geplant, und dann war Danilo fertig, drückte den Schalter, und der rote Glaslüster warf ein warmes, schönes Licht durchs Zimmer.

»So einen will ich auch«, sagte Clara, »im Schlafzimmer! Damit es da romantisch ist!« Und Isolde erzählte, dass der aus Berlin sei, aus einem ganz besonderen Kaufhaus mit verrückten Sachen. »Das gibt es auch in Venedig«, sagte Clara. »Unsere Hochzeitsreise geht sowieso nach Venedig, da kaufen wir einen.«

Romeo rannte plötzlich zur Tür und bellte und bellte und wollte sich gar nicht mehr beruhigen. Clara schimpfte mit ihm, und Isolde öffnete die Tür und rief hinaus ins Dunkle: »Ist da jemand?« Aber da war nichts, vielleicht nur ein kleines Rauschen in den Büschen, und hatte da etwas gemaunzt?

Schon möglich, hier liefen viele Katzen herum. Allmählich beruhigte sich Romeo wieder.

Danilo setzte sich mit an den Tisch, und beim nächsten Glas Wein rückten die beiden mit ihrer Bitte heraus: Würde Isolde einer ihrer Trauzeugen sein? Der andere war Danilos Bruder Sebastiano, aber wenn sie bereit wäre, jetzt, wo sie doch hier wohnte …

»Meine Schwestern sind so blöde«, sagte Clara, »und alle so dick, wie sieht denn das aus. Aber du, mit einem schönen Hut … würdest du das machen?« Isolde war sehr gerührt und versprach, es zu machen, sie freute sich über die Ehre und überlegte schon, was sie schenken sollte, aber Clara kam ihr zuvor und hatte an alles gedacht:

»Bei Montani, du weißt schon, in diesem Haushaltswarenladen in der Via Garibaldi, liegen Listen aus, da kannst du dich eintragen mit einem Geschenk. Wir haben alles genau aufgeschrieben.«

Isolde kannte solche Listen: sechs Küchenmesser, ein Fleischbeil, vier Siebe, zwölf Cognacschwenker, ein Badezimmerteppich, weiß, zwölf Kuchengabeln, drei Fleischplatten, ein Dampfkochtopf. Es war immer dasselbe, und am Anfang war alles neu und strahlend und schön, die Küche wurde eingerichtet mit lauter frisch ausgepackten Sachen, und im Laufe der Zeit kamen Risse und Sprünge und erste Scherben, wie in der Küche, so in der Liebe. Robert und sie hatten damals alles Nötige auf dem Flohmarkt zusammengekauft. Die Tassen waren noch da, die Liebe nicht. In einem Lied hatte sie mal gehört:

»All die Mauern und die Zäune
waren mein Tagebuch.
Mit Kreide vollgeschmiert,
mit Herzen und mit Pfeilen.
Ich war gerade zehn.
Die Herzen sind verlöscht,
die Pfeile blieben stehn.«

Seit vielen Jahren gingen ihr Text und Melodie im Kopf herum, André Heller hatte das gesungen, und in André Heller und seine melancholische Eleganz war sie immer ein bisschen verliebt gewesen.

»Woran denkst du?«, fragte Clara, und Isolde sagte: »An Mauern mit Pfeilen«, und Clara verstand nicht und dachte, dass Isolde jetzt, wo sie hier lebte, aber endlich mal richtig gut Italienisch lernen müsse.

Danilo schloss noch Computer und Stereoanlage an, Romeo bekam den letzten Rest deutscher Fleischwurst, dann verabschiedeten sich die beiden, und Isolde saß da unter ihrem roten Glaslüster und beschloss, Robert zu fragen, ob er so einen noch mal auftreiben könnte, er kam öfter nach Berlin, und sie hatte einfach keine Lust, zwölf Kuchengabeln zu schenken.

In dieser Nacht konnte sie nicht schlafen. Vielleicht war sie einfach nicht müde genug, vielleicht ging ihr zu viel durch den Kopf, vielleicht fehlte aber auch nur eine schnurrende Katze am Fußende des Bettes. Isolde lag wach und dachte an die vielen Wendungen, die ihr Leben genommen hatte und die man immer erst hinterher bemerkte. Man merkte es nicht, wann genau eine Liebe zu Ende ging, man sah es erst hinterher, von weitem sozusagen. Man merkte auch nur in der Rückschau, dass man glücklich gewesen war. Und das Glück huschte vorbei, hinterließ nur einen warmen Schein, während das Unglück immer mit umzog und wie ein kleines krankes Tier in der dunkelsten Ecke des Hauses lag und leise weinte, manchmal.

Der Mond schien in ihr Schlafzimmer, und Isolde hatte das Gefühl, genau in der Mitte zwischen glücklich und unglücklich, zwischen fröhlich und traurig zu sein, schwebend, nicht leicht und nicht schwer, wie gar nicht wirklich da. Es war im Grunde kein schlechtes Gefühl, und so schlief sie schließlich doch ein und wurde durch ein Klopfen an der Tür geweckt, da war es schon wieder zehn Uhr.

Die Nachbarin stand draußen, Mariagrazia, die freundliche Nachbarin mit den fünf Kindern, und sie brachte ihr ein paar frische Eier und ein Bund Petersilie, umarmte sie und hieß sie willkommen.

Isolde versicherte ihr, dass sie auch heute zu ihr rüberkommen wollte, aber Mariagrazia winkte ab:

»Tun Sie das nicht, Signora, drei Kinder sind krank, Sie stecken sich nur an …« Und da sei ein Lastwagen gewesen gestern, ob sie denn nun länger bliebe? Vielleicht für immer?

»Ich weiß es noch nicht so genau«, sagte Isolde, aber länger auf jeden Fall, und Mariagrazia sagte, schon im Gehen:

»Il Nerone! Ich glaube, ich habe Ihren Nero gesehen, vor drei Wochen. Ich hatte große Laken auf die Wiese gelegt zum Bleichen, es ist einfach jemand quer drübergelaufen, bestimmt er, mafioso come sempre, der!«

Sie lachten beide, und Isoldes Herz schlug schneller. Er war also da, er lebte noch, er war sogar immer in der Nähe geblieben, vielleicht …? Aber sie verbot es sich zu hoffen. Hoffen ist ganz schlimm, es macht krank, die Hoffnung, dachte sie, wird total überschätzt, sie frisst unsere Energien weg, sie bringt uns um, nein, ich hoffe auf gar nichts, ich lebe von Tag zu Tag, und was kommt, kommt, und was nicht kommt, kommt nicht.

Und wer kommt, kommt, und wer nicht kommt, kommt nicht, das dachte sie auch noch.

Aus den Eiern von Mariagrazias Hühnern machte sie sich ein schönes Omelett und dachte an Camilla, das alte Huhn, das damals auf dem Hof nebenan gelebt und sich so sehr mit Nero angelegt hatte. Sie beschloss, am Abend die Bilderbücher für die Kinder hinüberzutragen, die sie aus Deutschland mitgebracht hatte. Sie erinnerte sich daran, wie Nero den Nachbarshühnern die Eier unter dem Hintern weggeklaut hatte. Was für ein Kerl der gewesen war! Wie alt musste er jetzt sein? Daran wollte sie gar nicht denken. Sehr alt jedenfalls für einen Kater, und für einen Kater in Italien sowieso.

Isolde nahm sich vor, immer ein Schälchen mit Futter in den Garten zu stellen. Es gab viele hungrige und herrenlose Katzen hier, vielleicht würde eine bei ihr bleiben, und wenn nicht – es konnte nie schaden, auch die wilden ein bisschen zu verwöhnen, die Bauern warfen ihnen allenfalls ein paar Abfälle hin.

Sie machte sich das Haus nach und nach gemütlich, hängte Bilder auf, wusch die Vorhänge, klappte das Klavier auf und spielte zum ersten Mal hier, das Klavier war ein bisschen verstimmt. Sie würde sich jemanden suchen müssen, der sich damit auskannte.

Abends hörte sie Musik und las, schaute ins Feuer, atmete tief durch und fühlte sich gut.

Tagsüber brachte sie den Garten in Ordnung, stapelte Reisig und kleines Holz hinterm Haus auf für den Kamin, größeres Brennholz kaufte sie im Supermarkt, aber man roch schon, dass es bald Frühling werden würde, es war von Tag zu Tag ein bisschen wärmer. Hinter dem kleinen Schuppen entdeckte sie eine warme, weiche Kuhle im Gras, unter dem Dach, voller schwarzer Katzenhaare. Hier hatte ganz offensichtlich jemand öfter geschlafen. Jemand?

Sie kochte sich jeden Tag etwas, und von dem, was übrig blieb und nicht zu scharf gewürzt war, stellte sie immer ein Schälchen für dic Katzen draußen hin, und immer wurde alles ratzeputz leer gefressen, aber nie sah sie eine Katze.

Doch.

Eines Sonntagmorgens, sie saß beim Frühstück, da schaute sie aus dem Fenster und sah eine kleine, magere Katze an das Tellerchen schleichen. Sie war grau, ein bisschen getigert, und sie streunte zu ihrem Haus, um ein wenig zu fressen. Vielleicht ließ sie sich locken, anfassen …

Isolde öffnete ganz vorsichtig die Tür zum Garten, rief … aber da, husch, war die kleine Graue auch schon weg, schnell wie der Blitz, scheu, und sie blieb lange weg, ehe sie wieder ganz vorsichtig mit vorgerecktem Hälschen hungrig angeschlichen kam. Isolde saß drinnen am Fenster, rührte sich nicht und beobachtete, wie sie den ganzen Teller leer putzte, immer in Lauerstellung, mit unruhigem Schwanz und suchendem Blick, und als alles sauber geleckt war, lief sie sofort durchs Unterholz davon. Isolde füllte das Tellerchen gleich nach und hoffte, sie käme noch mal, aber es dauerte fünf Tage, bis sich die kleine Graue wieder sehen ließ.

Isolde hatte die Tür zur Terrasse offen gelassen. Die Katze zögerte lange, kam dann doch und fraß. Na bitte, schon ein Schrittchen näher, und beim dritten Mal durfte Isolde schon in der Nähe sitzen und ihr zusehen. Aber immer wenn sie sich erhob oder eine Hand ausstrecken und locken wollte – hui, war die kleine Graue weg, und Isolde taufte sie Elsa, nach der schönen Arie »Elsa, nie sollst du mich befragen«, Elsa aus der Oper Lohengrin. Es war zwar Lohengrin, den man nicht befragen sollte, aber dies war nun mal eindeutig kein Lohengrin, sondern eine Elsa.

Elsa kam jetzt öfter, wurde furchtloser, sogar sichtbar ein bisschen runder, blieb aber scheu, ließ sich nicht berühren und kam nie ins Haus. Sie hatte vielleicht schon schlechte Erfahrungen mit Menschen gemacht. Aber sie kam, das war doch schon mal ein Anfang.

Robert schickte in einer riesigen Kiste liebevoll und sorgfältig verpackt einen zweiten roten Glaslüster aus Berlin – wie würde Clara sich freuen! Doch wohl mehr als über einen Dampfkochtopf, hoffte Isolde und kaufte sich in Como einen tollen Hut mit lila Rosen und eine Samtstola für die näher rückende Hochzeit.

Einmal saß Danilo abends bei ihr und betrank sich und

gestand ihr, Angst vor dieser Ehe und diesem ganzen Brimborium zu haben. Er liebte Clara, ja, aber sie kommandierte ihn immer nur herum, und er machte ihr nichts richtig, und sie hatte so unermesslich viele Wünsche und so abenteuerliche Vorstellungen vom Eheleben – er wollte es eigentlich nur ruhig und nett haben, aber sie dachte, sie würde dann mindestens Kaiserin von Italien oder so was … Isolde lachte und sagte, dass ihrer Meinung nach Männer und Frauen nicht wirklich gut zusammenpassten und dass das doch auch reizvoll wäre, es immer wieder zu versuchen, aber Danilo trank mit glasigen Augen noch einen Amaro und lallte: »Die Liebe, das ist das Schwierigste, die Liebe.«

»Nein«, sagte Isolde, »schau, Danilo, es mangelt ja nicht an Liebe in der Welt, Liebe ist ja immer da, aber wir wollen zu viel. Die Liebe soll uns immer ALLES sein, das kann sie aber nicht. Verstehst du?«

Nein, er verstand nicht, aber er bedankte sich für den schönen Abend und trollte sich singend davon.

Isolde sah ihm nach und kriegte gerade noch mit, wie jemand vom Katzentellerchen im Garten wegsauste, mit mächtigem Geraschel ab durch die Büsche. Nero? Sie dachte täglich an diesen wunderbaren, großen, wilden Kater, der ihr vor so vielen Jahren als winziges Kätzchen hier zugelaufen war und der sie hier in diesem Dorf eines Tages nach all den gemeinsamen Jahren in Deutschland auch wieder verlassen hatte, der einfach bei der Abreise nicht wieder aufgetaucht, nicht mehr mitgefahren, nie mehr mitgefahren war. Nero.

Dann kam Justus zu Besuch. Er kam mit dem Auto und brachte den Rest ihrer Sachen mit, worum sie ihn gebeten hatte. Er sah blass und zerzaust aus und drückte Isolde lange an sich und seufzte: »Du fehlst mir, du fehlst mir!«

»Ich bin ja jetzt da«, lachte sie, »und du bist auch da, und nun fehlt doch gar nichts mehr!«, und er fragte: »Ist denn noch Liebe da?« »Liebe ist auch noch da«, sagte sie und kochte einen großen Topf Spaghetti mit einer wunderbaren Sauce, wie nur sie das konnte, nein, nicht nur sie: Bei Mariagrazia hatte sie gelernt, so eine Sauce zu kochen, aber für Justus war das die beste Sauce der Welt. Liebe ist wichtig, aber Spaghetti mit einer guten Sauce sind auch sehr wichtig.

Während sie aßen, hatte Isolde immer das Gefühl, irgendwie beobachtet zu werden.

»Was ist«, fragte Justus, »warum bist du so unruhig, du guckst immer zur Tür, erwartest du noch jemanden?«

»Nein«, sagte Isolde, und das stimmte ja auch und stimmte doch nicht. Sie erwartete schon noch jemanden, aber nicht wirklich und nicht jetzt, ach, und überhaupt, nein. Und trotzdem wurde sie das Gefühl nicht los, jemand sähe sie an, und einmal war ihr, als hätte sie am Fenster zwei grüne glühende Kohlen gesehen, aber husch, waren die auch schon wieder weg, und wahrscheinlich hatte sie sich alles auch nur eingebildet.

Justus blieb fast zwei Wochen, spielte jeden Tag lange auf ihrem inzwischen gut gestimmten Klavier und füllte das kleine Haus mit Musik. Kurz vor der Hochzeit von Danilo und Clara musste er leider wieder abfahren. Es war schön gewesen, ihn da zu haben, aber Isolde war auch nicht ganz unglücklich, als sie das Haus wieder für sich allein hatte. Sie brauchte Platz und Stille und Zeit, um sich zu überlegen, wie sie in Zukunft leben wollte. So schrecklich viel Zukunft gab es für sie ja auch nicht mehr, sie war, wie gesagt, nicht mehr die Jüngste, aber sie wollte das Beste daraus machen. Was das Beste war, wusste sie allerdings nicht. Wer weiß das schon?

Während Justus da gewesen war, hatte sich die kleine Elsa nicht ein einziges Mal blicken lassen. Die Vögel hatten das Tellerchen leer gepickt, die Eichhörnchen, der Igel, aber keine Katze.

Als Isolde von der Straße unten zurückkam ins Haus – sie war ein kleines Stück mit Justus gefahren und hatte ihm dann nachgewinkt und war zu Fuß nach Hause gegangen –, begegnete sie dem alten Bauern, von dessen Hof Nero und Rosa stammten. Er ging ganz krumm und freute sich, als er sie erkannte. Er hielt mit beiden Händen ihre Hand fest und fragte: »Beckenbauer! Spielt der noch?«

»Nein«, sagte Isolde, »schon lange nicht mehr, aber er lebt noch, ich werde ihn von Ihnen grüßen.« »Ja«, sagte der alte Bauer, »machen Sie das, grüßen Sie ihn, tanti saluti, er ist ein so guter Junge.« Und sie sah in seiner Nähe eine zutrauliche kleine Katze, rot und weiß, wie Rosa gewesen war. Der Bauer war gut mit seinen Tieren gewesen, hatte sie gefüttert und im Heu schlafen lassen. Aber er war schon lange kein Bauer mehr. Er wohnte jetzt bei seinem Sohn, der Postbote war und aus dem kleinen Acker, auf dem der Vater einst die Ziegen gehalten hatte, einen Parkplatz gemacht hatte.

An diesem Abend, als würde sie ahnen, dass der fremde Mann wieder weg war, kam Elsa und fraß, gierig, hungrig, und zum ersten Mal näherte sie sich Isoldes ausgestreckter Hand und nahm ein Stückchen Fleisch. Isolde wusste, dass diese Katze bei ihr bleiben würde, irgendwann, nun musste sie nur noch Geduld haben. Vielleicht war sie es gewesen, abends auf der Fensterbank? Nein, sie hatte keine so glühenden Augen, sie war sanft und furchtsam, aber wer sollte es denn dann …? Nein, nein und nein.

Die Hochzeit von Clara und Danilo kam heran. Isolde dachte an ihre eigene Hochzeit mit Robert, damals, als sie noch jung und noch Studenten waren. Sie waren so glücklich gewesen, so überzeugt von ihrer Liebe, und sie hatten geheiratet wie die Hippies – mehr Blumen als Geld, mehr zu trinken als zu essen, bunte Kleider, lustige Freunde, ein rauschendes, großzügiges, trotzdem preiswertes Fest. Es war auch eine lange und gute Ehe daraus geworden, aber ewig hatte sie dann doch nicht gehalten. Irgendwann waren Isolde und Robert nicht mehr wirklich freundlich und liebevoll miteinander umgegangen und hatten sehr undramatisch beschlossen, sich, ein wenig vorerst, zu trennen. Aus ein wenig wurde schließlich länger, und Robert hatte Angelika kennengelernt und Isolde Justus, und so lebten sie nun ein neues Leben, einander in Freundschaft verbunden, denn aus dem alten blieben schließlich viele gemeinsame Erinnerungen und Erlebnisse, viele Weißt-du-nochs. Und natürlich auch Erinnerungen an gemeinsame Katzen, und so rief Robert ab und zu an und fragte: »Na, ist er aufgetaucht?«

»Nein«, sagte Isolde. »Ich weiß gar nicht, ob er noch lebt. Jeder will ihn mal gesehen haben, aber keiner ist sich wirklich sicher, ob er es auch tatsächlich war. Weißt du, hier laufen inzwischen viele Katzen mit einer weißen Pfote herum!«

Robert lachte. »Das kann ich mir vorstellen«, sagte er, »die hat er Kindern und Kindeskindern vererbt.« Und Isolde erzählte von Elsa, und Robert sagte: »Dann wirst du ja bald wieder eine Katze haben, das freut mich, zu dir gehören Katzen, Isolde«, und er erzählte, dass Angelika eine Katzenallergie hätte, und Isolde grinste: Das geschieht dir recht, dachte sie.

Bei der Hochzeit war sie tatsächlich die Trauzeugin, im Standesamt und in der Kirche. Sie saß vorn bei der Familie, hatte sich schön gemacht, trug den Hut mit den Rosen und sah Danilo aufmunternd an, der sehr viel zaghafter in diese Ehe ging als Clara, die alles fest im Griff hatte und im gerafften langen weißen Kleid hin und her lief und den Kellnern und Köchen Anweisungen gab, während Danilo am Tisch, an der langen Hochzeitstafel im Ristorante Paradiso sitzend, mit seinem Bruder telefonierte, der nur fünf Plätze weiter weg saß, aber sie hatten beide neue Handys und mussten ausprobieren, wie die funktionierten. Auch andere junge Männer und Onkels und Cousins holten ihre iPhones und Handys heraus, ließen es klingeln, verglichen Klingeltöne, zeigten sich Fotos, telefonierten laut schreiend miteinander oder schickten sich SMS, die Frauen tippten sich mit dem Zeigefinger an die Stirn: Tutti scemi, una gabbia di matti – lauter Verrückte, ein Narrenhaus.

Es wurde sehr viel gegessen, noch mehr getrunken, und

dann wurde die Hochzeitstorte aus einem Nebenzimmer hereingefahren, auf einem Servierwagen.

Das heißt: Sie sollte hereingefahren werden, aber plötzlich ertönten spitze Schreie, Flüche, und dann erschien Claras Mutter weinend im Zimmer und rief: »La torta! La torta! Maledetto!« Und alle liefen hin, um das Elend zu besichtigen:

Irgendjemand war über die Hochzeitstorte hergefallen, hatte unten angefangen, Biskuit und Sahne wegzufressen, dann war das ganze hohe Tortengebäude samt Hochzeitspaar aus Zuckerguss auf der Spitze zusammengestürzt. Man sah Pfotenspuren in der Glasur, und das, was einmal eine Hochzeitstorte gewesen war, lag als süßer Trümmerhaufen auf, unter und neben dem Servierwagen.

Alle empörten sich, Clara brach in Tränen aus und schrie: »Meine Torte! Meine Torte!« Danilo trank einen großen Schnaps, jemand versuchte, auf einer Platte zu retten, was zu retten war, und die Großmutter bekreuzigte sich und sagte: »Un brutto segno, molto brutto!« Ein ganz, ganz schlechtes Zeichen … Nur Isolde starrte stumm und mit Herzklopfen auf dieses Werk der Zerstörung und dachte daran, wie sie einmal in Köln eine Buttercremetorte für den Geburtstag ihrer Freundin Leonie gebacken hatte und wie sie die völlig zermatschte und zerstörte Torte auf dem Fensterbrett gefunden hatte und einen Nero sah, der noch dicker als sonst wirkte, im Sessel schnarchte und im Bart eindeutig Buttercremespuren hatte.

Nachdem man sich beruhigt und zwei kleine Obstkuchen herangeschafft und den Kaffee herumgereicht hatte, wurden Reden gehalten, auch Isolde wünschte dem Paar mit erhobenem Glas in holprigem Italienisch Glück. Und sie dachte an Justus, der sie beinahe täglich am Telefon fragte: »Ist denn noch Liebe da?« Und sie wusste nicht, ob noch Liebe da war oder ob es genug Liebe war, wie er sich das eben so vorstellte, und wann Liebe denn eigentlich genug war. Ach.

Und sie hob lächelnd das Glas auf die Jungvermählten und küsste beide und wünschte alles Glück der Welt, und das wünschte sie ihnen wirklich, wenn sie auch nicht daran glaubte.

Romeo bellte und war nur still, wenn jemand ein Stück Schinken oder Wurst vom Tisch zu ihm hinunterwarf, und fast konnte man zusehen, wie er stündlich dicker wurde.

In der Nacht torkelte Isolde betrunken und melancholisch nach Hause, die Schuhe mit den hohen Absätzen in der Hand, und als sie sich ihrem Haus näherte, hörte sie ein Rascheln und sah einen Schatten – etwas sprang auf und lief weg. Vielleicht war es Elsa gewesen – das Tellerchen, das Isolde gefüllt hingestellt hatte, war jedenfalls leer.

Aber kann eine schmale Elsa so laut rascheln und so einen großen Schatten werfen?

Isolde schloss auf und ließ die Tür weit offen stehen, hörte noch ein bisschen Musik, trank ein letztes Glas Wein und sah auf den See, auf den Himmel voller Sterne und hatte wieder dieses irritierende Gefühl, genau in der Mitte zwischen Glück und Unglück zu sein. Zu schweben, in einem seltsamen, nicht benennbaren Zustand. Etwas würde sich verändern, das spürte sie ganz deutlich.

Das Telefon klingelte, und sie dachte: Ja, es ist noch Liebe da, und ging nicht dran. Sie mochte jetzt nicht reden, sie hatte den ganzen Tag geredet, und die Worte waren ihr ausgegangen.

In der Nacht lag sie bei weit geöffnetem Fenster lange wach und ließ die Gedanken einfach so wandern – zu Clara und Danilo und ihrem neuen Eheleben, zu Robert und seiner Freundin, zu Justus und seinem Klavier, und immer wieder war ihr, als hörte sie im Garten ein Rauschen und Rascheln, und einmal maunzte auch jemand, etwas, ein Jemand, ein Etwas, es maunzte jedenfalls. Sie fühlte sich gut und wohl und sicher und hatte das Gefühl, als würde irgendwann bald etwas Schönes passieren.

Und tatsächlich, etwas wirklich Schönes passierte schon am nächsten Tag.

Isolde stand in der Küche und kochte sich eine Gemüsesuppe, als auf spitzen Pfoten, sehr langsam, sehr vorsichtig, den Blick starr auf sie gerichtet, Elsa durch die offene Tür in die Küche kam. Immer näher. Dann setzte sie sich einen Meter von Isolde entfernt auf den Küchenboden, sperrte ihr Mäulchen auf und machte: »Mäh!«

»Mäh?«, fragte Isolde. »Bist du ein Schaf? Kannst du Fremdsprachen? Wie macht die brave Katze?«

Und Elsa antwortete: »Mau!«

»Das lass ich durchgehen«, sagte Isolde, »miau oder maunz wäre besser, aber mau ist auch in Ordnung. Was aber bedeutet mau, Elsa, meine Liebe?«

Und Elsa riss wieder das kleine rosa Mäulchen mit den spitzen weißen Zähnchen auf, ruderte mit einer Vorderpfote durch die Luft und krähte: »Maumau!«

»Maumau?«, fragte Isolde. »Willst du Karten spielen? Sollen wir tatsächlich Mau-Mau spielen, meinst du das?«

Elsa wurde ungeduldig, und Isolde hatte ihren Spaß daran, sie ein wenig hinzuhalten, sie in dieser Küche zu behalten, sich mit ihr zu unterhalten.

Elsa kam einen Schritt näher. »Maunz!«, sagte sie sehr laut und deutlich, und Isolde rief: »Ach so! Maunz! Maunz heißt in der Katzensprache Hunger, oder?«

Ihr war, als ob Elsa nickte. Sie kam noch ein Stück näher und rieb plötzlich ihren kleinen Kopf an Isoldes Bein. »Maunz maunz maunz«, machte sie und gurrte weich, und Isolde war glücklich und bewegte sich nur ganz langsam, füllte ein in der Nähe stehendes Tellerchen – ihr schönstes, das mit den Veilchen, eigentlich nicht für Katzen gedacht, aber es stand nun einmal nah – mit ein paar Stückchen von der Knackwurst, die sie sich gerade in ihre Suppe schnibbelte, und stellte den Veilchenteller ganz sachte neben ihre Füße. Elsa wich nicht zurück. Sie stand neben ihrem Fuß, fraß die Wursträdchen, schnurrte beim Fressen. Als sie fertig war, reckte sie sich und begann, sich umständlich zu putzen.

Isolde traute sich, sich wieder zu bewegen. Sie füllte ein Schälchen mit Wasser, stellte es an die Wand neben den Schrank, stellte den Veilchenteller mit noch drei Stückchen Wurst daneben und sagte:

»Das ist jetzt dein Plätzchen, Elsa.« Und Elsa schaute, machte sich lang, machte einen Buckel, stolzierte zum Teller, nahm im Vorübergehen die letzten drei Wurststückchen zu sich und stakste dann, als wäre sie schon immer hier gewesen, ins Wohnzimmer.

Da stand ein Sofa. Früher war es mal grün gewesen, jetzt war es rot, vor ein paar Jahren neu bezogen von Danilos Bruder Sebastiano. Es war dasselbe Sofa, auf das damals Nero mit seiner Rosa gesprungen war und signalisiert hatte: »Hier sind *wir* jetzt zu Hause, bitte nicht beim Schlafen stören!«

Nun war es rot, und nun war es die kleine graue Elsa, die hinaufsprang, ein paarmal die Steppe trat, wie Isolde das immer nannte, und sich dann drehte, einrollte, hinlegte und sofort, aber sofort einschlief. Robert hatte immer gesagt: »Das ist der Milchtritt, den machen kleine Katzen bei ihrer Mutter«, und Isolde hatte gesagt: »Nein, so treten Löwen die Steppe platt, ehe sie sich hinlegen.«

Wie auch immer, welcher Tritt es nun auch gewesen sein mochte: Elsa lag, Elsa schlief, Isolde hatte wieder eine Katze und liebte sie, sofort, von ganzem Herzen, wie man nur eine Katze lieben kann.

Und sie war sehr glücklich, aber Elsa zu streicheln traute sie sich noch nicht. Sie wollte nicht stören, und sie ging in die Küche zurück, füllte sich Suppe in einen Teller und aß die Suppe auf den Knien in dem Sessel, der dem Sofa gegenüberstand. Sie sah immerfort ihre Elsa an und dachte: Wir beide werden jetzt alt miteinander.

Danach ging sie ganz normal und nicht besonders leise im Haus umher, wusch ab, hängte Wäsche auf, machte den Fernseher an – Elsa lag da, blinzelte ab und zu, aber sie schlief, als hätte sie seit Monaten keinen Schlaf gefunden, und wahrscheinlich hatte sie auch noch nie so warm, sicher und ungestört irgendwo gelegen.

Und dann war alles, als wäre sie immer schon da gewesen. Von dem Moment an, an dem Elsa beschlossen hatte zu bleiben, blieb sie auch. An den ersten beiden Tagen musste vorsichtshalber die Türe noch offen stehen, damit sie bei seltsamen Geräuschen jederzeit fliehen konnte. Am dritten Tag hatte Isolde die alte Katzenklappe aktiviert, und Elsa begriff sofort, dass man hier ein und aus gehen konnte, wie und wann immer man wollte, und am dritten Tag streichelte Isolde sie auch zum ersten Mal richtig und lange und kraulte sie hinter den Ohren, als sie von ihrem Streifzug zurückkam.

»Elsa«, sagte sie, »du bist meine Elsa, du wohnst jetzt hier, du sollst es gut haben.« Elsa sah sie an, als wollte sie sagen: »In Ordnung, vielen Dank auch. Hauptsache, der Teller ist immer gefüllt, du bist ein nettes altes Mädchen, wir versuchen es mal miteinander.«

Und so war eigentlich alles in bester Ordnung, doch immer wenn Isolde sich ans Klavier setzte und spielte, stieß Elsa einen Klagelaut aus und verließ sofort das Zimmer. Das wäre nun nicht nötig gewesen, denn so schlecht spielte Isolde auch wieder nicht. Aber was will man machen, Katzen haben ihren eigenen Kopf, ihren eigenen Geschmack, und es war ganz offensichtlich, dass Elsa das Klavier hasste. Nero hatte es geliebt, so sehr, dass er selber oft genug auf den Tasten herumgelaufen war und abenteuerliche Töne erzeugt hatte, und seine Spezialität war gewesen, mitten in der Nacht mit allen vier Pfoten aufs Klavier zu springen, so dass das ganze Haus wach wurde. Er war ja auch mit Kagels Kater Karl damals in Köln eng befreundet gewesen, und zusammen waren sie oft zu Kagels Freude über das Klavier gelaufen, und Kagel, der ein berühmter Komponist war, hatte gerufen: »Schönberg! Schönberg!« Das war ein äußerst moderner Komponist gewesen.

Jetzt war Kagel tot, Karl war tot, Schönberg war schon sehr lange tot, und wo Nero war, wusste niemand, vielleicht war er auch längst tot. Und sie hatte nun eine Elsa, die das Klavier nicht mochte, dafür aber nicht so anspruchsvoll und unverschämt war, das hatte auch sein Gutes.

Am fünften Abend folgte Elsa Isolde ins Schlafzimmer, wartete einen Moment ab, sprang dann aufs Bett und schlief in dieser Nacht zum ersten Mal am Fußende. Das war also auch geschafft. Und von dieser Nacht an schlief Isolde wieder gut, fest und tief und ohne böse Träume, die sie hochschrecken und denken ließen: Was soll nur werden? Was soll nur werden?

Ja, was sollte schon werden, es war wieder eine Katze da. Da konnte ja gar nichts mehr passieren, und das Einkaufen machte für zwei auch wieder viel mehr Spaß als für einen allein. Isolde kaufte Hühnerleber und hackte sie klein, mischte Haferflocken darunter, kaufte Katzenkekse und Kaninchenhäppchen in Gelee, und Elsa wurde kräftiger, das Fell begann zu glänzen, sie bedankte sich ab und zu mit einer Maus auf der Küchenmatte, man kam gut miteinander aus.

Eines Tages hatte Isolde unbändigen Appetit auf Sauerkraut. Ja, sie war in Italien, nein, dort aß man kein Sauerkraut, ja, sie wollte die Speisen des Landes zubereiten und etwas italienischer und weniger deutsch werden, aber sie hatte nun mal aus Deutschland noch ein paar Dosen Sauerkraut mitgebracht, und sie liebte Sauerkraut, seit sie mal im Elsass gewesen war. Die Elsässer essen morgens, mittags und abends Sauerkraut, na, vielleicht nicht ganz so, aber doch sehr oft, und sie haben eine tolle Idee: In das heiße Sauerkraut auf der Platte stellen sie ein eiskaltes Piccolofläschchen mit Sekt oder Champagner, das sie vorher gut durchschütteln, und dann steht der kalte, geschüttelte Champagner in dem heißen Sauerkraut, und wenn man jetzt vorsichtig den Korken löst, macht es einen Knall und der Champagner spritzt weißschäumend heraus und fließt über das Sauerkraut, und das ist dann so lecker, also, das kann man sich überhaupt nicht vorstellen.

Isolde konnte es sich vorstellen, sie dachte schon den ganzen Tag an Sauerkraut, und ein gutes Mettwürstchen hatte sie auch noch im Haus. Also wurden Kartoffeln geschält, gestampft, mit Milch, Butter und Muskat zu einem köstlichen Kartoffelbrei verarbeitet, das Sauerkraut wurde mit Schweineschmalz erhitzt, obendrauf lag das Mettwürstchen, und als alles fertig war, kam es auf eine weiße Platte, und dann das Fläschchen Champagner mitten hinein –

»Elsa, Achtung!«, warnte Isolde, und knallbumms, der Korken schoss hoch, Elsa sauste in den Garten, der Champagner floss übers heiße Sauerkraut und Isolde lief das Wasser im Mund zusammen. Sie setzte sich und stand dann gleich noch einmal auf und ging in die Küche, denn es fehlte Senf. Senf musste sein zur Mettwurst, wo war denn der vermaledeite Senf? Sie suchte auf dem Gewürzregal, im Kühlschrank, schließlich fand sie ihn unten im Küchenschrank bei den Nudeln, wo er nicht hingehörte – dieser Haushalt war noch nicht perfekt. Der wird auch nie perfekt, dachte Isolde vergnügt, auf perfekt kann ich verzichten, Hauptsache, es ist immer genug Liebe da, um mit Justus zu reden! Und sie pfiff vergnügt vor sich hin, ging zurück zu ihrem Sauerkraut und – erstarrte.

Die Wurst war weg.

Das Sauerkraut stand da und dampfte, der Kartoffelbrei lockte goldgelb, aber die Wurst war weg. Man sah Spuren auf dem Tisch, auf dem Boden, Sauerkrautfäden, Fettflecken, die Spuren der Wurst verschwanden im Garten.

Elsa?

»Elsa!«, rief Isolde wütend, und Elsa sah furchtsam um die Ecke, furchtsam und wurstlos. Es war eindeutig: Elsa war das nicht gewesen. Aber wer dann? Wer kommt blitzschnell in ein Haus, bei dem die Tür zum Garten offen steht, nutzt den einzigen unbewachten Moment, ahnt, riecht, weiß: Da ist eine Wurst, und schnappt zu und hast – du – nicht – gesehen?

Isolde wusste sofort: Es kam nur einer für so eine Tat in Frage, nur einer, dem sie das auch verzeihen würde, dass ihr leckeres Essen nun so geschrumpft war …

Mit weichen Knien setzte sie sich an den Tisch, aß Sauerkraut und Kartoffelbrei ohne Wurst, trank ihr Bier, ließ die Tür nicht aus den Augen. Elsa kam auf leichten Pfoten wieder herein und sprang aufs Sofa, und mehr geschah nicht.

Mehr geschah zunächst nicht.

Die Wurst blieb, natürlich, verschwunden. Und ihr Verschwinden ließ sich nicht auf einen möglicherweise starken Windstoß zurückführen oder auf die Kinder von Mariagrazia, die ihr einen Streich spielen wollten, auch kein Eichhörnchen konnte es gewesen sein, und Zauberei schied definitiv aus. Es war …

Isolde dachte den Gedanken nicht zu Ende, machte sich an den Abwasch und putzte die Wurst- und Sauerkrautspuren von Tisch und Boden.

Dann setzte sie sich ans Klavier, um sich ein bisschen zu beruhigen, und spielte ein schönes kleines Stück von Schubert, das ihr inzwischen sogar ganz gut gelang. Umso empörender war es, dass Elsa sofort aufstand und das Zimmer verließ. Bei Schubert! Ihr war das alles Katzenmusik, unerträglich geradezu, und Isolde spielte mit leichter Wut weiter und versuchte sich an einem kleinen Rondo von Mozart, und sie probierte aus und blätterte in den Noten und spielte … und hatte auf einmal das Gefühl, jemand wäre hinter ihr. Jemand würde sie beobachten. Sie spürte es ganz deutlich, da war etwas, jemand, und bohrte ihr einen Blick in den Rücken, man spürt so was doch, oder?

Elsa konnte es nicht sein, die hatte das Haus vor einer guten Viertelstunde beleidigt verlassen, und meist stromerte sie dann so weit weg, dass sie das Klavier aber auch garantiert nicht mehr hören konnte.

Isolde spielte weiter und drehte sich dabei auf ihrem Klavierhocker ganz langsam um …

Da saß er.

Sie hörte auf zu spielen, ließ die Hände sinken, sie sah ihn an, und er sah sie an. Nero Corleone, wenn man es übersetzt, heißt es: Nero Löwenherz, Nero, der Mutige, der große Nero mit der weißen Pfote, die sich alles nahm, was sie wollte. Er war alt geworden. Sein Fell war zerzaust und nicht mehr so glänzend tiefschwarz wie früher, das linke Ohr zur Hälfte abgerissen. Aber seine Augen waren groß und grün und furchtlos wie eh und je, seine rechte Vorderpfote war weiß wie eh und je, und seine rosa Zunge leckte ums Mäulchen herum, die fette Wurst hatte Spuren im Bart hinterlassen. Er saß auf dem Teppich wie eine Statue und sah sie an. Isoldes Herz klopfte so laut, dass sie sicher war, er würde es hören, und dann wollte sie »Nero!« sagen, aber sie bekam keinen Ton heraus.

Nero begann, sich in aller Ruhe zu putzen. Die weiße Pfote fuhr übers Gesicht, immer wieder, er hielt die Augen fast geschlossen bei seiner Arbeit, aber sie sah genau, dass er sie anblinzelte.

»Nero, mein Herzallerliebster, wo warst du all die Jahre?«, flüsterte Isolde, und Nero dachte: Na, wo werde ich gewesen sein, im Himalaya? Auf den Balearen? Am Schwarzen Meer? Ich war hier in Italien, sie stellt ja immer noch so dusselige Fragen wie damals!

»Mein Nero«, sagte Isolde, und sie weinte.

Jetzt heult sie schon wieder!, dachte Nero. Ob sie noch so eine Wurst hat? Wenn nicht, ja, das wäre dann in der Tat ein Grund zum Heulen.

Und in diesem Moment kam Elsa herein. Sie sah Nero, blieb erschrocken stehen, ihr Fell sträubte sich, sie machte einen Buckel, riss das Maul auf und fauchte, so gefährlich sie konnte.

Nero sah sie ungerührt an. Ach die, dachte er, die kleine Graue, die hat sich hier wohl eingenistet? Tja, Fräuleinchen, jetzt heißt es teilen, der Meister ist zurück, und er putzte sich weiter, als wäre da nichts, als wäre nie etwas geschehen, als gäbe es keine Elsa, keine Isolde. Als wären nicht Jahre vergangen.

Wo ist ER eigentlich, dachte er. Wie hieß er noch, der lange Mann, der immer was zu meckern hatte, die Katze soll nicht ins Bett, die Katze wird am Tisch nicht gefüttert – gibt's den nicht mehr? Umso besser. Mit ihr allein werde ich spielend fertig, die konnte ich immer schon um die Pfote wickeln, sozusagen.

Elsa kam nicht näher. Ihr Fauchen ging in ein zorniges Grollen über, sie sang sozusagen das große Lied der Wut, und es hört sich beeindruckend an, wenn Katzen das tun. Es sind lang gezogene, laute Töne zwischen aaa, ooo und uuu, die schreckliche Klänge bilden, viel schrecklicher, dachte Isolde, als das, was ich da angeblich auf dem Klavier spiele. Und sie machte sich ein bisschen Sorgen, was jetzt wohl geschehen würde zwischen den beiden Katzen, dem jungen Mädchen und dem alten Kämpfer.

Nichts geschah. Elsa drohte, Nero putzte sich, und Isolde saß dumm da und spielte gar keine Rolle. Aber in ihrem Kopf rasten die Gedanken, etwa so:

Was mach ich jetzt, das ist mein Nero, mein Nero, mein Nero, ob er bleibt, er muss bleiben, was ist mit seinem Öhrchen passiert, was mach ich, wenn er Elsa vertreibt, Elsa muss auch bleiben, er ist alt geworden, ich bin auch alt geworden, ob er mich erkennt, ob das Zufall ist, ich muss Robert anrufen, ich muss Justus anrufen, ich muss überhaupt niemanden anrufen, ich muss hier sitzen und ihn ansehen und o du meine Güte, ich weiß gar nicht, was ich jetzt machen soll.

So ungefähr sah es in Isoldes Kopf aus. Und Elsa kam knurrend und heulend wie ein Hund langsam näher, mutig, mit gesträubtem Fell, mit Seitwärtsschritten, mit drohend hin- und herpeitschendem Schwanz. Nero ließ sich nicht beeindrucken.

Niedlich, die Kleine, dachte er. Hat Mut, sich mit mir anzulegen, ich muss ihr einmal zeigen, was eine Harke ist, und dann werden wir schon klarkommen. Und plötzlich machte Nero einen Satz auf Elsa zu, fauchte wie hundert Feuer speiende Vulkane, erhob die rechte weiße Vorderpfote gegen sie und ließ sie haarscharf neben ihrem Ohr niedersausen.

Elsa sprang erschrocken einen Schritt zurück, dann wieder vor, streckte ihr dünnes Beinchen aus und tafelte Nero eins auf die Nase. Er war verdutzt. Die Kleine wurde frech? Jetzt würde er aber …

Da stand Isolde auf. »Nein«, rief sie, »Schluss, aus, lasst es gut sein, ich dulde keinen Streit, hier ist Platz für beide, Elsa, stell dich nicht so an, und du, Nero, hast allen Grund, dich zu benehmen! Wo ist meine Wurst, he?!«

Da sieht die Frau mich jahrelang nicht, und dann fragt sie mich als Erstes nach ihrer Wurst, dachte Nero, ist das denn zu glauben?

Elsa hatte sich hingesetzt und maunzte kläglich. Nero sah sie an und hoffte, die Sache wäre erledigt. Dann drehte er sich um, ging zu Isolde, rieb sich einmal kurz an ihrem Bein – ihr blieb ja fast das Herz stehen! – und sprang dann mit einem Satz, als wäre nichts, als wären all die Jahre, die Trennung, die Wurst und eben der Streit nicht gewesen, auf das rote, ehemals grüne Sofa und legte sich hin auf seinen angestammten Platz.

Isolde war sprachlos, und das will etwas heißen, und auch Nero feixte: Tja, jetzt fällt ihr nichts mehr ein.

Elsa sah ratlos und jammervoll zu Isolde hoch, und Isolde bückte sich, nahm sie auf den Arm und streichelte sie.

»Ach, Elsa«, sagte sie, »wenn du wüsstest. Wenn du wüsstest, wer das ist und was ich mit dem schon alles erlebt habe. Mach dir keine Sorgen. Der will sich hier nur ins Nest setzen. Aber du bleibst da, das ist auch *dein* Zuhause, dafür werde ich sorgen, und wenn er dir was tut, dann …«

Dann fliegt er raus, wollte sie sagen, aber sie brachte es einfach nicht fertig.

Elsa schmiegte sich an sie, beruhigte sich, fing leise zu schnurren an und ließ Nero nicht aus den Augen. Isolde auch nicht. Nero tat, als ob er schliefe, hatte aber alles im Blick und dachte: Mädels, beruhigt euch. Der Chef ist da, und solange es genug zu essen gibt, haben wir alle kein Problem.

Aber ganz tief innen drin in seiner alten Katerseele, ganz verborgen tief hatte er ein seliges Gefühl von Nachhausekommen, von Ankommen, von Ruhe. Jetzt war es vorbei mit dem wilden Straßenkaterleben. Jetzt, das ahnte er, würde er eine ruhige Kugel schieben, Schluss mit den

Abenteuern, er war sesshaft geworden, er war zu den Anfängen zurückgekehrt, er war wieder da. Bei seiner Isolde. Die würde reichlich den Fressnapf füllen, und er müsste nie wieder stinkende Fischköpfe aus aufgerissenen Mülltüten fressen.

Am Abend rief Justus an.

»Ist noch Liebe da?«, fragte er als Erstes, und Isolde sagte: »Mehr, als du dir vorstellen kannst!«, und Justus freute sich. Und dann erzählte sie ihm von Nero, der auf dem Sofa lag, und von Elsa, die im Schlafzimmer unter dem Bett schmollte und nicht hervorkommen wollte, und sie war ganz aufgeregt und sagte: »Ich kann jetzt nicht telefonieren, ich muss ihn immerzu ansehen.«

»Du wirst doch«, sagte Justus vorwurfsvoll, »mit mir telefonieren und ihn dabei in Gottes Namen ansehen können, oder?«

»Nein«, sagte Isolde, »das kann ich eben nicht, denn wenn ich mit dir telefoniere, will ich dir zuhören und mich auf das, was du sagst, konzentrieren, und wenn ich ihn ansehe, will ich mich auf ihn konzentrieren«, und Justus sagte: »Aber der redet doch nicht?«, und Isolde antwortete: »Hast du eine Ahnung!« Denn sie hatte immer schon in Neros Kopf und Augen lesen können, was er dachte. Zumindest bildete sie sich das ein. Sie dachte, er würde denken: Die liebe Isolde! Das schöne warme Sofa! Die leckere Wurst! Da bin ich! Aber in Wirklichkeit dachte er, dass sie mit der Telefoniererei aufhören und sich lieber zu ihm setzen und ihn kraulen sollte, denn gekrault hatte ihn seit Jahren schon niemand mehr. Er hatte es nie zugelassen, aber jetzt, jetzt wollte er Isoldes Hand auf seinem Pelz spüren.

Und genau das geschah. Isolde beendete das Telefonat mit Justus, der sehr unzufrieden war mit dem kurzen Gespräch und argwöhnte, dass bestimmt nicht mehr genug Liebe da wäre. Sie setzte sich zu Nero und fing vorsichtig an, mit den Fingern sein Fell zu durchsuchen. Sie fand Flöhe, verschorfte Wunden, kleine Ästchen und Kletten und eine Zecke. Die Zecke drehte sie heraus, und er hielt still. Sie zupfte und glättete, streichelte und striegelte, untersuchte das zerzauste Ohr und schaute ihm sogar einmal kurz ins Maul – dazu braucht man einen besonderen Griff, und Nero ließ ihn zu.

Der Reißzahn links oben fehlte, der Rest sah noch gut aus, ein bisschen zu gelb vielleicht. Unter dem Fell fühlte sie Muskeln, aber er war nicht mehr so stattlich und gut gepolstert wie damals, wie denn auch, wenn er sich von Abfällen und auf Raubzügen ernähren musste. Aber er war da. Sie saßen nebeneinander wie ein altes Liebespaar, er schmiegte sich an sie, und sie war glücklich, dankbar, hatte es doch irgendwie immer schon gewusst und sagte: »Nero, mein Nero, da bist du ja wieder«, und er dachte: So, Ruhe jetzt, Nero muss ein kleines Nickerchen machen, du kannst ja inzwischen nachsehen, ob möglicherweise noch so eine Wurst da ist.

Und er schlief ein, Isoldes Hand auf seinem Pelz. So saßen sie lange, und irgendwann stand Isolde auf, reckte sich und ließ sich ein Bad ein. Als sie im warmen Wasser lag, Schaum bis zur Nase, kam Elsa herein und sprang geschickt auf den

Rand der Wanne. Mit großen Augen sah sie auf den Schaum, und Isolde wackelte ein bisschen mit den Zehen, und Elsa angelte danach, schlug den Schaum mit den Krallen, und Isolde musste aufpassen, dass diese scharfen Messerchen sie nicht trafen. Elsa hatte ganz offensichtlich Gleichgewicht und Lebensfreude wiedergefunden.

In der Nacht schlief Elsa wieder bei ihr auf dem Bett, Nero blieb im Wohnzimmer auf dem Sofa, und am nächsten Morgen fütterte sie Elsa in der Küche, Nero im Garten, und so ging auch das, beide fraßen friedlich, er aber doppelt so viel wie sie, natürlich. Tagsüber umkreisten sich die beiden, fauchten sich an, gingen sich aus dem Weg, beobachteten sich aber.

Am Abend kam Clara mit Romeo vorbei. Sie heulte und wollte erzählen, warum: Weil sie sich die Ehe nämlich irgendwie schöner vorgestellt hätte und weil sie mit dem Haushalt nicht klarkäme und weil Danilos Mutter in alles hineinredete und weil Danilo sagte, nur seine Mutter könne richtig Saltimbocca machen, ihre seien zäh und fade, und überhaupt – das alles wollte sie erzählen und Isolde ihr von der jungen Ehe tief enttäuschtes Herz ausschütten, aber dazu kam es nicht. Denn als Romeo, puschelig und dick und mit seiner nun wieder roten Schleife, ins Wohnzimmer getrottet kam, stürzten sich beide Katzen so einmütig auf ihn wie zwei böse große Jungs auf einen Neuen in der Klasse. Elsa flog von rechts herbei und tatzte ihm eine, Nero kam von links und rammte ihn, dass Romeo jaulend über den Holzboden flog, den Schwanz einkniff und heulte und bellte, alles zugleich. Beide Katzen stellten sich vor ihn, aufgeplustert, einträchtig nebeneinander, grollend, und Clara jammerte: »Mein Romeo! Deine Katzen bringen meinen Romeo um!«

Isolde klatschte in die Hände, verscheuchte die Katzen, beugte sich zu Romeo und wollte ihn beruhigen, aber er schnappte nach ihr, und sie zog rasch die Hand zurück.

»Ich gehe wieder«, schniefte Clara, »ich komme ohne Hund, die nächsten Tage, und vielleicht ist ja bis dahin auch alles wieder gut!« Und sie zog die Nase hoch und zeigte auf Nero und sagte: »Wer ist das denn? Den habe ich schon mal gesehen, da kam er beim Metzger raus mit einer ganzen Wurst im Maul.« Und dann heulte sie noch ein bisschen, und Isolde nahm sie in den Arm und sagte: »Das wird schon. Du wirst sehen, alles wird gut, er ist ein so lieber Junge, dein Danilo.«

»Er hat keinen Ehrgeiz!«, seufzte Clara, »und ihm schmeckt nicht, was ich koche.«

Das Erstere fand Isolde nicht so schlimm, das Zweite schon. Darüber würde man noch mal reden müssen, und sie beschloss, Clara den Trick mit dem Sauerkraut und dem Champagner zu verraten. Das würde ihrem Danilo schon schmecken.

Der Hund jaulte, zitterte und wollte unbedingt gehen, also gingen sie wieder, und auf dem Teppich saßen einträchtig zwei Katzen, eine kleine Graue und ein großer Schwarzer, knabberten gleichgültig an ihren Pfoten und dachten: Dem haben wir es aber ordentlich gegeben!

Und der eigene Streit war begraben.

In dieser Nacht geschah Folgendes: Isolde ging früh zu Bett und las noch in einem Buch mit einer Geschichte von einem Mann, der mittags zum Essen nach Hause kommt, und seine Frau erkennt ihn nicht, sein Hund beißt ihn, sein Sohn ruft: »Wer ist der fremde Onkel?«, und traurig geht er wieder, bis er an ein anderes Haus kommt, dem seinen ganz ähnlich, da schaut eine Frau zum Fenster raus und ruft: »Was trödelst du denn so, das Essen steht schon längst auf dem Tisch!« Er geht hinein, isst mit ihnen, der Sohn ist nett und zeigt ihm, was er gemalt hat, die Frau gefällt ihm auch, und dann klingelt es, und ein anderer Mann kommt und sagt: »Hallo, Marta, was gibt's denn zu essen?« Die Frau schreit: »Sie nennen mich nicht Marta, hinaus hier!« Und der Sohn fragt: »Wer ist der fremde Onkel?« Und da geht der erste Mann hinaus und gibt dem zweiten schnell seine eigene Adresse, da könnte es klappen, sagt er, versuchen Sie es mal.

Und der Mann geht weg, und Tage später sieht der erste Mann den zweiten glücklich in seinem früheren Haus bei seiner früheren Frau sitzen, und so weiß im Grunde niemand, wer er eigentlich ist, oder? Und alles ist auch genauso gut austauschbar. Wer hätte das gedacht.

Isolde klappte das Buch zu und wusste nicht, ob sie lachen oder sich gruseln sollte über diese Geschichte. Und sie fragte sich, ob das mit Nero alles nur ein Zufall war, ob er wirklich wusste, sich erinnerte, dass sie sie war, dass er bei ihr in Deutschland gelebt hatte, dass er in diesem Haus schon einmal gewesen war? Sie würde es nie erfahren.

Kurz ehe sie einschlief, fühlte sie etwas Leichtes am Fußende: Elsa war heraufgesprungen und kringelte sich auf ihrem Plätzchen zusammen.

Und als Isolde am nächsten Morgen aufwachte und irgendwie nicht richtig Luft bekam, da lag Nero neben ihrem Kopfkissen, die dicken Pfoten an ihr Gesicht geschmiegt, und schnarchte, wie früher Robert geschnarcht hatte, und Isolde dachte: Hört das denn nie auf!

Und sie war unaussprechlich froh, fühlte sich warm und kräftig und heiter und wusste, dass alles gut war, noch besser werden würde und dass wahrhaftig genug Liebe da war.

Um das zu kontrollieren, reiste Justus wieder an. Er hatte sie gefragt, ob nicht sie ihn besuchen wolle, aber Isolde musste entrüstet ablehnen: Wie denn, bei zwei zu fütternden Katzen? Also kam er, und Nero dachte: Der soll sich nur ja raushalten hier! Und er war nicht gewillt, sich von Justus (wer ist der fremde Onkel?) streicheln zu lassen. Elsa sprang ihm ohne Bedenken auf den Schoß, und Justus fand sie niedlich, hatte aber Nero gegenüber ein paar Bedenken.

In der Nacht lagen Justus und Isolde in Isoldes riesengroßem Bett, das genug Platz für drei hatte. Und zu dritt mit der kleinen Elsa am Fußende ging auch alles gut, bis Nero kam, mitten in der Nacht, frisch vom Mäusejagen. Er sang in der Küche ein Lied, einen Jagdgesang in schauerlichen Tönen, legte die tote Maus dann in einen Schuh von Justus (er sollte am Morgen genau drauftreten und sich furchtbar ekeln!) und sprang aufs Bett. Er quetschte sich zwischen Justus und Isolde, legte sich quer, und schließlich lag Justus ganz am linken Rand, jammernd, an der Decke ziehend, Isolde ganz rechts mit Elsa zwischen den Füßen, und in der Mitte, quer, lang ausgestreckt, Nero.

»Das geht gar nicht«, beschwerte sich Justus, und Nero dachte: Du siehst doch, dass es geht, du Trottel. Isolde sagte: »So ist er eben«, und Justus klagte: »Dann tu doch was.« »Da kann man nichts tun«, sagte Isolde, und Nero schnurrte. Justus schwieg beleidigt und schnaubte durch die Nase, und Isolde sagte beschwichtigend: »Wenigstens ist doch jetzt aber reichlich genug Liebe da, oder?«

»So kann ich nicht schlafen«, beklagte er sich.

»Ich fall gleich raus, liege ganz am Rand und habe kaum etwas von der Decke. Und von dir auch nicht.«

»Mein armer Schatz«, sagte Isolde, »pass auf, gleich wird alles besser.« Und er dachte, jetzt würde sie diesen großen scheußlichen Kater aus dem Bett und ganz und gar aus dem Schlafzimmer werfen, aber sie stand nur vorsichtig auf, um die Katzen nicht zu stören, ging aus dem Zimmer und kam nach fünf Minuten wieder.

»So«, sagte sie zu Justus, »das Bett im Gästezimmer ist bezogen, da kannst du ruhig schlafen, mach die Tür schön zu, dann kommen keine Katzen herein.«

Sie wusste, dass die Katzen sowieso bei ihr bleiben würden, und Justus stand auf, trottete wütend ins Gästezimmer, schmiss die Tür hinter sich zu und dachte: Aha. Dann ist also wahrscheinlich keine Liebe mehr da.

Zwei Tage später fuhr er wieder ab. Über diese neue Situation musste er erst nachdenken, und Nero sah seinem Auto nach und dachte: Fahr hin, du Wicht. Das ist meine Isolde, ein für alle Mal, und schmiegte sich an Isoldes Bein.

Und dann kündigte Robert sein Kommen an. Er wollte mal wieder nach dem Haus sehen, es gehörte schließlich immer noch ihnen beiden, er wollte Isolde wiedersehen, er wollte vor allem natürlich Nero sehen.

Isolde freute sich auf seinen Besuch, kaufte ein, machte alles schön und stellte Rosen aufs Klavier. Als Robert kam, saß Nero auf der Matte vor der Tür. Robert blieb stehen und zündete sich in aller Ruhe eine Pfeife an. Er rauchte nicht mehr Zigarre, sondern Pfeife, und Nero dachte: Das stinkt wenigstens nicht ganz so entsetzlich, und sah ihn stumm an. Würde er jetzt wieder aus dem Bett vertrieben? Gab es jetzt wieder keine Extrahäppchen?

Isolde stand in der Tür, mit verschränkten Armen, und betrachtete diese Begrüßung. Robert lachte sie an, hob die Hand zum Gruß, aber die eigentliche Begrüßung galt Nero, seinem alten Kater.

»Wo warst du so lange, du Schuft?«, fragte er. Nero dachte: Es reicht doch, dass ich jetzt da bin, oder? Und überhaupt, wo warst du denn, warum muss hier ein Justus kommen und nicht du?

Robert beugte sich hinunter. »Komm mal her zu mir«, sagte er ganz leise. Nero ließ sich eigentlich nie etwas befehlen, oder besser gesagt: Man konnte ihm befehlen, was immer man wollte, aber – da war er ganz Italiener: Mi entra di qui, mi esce di là – zum einen Ohr rein, zum andern raus, bitte sehr. Er befolgte keine Befehle. Er war selbst der Chef.

Aber als Robert, der graue Haare hatte und jetzt extra die

Pfeife aus dem Mund nahm und weglegte, den Koffer abstellte und beide Hände nach Nero ausstreckte, als Robert sagte: »Komm mal her zu mir«, da ging er zu ihm hin, legte seinen großen, zerzausten Kopf in Roberts warme Hände, machte die Augen zu und war durch und durch zufrieden.

Robert kraulte ihn und sagte sanft: »Du wunderbarer Kater, du«, und da wusste Nero: Auch mit dem würde man jetzt auskommen, und Isolde fragte: »Na, was macht deine Angelika mit der Katzenallergie?«, und Robert sagte: »Alles nicht so einfach, das.«

Dann kam er ins Haus und sie aßen Kartoffelbrei, Sauerkraut mit Champagner und frische Mettwürstchen, die Robert aus Osnabrück mitgebracht hatte, mitten in Italien aßen sie dieses schöne deutsche Essen, und für Elsa und Nero fiel auch was ab, und Robert fragte nach Justus, und Isolde sagte: »Ach, alles nicht so einfach, das.«

Robert blieb länger als zwei Tage. Zunächst im Gästezimmer. Es gab viel zu erzählen und zu erklären. Sie machten lange Spaziergänge, und wenn sie zurückkamen, saßen zwei Katzen nebeneinander vor der Tür. Das Leben hält doch immer Überraschungen bereit, oder?

Was gibt es noch zu berichten? Ach, höchstens, dass Elsa ein Jahr später drei Junge bekam, drei niedliche kleine Kätzchen, zwei davon grau, und das dritte, das war ein Kater: pechschwarz und mit einer weißen Pfote. Robert und Isolde nannten ihn Specchio, das heißt Spiegelbild, denn er war die getreue Abbildung von Nero.

Und nun reisten sie wieder, wie in alten Zeiten, mit fünf

Katzen im Auto zwischen Deutschland und Italien hin und her, es war rundum genug Liebe da, und eines Tages …

Aber das wäre wieder eine andere Geschichte, nämlich die von Specchio.

20. NEULICH IM HIMMEL

Alle denken, dass Gott ein langes weißes Nachthemd oder sowas Ähnliches trägt. Das stimmt nicht. Gott trägt Armani und eine Brille von Fielmann. Er sieht sehr elegant und müde aus, ein bisschen wie Charles Schumann, er trägt einen schwarzen Anzug, die Jacke liegt aber meist irgendwo auf einem Stuhl, er trägt ein weißes Hemd und schwarze Schuhe ohne Socken.

Dauernd klopft irgendwer ans Himmelstor. Manchmal mag Gott nicht mal selbst zur Tür gehen, um die Neuen zu begrüßen. Er weiß, sie wären enttäuscht von ihm. Dann bittet er Karl Marx, mal eben das lange weiße Nachthemd anzuziehen, das immer an einem goldenen Haken neben der Himmelspforte hängt, und sagt: »Karl, geh du. So wie du aussiehst, mit diesem schönen Bart, so wollen sie mich doch haben. Sag einfach nichts, keine Diskussionen bitte, lass sie nur herein.« Marx murrt: »Schon vergessen, ich bin Kommunist.« Dann lächelt Gott und sagt: »Karl, das sind wir doch letztlich alle, und im Grunde spielt das hier oben auch keine Rolle, nun geh mal und mach auf.«

»Du hast doch wahrlich genug Stellvertreter«, knurrt Marx, aber Gott winkt müde ab und sagt: »Meine Stellvertreter haben alle untereinander Krach, das bringt nichts, wenn die ans Himmelstor gehen in ihrem ganzen Prachtornat, so was will hier oben doch keiner sehen, und unter uns – *meine* Idee war das mit den ganzen Stellvertretern nie.« Dann seufzt Marx, denn wo Gott recht hat, hat er recht, und er geht die Neuen begrüßen, lauter fromme Katholiken, und die sind so froh, denn Gott sieht genauso aus, wie sie ihn sich immer gewünscht haben.

Wenn Marx wieder einen Schwung eingelassen hat, muss er in der Bar ordentlich einen kippen. Die Bar heißt »Elysium Eck«, Ernest Hemingway schießt jeden Abend die Lampen kaputt. Amy Winehouse steht in einem ihrer knappen Kleidchen, bei denen vorne der Busen und hinten der Hintern rausfällt, hinter der Theke.

Dorothy Parker, nur eins fünfzig groß, trägt einen Hut wie ein Wagenrad und lallt: »Noch ein Martini, und ich liege unter Leonard Bernstein«, aber Leonard Bernstein besäuft sich gerade mit dem Zwölftonmusiker Arnold Schönberg und sagt zu vorgerückter Stunde: »Come on, professor, play us a tune! Spiel uns nur ein einziges Mal eine schöne Melodie! Du kannst es doch, du willst nur nicht!« Schönberg wendet sich dann angewidert ab und hofft, dass Adorno noch auf ein Glas kommt. Aber Adorno schreibt gerade an die deutsche Journalistin Thea Dorn und dankt ihr, dass sie sich nach ihm benannt hat.

Überall sind Engel. Sie wurden 1971 alle von weißen oder hellblauen Nachthemden umgestellt auf Chanel-Kostüme. Das war, als Coco Chanel starb und entsetzt diese unvorteilhaften Engelsgewänder sah. In ihren Memoiren hatte sie es ja auch angekündigt: »Tod dem Tod! Halt fest am Leben! (Dabei bin ich äußerst neugierig, was die andere Seite anbetrifft. Ich werde ins Paradies gehen und echte Engel anziehen, nachdem ich mir auf Erden mit den andern Engeln die Hölle bereitet habe.)«

Nun tragen die Engel Chanel, Schultertaschen, Modeschmuck, und selbst Gott ist nicht unzufrieden, wenn er sie ansieht. Er sitzt in einem großen Salon, für alle immer erreichbar, es ist hell, Mozart giggelt mit Zopf und Seidenjäckchen am Klavier herum, und zu Füßen Gottes sitzt Bach, sie spielen Karten oder Schnippschnapp, und nur wenn Bach wieder Lob, Preis und Ehre anstimmen will, sagt Gott: »Lass gut sein, Wastel, und nimm doch auch mal diese Perücke ab«, aber das würde Bach niemals tun.

Händel dagegen hat die Perücke längst abgesetzt, er schwitzt, denn er kocht gefüllten Kapaun für Rossini, sie tauschen Rezepte aus: Tournedos à la Rossini gegen gefüllten Kapaun, beide tragen weiße Schürzen und singen Arien aus ihren schönsten Opern. Pavarotti singt mit, er trägt seinen alten schwarzen Anzug, der einzige, der ihm noch passt, und wedelt dazu mit dem weißen Tuch. Er hat gute Laune, denn heute morgen ist er auf dem Flur mit der Callas zusammengestoßen, die dramatisch geschminkt in ihrem blutverschmierten Kleid aus *Lucia di Lammermoor* durch den Flur tobte, ihn anrempelte und sich entschuldigte: »Oh! Ich habe Sie gar nicht bemerkt!« So etwas Schönes hatte ihm noch nie jemand gesagt.

Wenn Mozart das Klavier mal freigibt, kommt Glenn Gould in Mantel und Handschuhen und spielt die Goldbergvariationen einmal durch.

Das hören Bach und Gott gern, Karlheinz Stockhausen steht bei ihnen in einer Art Schüleruniform, er zappelt aufgeregt, will mitreden, mit glühenden Augen, er will mitspielen, aber Bach sagt streng: »Kinder bei Tisch, stumm wie der Fisch.«

Seit Christoph Schlingensief oben ist, hat Gott wenig Ruhe. Er muss immerzu diskutieren und sich anhören, dass Afrika Opernhäuser braucht. »Bau Opernhäuser, Mensch, Gott!« schreit Schlingensief, und Gott sagt: »Siehst du, da haben wir das ganze Dilemma: der da«, – er zeigt nach hinten auf Pierre Boulez – »der da sagt, reißt die Opernhäuser ab, du sagst, baut neue, wie ich entscheide, es ist immer falsch! Und überhaupt, kämm du dich doch mal.«

Schlingensief ist sehr enttäuscht von Gott, zerwuschelt sich seine Haare noch mehr und sucht nun Steve Jobs, der es besser machen wird, davon ist er überzeugt. Aber Steve Jobs wird noch lange im Raum der Stille bleiben, wo man sich ein paar Jahrzehnte ausruhen darf – Loriot liegt da, lächelnd neben Tabori, der inzwischen noch schöner geworden ist. Leonard Cohen singt ihnen leise sein *Halleluja*. Jobs trägt einen schwarzen Rollkragenpullover, Loriot einen perfekten beigefarbenen Anzug mit Weste und Einstecktuch, Tabori einen grauen Pullover, der mal teuer war, aber jetzt alt und löchrig und schlabbrig geworden ist, und Leonard Cohen ist, wie überall, auch hier der Schönste, natürlich mit Hut, halleluja.

Um Gott herum sind die, denen er am meisten gegeben hat – Leute wie Shakespeare, Leonardo, Michelangelo, Raffael, sie bieten prächtige Einblicke in die Mode quer durch die Jahrhunderte, und sie sind auch hier beschäftigt mit Malen, Bildhauern, Schreiben, Erfinden. Goethe sitzt im Reisekleid, immer aufbruchsbereit, am Schreibtisch und notiert alles, was er hört und sieht, im Hintergrund drücken sich sehnsüchtig Frauen an die Wände und weinen verliebt in kleine Tüchlein. Einstein spielt mit Rubiks Zauberwürfel herum und streckt Petrus die Zunge raus, Petrus trägt das lange Pilgergewand und den Bischofsstab und übersieht Einstein geflissentlich. Liz Taylor und Richard Burton schreien sich den ganzen Tag an und leeren riesige Whiskyflaschen.

Ab und zu geht Liz in eine dunkle Ecke, wo Michael Jackson in einem Phantasieanzug mit Hut, Handschuhen und Mundschutz still mit einer Eisenbahn spielt, und streichelt ihm über den Kopf. Dann ist Richard gerührt, und sie haben fünf Minuten Ruhe, bis ihnen die Leidenschaft wieder dazwischenkommt. Die Taylor trägt eine Menge echten Schmuck, der ordentlich funkelt und leuchtet, und Richard in seinem schäbigen Pullover denkt: »Das hab ich alles mal bezahlt, wozu?«

Der Himmel ist groß, überall gibt es Zimmer und Ecken, in denen man sich verkriechen kann. Andererseits – es ist auch vor allem in der Nähe des HERRN sehr voll, manchmal muss man schon suchen nach himmlischer Ruhe.

Über weitläufig verzweigte Gänge kommt man in viele verschiedene Räume, vorbei an einem Kämmerchen, in dem Sartre (ganz in Schwarz) und die Beauvoir (ganz in Bunt) sitzen und rauchen und schreiben, was das Zeug hält. Sie ist beleidigt, weil Gott sie gebeten hat, wenigstens im Himmel diese unseligen Turbane nicht zu tragen, und er ist beleidigt, weil Evelyn Hamann zu ihm gesagt hat: »Nehmen Sie doch mal die Maske ab!«

Manchmal hört man schon durch unbeschreibliches Getöse, wer da mit wem im Zimmer sitzt – zum Beispiel Verdi und Wagner an zwei Erard-Flügeln, gegeneinander anspielend. Verdi in seinem Bauernkittel, den er immer lieber trug als Frack und Zylinder, donnert die Ouvertüre zu *La forza del destino*, Wagner hält in Samtjacke mit Seidenfutter und mit einem Samtbarett auf dem Kopf verbissen dagegen, mit Tristanakkord und Siegfriedidyll, und sie haben seit hundertachtzehn Jahren noch kein einziges Wort miteinander gewechselt.

In der Ecke fechten Wolfgang und Wieland Wagner einen Boxkampf aus, Wieland liegt längst am Boden, Wolfgang drischt noch. Siegfried, der Vater, liegt unter Wagners Flügel und lutscht am Daumen. Er trägt nachtblauen Samt.

Sehr schön ist das Zimmer (ganz in rotem Plüsch) mit all den Künstlerfrauen, vor allem diesen zickigen, enttäuschten Dichter- und Musikergattinnen. Da möchte ich auch einst hin, denn in meinem Leben waren es immer wieder die Musiker, die mein Herz gebrochen, mich zu Tode geärgert oder zur Verzweiflung getrieben haben.

Hier ist Pauline Strauss, die hinter ihrem Richard herkeift, wenn er nur ihre Reichweite verlässt! Oder Elvira Bonturi, die unglückliche Signora Puccini, die ihr Leben lang betrogen und belogen wurde – er mietete einen Studenten an, der im Gartenhäuschen seine Melodien spielte, stundenlang und möglichst mit Fehlern und so schlecht wie der Maestro selbst, der währenddessen zur Jagd auf Mädchen oder Enten oder zum Kartenspiel ging, und abends sagte Elvira: »Heute hast du aber wunderbar gespielt, Giacomo!«, und er sagte: »Nicht wahr, meine Liebe.« Im Himmel war das übrigens genauso, sie mit dem Ohr an der Wand, er in der Hölle mit Alberto Franchetti und Jean Sibelius beim Pokern.

Aino Sibelius hat es aufgegeben, nach ihrem Mann zu suchen. Einmal war sie unten in der Pokerhölle, erbat Einlass, man wies sie ab. Sie ließ ihrem Mann einen Zettel zukommen, »Wann gedenkst du, mal wieder zu mir zu kommen?« Er schrieb zurück: »Was weiß denn ich, Liebste, ich bin doch Komponist, nicht Hellseher!«

Puccini konnte darüber sehr lachen, es wurde viel geraucht, da kann man keine Damen brauchen. Es ist eigentlich alles wie immer, nur noch langweiliger, aber man stirbt nicht mehr am Verrat oder gebrochenen Herzen, man hat das alles schon hinter sich.

Cosima Wagner repariert im Frauensalon Richards Samtjacken: Sie bezieht die Knöpfe in der Farbe des Futters, er besteht darauf, aber sie redet mit niemandem, immer in Schwarz, sie hat eine Art Sperrholzkasten um sich herumgebaut, in dem sie sitzt und grollt. Winifred, ihre Schwiegertochter, ist übrigens im Politikersaal, wo unglaublich schlechte Laune herrscht, und sie stickt Hakenkreuze in Küchentücher, die sie dem Führer schenken will, aber der Führer ist im ganzen Himmel nicht zu finden. Sie sehen, es ist alles fast so, wie wir es uns vorstellen.

Alma, die unselige, dicke, verblühte Mahler-Gropius-Werfel-Witwe, zählt ihre Perlen und säuft, zu ihren Füßen sitzt der Komponist Anton Bruckner und zählt mit, er hat ja schon zu Lebzeiten diesen Wahn gehabt, alles zählen zu müssen. »Kannst du ihn nicht davon mal befreien, Herr?«, hat Bach Gott gefragt, aber Gott hat nur geseufzt: »Lass ihn, Wastel. Es macht ihn glücklich, und sonst schreibt er mir nur noch so ein Te Deum. Lieber zählt er doch Perlen, nicht wahr?«

Es ist nicht alles schön im Himmel, glauben Sie mir. Clara Schumann sitzt am Fenster und weint, im Flur läuft Brahms mit seiner Zigarre auf und ab, qualmt alles voll und sucht nach ihr. Robert Schumann ist auf der Krankenstation, liegt neben van Gogh und Katherine Mansfield, die immer nur hustet.

Auch Thomas Mann ist hier immer mal wieder, Verdauungsbeschwerden, und Proust, Asthma. Die Stimmung ist gedrückt.

Endlich dann ein Zimmer mit Gelächter: Hier haben sich all die Selbstmörder versammelt und fühlen sich verstanden und sind glücklich miteinander, Kleist, die Günderrode, Sylvia Plath, Anne Sexton, Virginia Woolf, David Foster Wallace, Cleopatra und Majakowski, in diesem Zimmer ist die beste Stimmung, und ich bedauerte, mich wegen dieses rumänischen Betrügers von einem Musiker nicht doch umgebracht zu haben – wie gern hätte ich in diese Runde gepasst! Coco Chanel hat gesagt: »Jede Frau muss einmal in ihrem Leben einen Rumänen gehabt haben.« Ja, der slawische Charme – ich rate aber dringend ab. In diesem Selbstmörderzimmer sind Frauen, denen genau das passiert ist – großer Irrtum. Hier nehmen sie nur ihresgleichen, durchgehalten zu haben zählt hier als Makel. Auch Katia Mann ist hier, sie will endlich Ruhe haben vor ihrem Thomas und liest heimlich ein Buch seines Bruders Heinrich. Hier vermutet sie niemand, dabei sind in diesem Zimmer so viele Angehörige der Familie Mann, auch Klaus, ihr Sohn.

Am Anfang suchen wir alle das Gespräch mit Gott, ich auch. Es gibt ja so viele Fragen, es gibt so viele Tränen, ja, und diese dumme Kinderseligkeit: Lieber Gott, bitte mach …

Er macht gar nichts. Er hört sich alles an: »Warum ich?« – »Wo warst du, Herr?« – »Warum jetzt?« Hört alles, müde den Kopf neigend, und sagt: »Aber man weiß doch, dass meine Wege unergründlich sind, auch für mich selbst.« Gelächter ertönt von links, wo Emile M(ensch) Cioran auf den Gipfeln der Verzweiflung hockt, und Nietzsche schreit: »Du bist doch sowieso tot!«

Was soll man da antworten.

Als ich Gott für einen Augenblick ganz allein treffe, er bürstet sich gerade ein paar Engelsfedern von seinem Armani-Jackett, da bitte ich ihn: Ich will wieder runter. Ich bin noch nicht so weit, kann ich eine zweite Chance haben?

Lass die Finger von den Musikern, lächelt er, sonst bist du bald wieder hier und landest dann im Selbstmörderzimmer.

Als ich aufwache, zuhause, in meinem Bett, in meinem holländischen Nachthemd, denke ich: Das Selbstmörderzimmer ist nicht das Schlechteste. Da war wenigstens gute Stimmung, denn die haben alles richtig gemacht: Den Zeitpunkt selbst bestimmt. Darüber denke ich noch mal gut nach. Fürs nächste Mal, wenn mir wieder einer das Herz bricht.

Diese ganzen Bombenleger, die mit tausend Jungfrauen belohnt werden sollen, die sind übrigens nirgends zu sehen, beruhigend. Es gibt wohl auch nicht genug Jungfrauen.

21. SUSAN IN KENZO

Ich saß mit dem wunderbaren Schriftsteller T. C. Boyle in einem dieser großen, lauten Kölner Brauhäuser, wo man Bier aus Reagenzgläsern trinkt, davon dann aber Unmengen und das sehr schnell, und dazu isst man eine fettige Wurst, die einen halben Meter lang ist, und dann ist einem drei Tage schlecht, aber es war ein schöner Abend. Mit T. C. Boyle ist alles schön. Er ist klug, er ist freundlich, er ist einer der letzten Rocker der Literatur, und wir hatten eine Menge Spaß mit meinem schlechten Englisch. Ich bin nicht gut in Interviews oder in Konversation auf Englisch, aber nach zwölf Jahren Plattenauflegen bei SWF3 kann ich alle Texte von allen großen Popsongs und sage mühelos Sätze wie: *»I don't need a weatherman to know which way the wind is blowing«* oder *»Lord there's still so many lonely girls in this best of all possible worlds.«* Boyle, der die langen dünnen Haare irgendwie auf seinem Kopf zusammenwurschtelt, konnte besonders lachen über *»Take the ribbon from your hair, shake it loose and let it fall«*, und als er mir aus Versehen ein Bier über die Hose kippte und ich lässig sagte *»Well. It takes more than that to bring me down«*, da war die Stimmung prächtig, obwohl ich beim Interview mit ihm vorher ein paarmal den vollbesetzten Saal fragen musste: »Was heißt

Bedeutung auf Englisch?«, »Was heißt Absicht?«, und sie haben mir die englischen Worte zugerufen, meaning! intentions! und mich nicht für eine Idiotin gehalten, denn etwas nicht zu können ist manchmal sympathischer, als mit zu viel Brillanz zu protzen. Aber das hätte ich wirklich wissen können, Absicht: *»I'm just a soul whose intentions are good, oh Lord, please, don't let me be misunderstood«*, The Animals, sag das doch gleich.

So, well, whatever, nebenan in der kleineren, etwas abgeschotteten Stube saß von Anbetern umgeben die göttliche Susan Sontag, die Greta Garbo der Intellektuellen, die Unerreichte. Ein Literaturfest in der Stadt, die Großen waren angereist, und ich schwärmte schon mein Leben lang für Susan Sontag, fand sie so schön, so gescheit, so umwerfend, ich hatte bis auf ihren neuesten Roman alles, alles von ihr gelesen, und ich wollte nur einmal Susan Sontag guten Tag sagen, weiß der Himmel, warum, ich wollte, dass Susan Sontag wusste, dass es mich gibt.

»I want to see Susan«, sagte ich zu T. C.Boyle und er zog die Augenbrauen hoch und grinste. *»Good luck«*, sagte er, *»I suppose you will be back in less than ten minutes«*, in weniger als zehn Minuten wirst du zurück sein. »Warum?«, fragte ich, und er grinste und rollte die Augen.

Ich ging nach nebenan, furchtsam, aber selig: Susan Sontag! Da saß sie, umgeben von Bewunderern, sie hielt Hof und sie sah umwerfend aus mit ihrer schwarzen Mähne und der einen weißen Strähne darin, boah, Wahnsinn, da saß sie wirklich, in ein dramatisch gefälteltes Seidengewand von Kenzo gehüllt, ein Kragen wie eine viktorianische Königin, was für eine Erscheinung!

»There comes Elke«, schrie irgendwer und erklärte, Elke ist wichtig, Elke schreibt Kritiken, Elke macht eine große Büchersendung, und verstieg sich, das wird ja immer gern genommen, zu der Behauptung: *»She is kind of a female pope of Literature.«* Jaja. Susan Sontag sah mich nach so viel Unfug müde spöttisch an, neben ihr wurde sofort ein Platz freigeräumt und ich saß neben Susan Sontag, der klügsten, der schönsten, der – *»Well?«*, sagte sie und sah mich fragend an, ich war dran und stammelte in meinem beschissenen Englisch irgendwas von: Ich hätte ihren neuen Roman noch nicht gelesen, aber alle ihre anderen Bücher, und ich würde jetzt nach Italien fahren, *without work*, ohne Arbeit, *just for fun*, und da würde ich ihren Roman dann lesen.

Susan Sontag sah mich an mit dem eisigen Charme einer Outdoor-Edge-Wildaufbrechzange, mit der man geschossene Rehe aufknackt, und sagte mit tiefer Stimme: *»Well, but you know: Work is more fun than fun«*, und dann wandte sie sich sofort dem wichtigen Nachbarn zu ihrer Linken wieder zu, einem Lektor mit Bubengesicht und roten Aufregungsflecken im Gesicht. Sie drehte sich demonstrativ weg von mir, und die dramatische Kenzorobe aus grauer und orangefarbener Seide raschelte, ich war unsichtbar und stand auf und ging zurück ins Nebenzimmer.

T. C. Boyle lachte laut und schlug auf den Tisch. *»Less than ten minutes«*, sagte er, weniger als zehn Minuten, er habe es vorhergesagt, und er ließ schnell noch ein paar Kölsch kommen. *»It takes more than that to bring me down«*, sagte ich tapfer, und er sang: *»Baby, you can drive my car.«* *»Beep-beep-'n beep beep* *yeah*«, machte ich, und wir lachten, dass wir fast vom Stuhl fielen.

Den Roman von Susan in Kenzo habe ich übrigens dann nie mehr gelesen. Hat sich irgendwie nicht ergeben.

22. KURZE HOSEN

Sie spürte, dass etwas nicht stimmte. Er fuhr ein bisschen zu oft nach Wien. Er hatte ein bisschen zu lange dort zu tun, jedes Mal, und er kam ein bisschen zu aufgekratzt zurück. Unbegreiflich, dass Männer immer noch denken, Frauen merkten so etwas nicht. Sie merken es genau, längst ehe sie eine verräterische Hotelrechnung finden, und man muss auch nicht einen besonderen Duft wahrnehmen oder, noch alberner, Lippenstift am Kragen. Man merkt es daran, wie er sich verhält, und dann muss man ihn nur noch darauf ansprechen, und die meisten sind nicht raffiniert genug, dann noch zu leugnen. Sie sagen: »Ja, aber es ist nicht so, wie du denkst.«

Na klar.

Sie fragte ihn am Telefon danach, er war in Wien, er rief sie am Morgen an und sagte: »Ich bin gestern nicht mehr dazu gekommen …« Und sie sagte: »Du hast jemanden in Wien, ich weiß es, gib's zu.« Und er sagte: »Ja, aber es ist nicht so, wie …«

Sie legte auf und dachte nach. War ihre Beziehung rettungslos zerrüttet? Nein. Wollte sie mit ihm zusammenbleiben? Ja. Traute sie ihm Fremdgehen zu? Aber ja. Glaubte sie, dass das wieder vorbeiging mit der Tante da in Wien? Das weiß man nicht so genau, aber eigentlich dachte sie: Ja. Er wollte halt noch mal ausbrechen, ehe sie beide – und das war so geplant – in ruhigeres Fahrwasser, in eine Ehe steuern würden, die Eigentumswohnung war ja schon gekauft.

Was jetzt tun? Er schickte eine SMS. »Ich komme sofort zurück, ich bin ein Idiot, alles wird gut, ich liebe dich.«

Was man so schreibt.

Sie hatte jetzt die Wahl. Sich heulend ins Bett legen – nicht ihre Art; den Koffer packen und ein paar Tage mit unbekanntem Ziel – Mutter, Freundin, Hotel – verschwinden; zu mühsam. *Er* sollte ja leiden, nicht *sie*. Eine Szene mit Geschrei und Tränen? Lächerlich. Männer sind eben solche hirn- und verantwortungslosen Wesen, die lassen sich auf derartige Kindereien ein, und wie Kinder muss man sie dann auch bestrafen.

Jetzt wusste sie, was zu tun war.

Sie nahm eine Schere und schnitt bei all seinen Anzügen, den teuren schwarzen, den leichten grauen, dem weißen Sommeranzug, bei wirklich allen (auch bei seinem neuen, sündteuren Smoking) die Hosen kurz über dem Knie ab. Die Stoffreste brachte sie in den Müll, die Hosen hängte sie wieder auf die Bügel, die Jacken schön darüber, ach, und wenn sie schon mal dabei war, schnitt sie auch seine Jeans und die beiden schwarzen Cordhosen ab. Über dem Knie. Er hatte nun keine einzige lange Hose mehr. Gut so für ein solches Kind.

Er hat es verstanden. Das mit Wien war vorbei. Sie haben geheiratet. Er hat neue Anzüge, und er hat viele alte Jacketts ohne passende Hose.

23. PFLAUMENKERN

Als du zum letzten Mal bei mir warst, es war Juli, wir saßen im Garten und aßen Pflaumen, große, dunkelblaue, süße Pflaumen aus einer Schüssel mit Rosenmuster, für die Kerne hatten wir einen weißen Teller. Ich wusste noch nicht, dass es ein Abschied für immer würde, erst mal war es nur einer für drei Monate, du musstest reisen. Heute, wo ich weiß, dass du von dieser Reise nie zurückgekehrt bist, sehe ich alles ganz klar schon vorgezeichnet: Du so melancholisch, still, ich aufgekratzt, wollte dir die Stunden vor der Abreise schön machen, wir hatten gegessen, Wein getrunken, wir warteten auf dein Taxi und aßen diese süßen Pflaumen. Ich trug ein Kleid mit Veilchenmuster, du einen leichten Anzug und ein weißes Hemd, die Ärmel aufgekrempelt, die Jacke über dem Stuhl. Du nahmst sie, als das Taxi kam, du nahmst den Koffer, du legtest den letzten Pflaumenkern nicht auf den Teller, sondern vor dich auf den Tisch.

Wir umarmten uns, ich sog deinen Geruch tief ein, du gingst allein zum Gartentor, den Koffer in der Hand, die Jacke über der Schulter. Es war der traurigste Moment in meinem Leben, ohne dass ich wusste, warum – es war doch nur – nein. Es war ein Abschied für immer. Ich wusste da noch nicht, dass ich mich nie davon erholen würde, von diesem Moment, als du in das Taxi stiegst, die Tür fiel zu, du fuhrst ab – ich zitterte und atmete nicht mehr und rannte zurück in den Garten, setzte mich auf den Stuhl, auf dem du eben noch – ich konnte – nicht mehr atmen – ich –

Ich sah den Pflaumenkern. Ich steckte deinen letzten Pflaumenkern in den Mund, ich schmeckte dich, ich war kurz gerettet. Ich habe wochenlang diesen Pflaumenkern gelutscht, ich hatte ihn immer bei mir, und wenn keiner hinsah, wenn ich allein war, wenn Essen oder Gespräche vorüber waren, steckte ich ihn in den Mund und war bei dir.

Irgendwann, nach einem Jahr, habe ich ihn in einen kleinen Topf in Erde gesteckt, gehütet, gegossen, es wuchs kein neuer Baum daraus. Wahrscheinlich hatte ich schon alles aus ihm herausgesaugt, was an Leben in ihm war.

Und du kamst nie wieder. Das Kleid mit dem Veilchenmuster habe ich nicht mehr tragen können. Aber es hängt noch hier. Und wenn ich Pflaumen esse, muss ich – manchmal – weinen. Das erkläre ich dann schnell mit einer Allergie.

24. TRACHTENMODE

Eine Gruppe deutscher Dokumentarfilmer fuhr gegen Abend mit ihrem Jeep durch den Nationalpark. Sie kamen aus München, drei Männer und eine Frau. Sie wollten in Australien Tierfilme drehen und waren gerade erst angekommen, es war ihre erste Erkundungsfahrt, nur die Koffer hatten sie in der Übernachtungsstation am Rande des Parks zurückgelassen. Als einige Kängurus ihren Weg kreuzten, hielten sie an, um ein paar erste Fotos zu machen. Eines der Kängurus, mittelgroß, nicht scheu, begleitete sie bei der Weiterfahrt, hüpfte mal vor, mal neben dem Wagen her, und einer der Dokumentarfilmer holte seine Kamera heraus und filmte es bei seinen grotesken Sprüngen.

Dabei muss der Fahrer des Jeeps für einen Moment nicht aufgepasst und das Tier unglücklich gestreift haben – es stürzte jedenfalls plötzlich zu Boden und blieb regungslos liegen.

Die Filmer hielten den Wagen an und stiegen entsetzt aus. Das Tier lag da und rührte sich nicht, Blut war aber nirgends zu sehen. Sie zogen das Känguru vorsichtig zur Seite und lehnten es an einen Baum, wie man es vielleicht mit einem bewusstlosen Menschen getan hätte. Es war schwer und fühlte sich hart und knochig an. Sein Fell war fettig und roch nicht gut. Das Tier rührte sich nicht, nicht einmal Atem war festzustellen.

Die Dokumentarfilmer waren sehr erschrocken und wussten nicht, wie sie sich jetzt verhalten sollten. Der mit der Kamera filmte, denn auch das war ein Bild, ein wie schlafend am Baum lehnendes Känguru, und man überlegte, ob man Hilfe holen sollte. Schließlich fuhren die Frau und einer der Männer mit dem Jeep zum Lager zurück, der Kameramann und sein bayerischer Freund Waldi blieben bei dem noch immer reglosen Tier.

Warum Waldi seine Trachtenlederjacke mit den grünen Eichenlaubaufschlägen aus- und sie dem Känguru anzog, wusste später niemand mehr zu sagen – ein nur mäßig geschmackvoller Scherz. Auch setzte er dem stummen Tier seinen Sepplhut mit Gamsbart auf, und der Kameramann hielt alles im Bild fest. Es muss der Übermut dieses ersten Abends nach der langen Reise gewesen sein, der sie antrieb.

Sie waren von dem seltsam stillen Tier, das nun mit Trachtenjacke und Sepplhut unbeweglich am Eukalyptusbaum lehnte, zurückgetreten und filmten und lachten, als sich das Känguru auf einmal regte. Es tat einen tiefen Schnaufer, erwachte aus seiner Benommenheit und richtete sich groß auf. Noch ehe die beiden Männer angesichts der mächtigen Hinterbeine und des starken Schwanzes nun doch furchtsam etwas zurücktreten konnten, rannte das Tier mit einer Geschwindigkeit ins Unterholz davon, die ihm niemand zugetraut hätte.

Die beiden Männer lachten nicht mehr. Sie sahen das Känguru in der Ferne verschwinden. In der Jacke waren alle vier Flugtickets, Waldis Reisepass und seine sämtlichen Papiere, sein Führerschein, seine Kreditkarten und die Travellerchecks sowie eine alte, von seinem Großvater ererbte Schnupftabakdose, die auf dem emaillierten Deckel die Abbildung eines rotwangigen Mönchs zeigte und die den guten »Schmölzl Schnupftabak« enthielt.

Man wartet nun in Melbourne darauf, dass vielleicht ein schnupfendes Känguru in Trachtenmode mit Sepplhut auftaucht, um jodelnd nach München einzuchecken.

25. BRÜDER I

Immer wieder war ich in Brüder verliebt. Meist lernte ich zuerst den Jüngsten kennen, den mir im Alter nächsten, und wir blödelten herum und alberten im Schwimmbad, wo dann der Ältere auftauchte, mit dem ich tanzen und ins Kino gehen konnte. Viermal ist mir das passiert, viermal habe ich für Kräche unter Brüdern gesorgt, aber das fünfte Mal war es am verrücktesten. Ich hatte mich in einen schönen Abiturienten verliebt, älter als ich, wir waren ein paar Wochen zusammen, aber er musste so viel fürs Abitur lernen, und eines Tages überreichte mir ein noch schönerer Jüngerer einen Zettel: »Mein Bruder muss lernen.« Und ich verliebte mich auf der Stelle in den noch schöneren Jüngeren. Als wir ein paar Monate und viele Küsse zusammen waren, beide siebzehn, nahm er mich mit zu sich nach Hause. Und da lernte ich den dritten Bruder kennen, den ältesten. Er studierte Medizin, nahm mich mit auf die frivolen Medizinerbälle und brachte mir einiges an Anatomie bei, was ich noch nicht wusste.

Mein Leben lang war ich leicht entflammbar, ein Erbe meines Vaters. Noch immer aber träume ich nachts von diesen drei wunderbaren Brüdern, möchte sie wiedertreffen, wissen, was aus ihnen geworden ist, heute nähme ich jeden von ihnen und wäre – vielleicht – treu.

26. BRÜDER II

Meine Lieblingsbrüder sind Thanatos und Hypnos. Sie sind überwiegend nachts unterwegs.

Hypnos bringt den Schlaf, Thanatos den Tod, und der Sohn des Hypnos, Morpheus, ist auch oft mit dabei, er bringt die Träume. Morpheus kann die Züge derer annehmen, die wir lieben, die wir vermissen, verloren haben. Im Schlaf glauben wir sie zu umarmen, aber wir umarmen nur Luft.

Aristoteles hatte Angst vorm Schlaf, denn er konnte ihn trotz seines scharfen Verstandes nicht durchschauen, begreifen, erklären. Wenn er müde wurde, nahm er eine schwere Metallkugel in die Hand, und wenn er dann wegsackte in den Schlaf, polterte die Kugel zu Boden und weckte ihn wieder. Aber irgendwann kam Hypnos und überwand seinen Willen, und Morpheus schickte ihm Träume, und Thanatos machte dem allen eines Tages ein Ende.

27. HOFFNUNG

Ein besonders grauer Tag. Besonders viel geht schief. Nur Kleinigkeiten, aber es sind ja nicht die ganz großen Katastrophen, woran wir zerbrechen, es sind die Kleinigkeiten. Aus den ganz großen Katastrophen erwächst uns Kraft, wir halten durch, sind tapfer, wie wir es immer gelernt haben. Aber diese grauen tückischen Tage voller kleiner Enttäuschungen und Niederlagen, die zersetzen uns, und hilflos wissen wir nicht, wie wir dem gegensteuern können: dem Gefühl von Verlust, Trauer, Schwäche.

Gelegentlich auf Wasser blicken, sagt Gottfried Benn.

Der Rhein ist in der Nähe. Ein Spaziergang am Rhein hilft meistens, er fließt und trägt Tristesse mit sich fort in die graue Nordsee. Der Gang zum Rhein aber ist fast zu schwer heute, vorbei an dem Briefkasten, mit dem mich eine so lange Geschichte verbindet, neben dem ich schon Stunden ausgeharrt habe, um einen bestimmten Brief wieder zurückzubekommen, einen Brief, der eine Katastrophe angerichtet hätte. Ich hoffte auf das Vertrauen des Briefkastenleerers morgens um sechs, ich hatte Tinte, Schreibprobe, Personalausweis dabei – er hatte gezögert, mir dann den Brief zurückgegeben.

»Sie haben zwei Ehen gerettet«, sagte ich weinend. Dieser Briefkasten ist mir tägliche Warnung.

Die Stufen zum Ufer hinunter, heute kaum zu bewältigen. Tränen. Verzweiflung bis zur Atemlosigkeit, die Bitte aus der Kindheit, an wen auch immer:

»Gib ein Zeichen, irgendein Zeichen, das ich verstehe!«

Ein Schiff fährt vorbei, ein großes Containerschiff, es kommt aus Holland und kämpft sich Richtung Basel. Es heißt Esperanza. Hoffnung.

Ein Zeichen.

28. EIN BRIEF AN FRANZ SCHUBERT ZU »ROSAMUNDE«

Ouvertüre

»Wenn das Herz denken könnte, würde es stillstehen.« Der sanfte portugiesische Dichter Fernando Pessoa hat das gesagt, und er hat nicht bedacht: Das Herz kann ja denken. Das Herz steht ja still, wenn es denkt, immer mal wieder, in Augenblicken großen Glücks oder großer Verzweiflung, es steht still, und unser Blut rauscht nicht mehr – für diesen einen angehaltenen Moment. Und dann geht alles wieder weiter und ist doch nie mehr wie zuvor.

Du hast das gewusst, Schubert, und ich weiß es auch. Hier bin ich mit meinem stillstehenden Herzen und höre deine Musik, die mir meine eigene Geschichte erzählt. Da sitzt du am Tisch, gebeugt über das Notenpapier, schreibst und schreibst und es singt in deinem Kopf, ständig, rastlos arbeitest du, du bist ja schon fast dreißig, du hast nur noch so wenig Zeit, man spürt doch so etwas, du hast wie ein Träumender komponiert, und deine Freunde berichten, dass du bei der Arbeit einem Schlafwandler ähnelst, glühend, mit leuchtenden Augen, in die Noten versunken, und dass du, wenn sie eintreten, nur kurz hochblickst, abwesend und ohne Warten auf Antwort fragst: »Grüß dich Gott, wie geht's? Gut?«, und dann schreibst du auch schon weiter, und Schober und Spaun gehen halb irritiert, halb belustigt wieder davon.

Du hattest auch nur so wenig Zeit, Schubert, nur gerade mal diese 31 Jahre.

Du warst einsam, oder? In deiner Musik ist so viel Wehmut, so viel Verlust, und man sagte von dir, du habest »nicht die mindeste Herzensangelegenheit« gehabt.

Aber das ist ein Irrtum! Du wurdest vielleicht nicht geliebt, aber du hast geliebt, und das ist immer das Größere. Du hast dich vielleicht wund gehofft, aber du hast geliebt, du hattest durchaus Herzensangelegenheiten, auch wenn sie keine Erfüllung fanden. Wie schwer ist das Verlangen, wenn niemand wartet und ruft! Wir wissen es doch, dass es in der Welt niemals an Liebe mangelt, es mangelt nur an erträglichen Erwartungen in die Liebe. Sie soll zu viel sein, sie soll alles sein, ewig soll sie sein. Das kann sie nicht.

Wir werden enttäuscht, immer.

Du hast das ja auch gewusst, in deinem Tagebuch kann ich es lesen: »Keiner, der den Schmerz des Andern, und keiner, der die Freude des Andern versteht! Man glaubt immer, zu einander zu gehen, und man geht immer neben einander. O Qual für den, der dies erkennt!« Das ist so einer der Augenblicke, in denen das Herz denkt und stillsteht. Die Erkenntnis tiefster Einsamkeit. Und doch, Schubert, nur in der Einsamkeit entstehen ja die Wörter und die Töne, wo denn auch sonst. Eben nicht bitten um Aufnahme, nicht anklopfen da, wo warmes Licht scheint, nicht bequem da bleiben, wo man sich arrangieren könnte, sondern in der kalten Nacht gehen und im Vorübergehen ans Tor schreiben: »An dich hab ich gedacht.«

Entr'acte

Der Hang zur Einsamkeit und das Bedürfnis nach Gesellschaft schließen einander nicht völlig aus. Wir gehen unter Menschen, weil wir uns selbst nur kennenlernen, wenn wir auch die anderen kennen. Und danach sind wir mit unserm frierenden Herzen voller Sehnsucht wieder allein und glauben, wir überleben sie nicht, diese Winterreisen auf den Trümmern unserer Liebe, aber man überlebt sie doch, und später erinnern wir uns an sie staunend, fast gerührt, weil wir es geschafft haben, weil wir die Kraft hatten, nicht aufzugeben. Und manchmal stellen sich vermeintlich unüberwindliche Mauern auch nur als harmlose Kreidestriche heraus, die zu überwinden gewesen wären, und manchmal zerfällt eine unerwiderte Liebe zu Staub, verdurstet, vertrocknet, und wir haben auch das überlebt. Und trotzdem, Schubert, müssen wir weiterlieben, denn leben können wir nur, wenn wir brennen. Wir müssen *Ja* sagen, ohne zu wissen, wohin das führt, das hast du alles gewusst in deiner Stille. Du hast versucht, die Zukunft zu bereichern, indem du der Gegenwart alles gabst, aber du hast nicht gewusst, dass da gar keine Zukunft war für dich.

Ach Schubert, wir haben alle zwei Leben: eines, das wir träumen, und eines, das wir leben und an dem wir sterben. Wichtig ist, dass wir unser leuchtendes Anfangsherz nicht vergessen.

Du hast es nie vergessen. Du hast dich immer an dieses erste Glück erinnert, als die Musik in dir erwachte, und du hast nie gewusst, wohin der Weg führt, aber du warst froh, dass es überhaupt einen Weg gab, und du bist ihn gegangen, auch wenn du, wie du an deinen Bruder schreibst, immer »von ewig unbegreiflicher Sehnsucht gedrückt« bist. Diese Sehnsucht ist es ja gerade, die vorwärtstreibt. Das Sehnen sucht, immer.

Ich stehe hier auf dem Zentralfriedhof in Wien, in deiner Stadt, ich stehe an deinem Grab, und ich denke an deinen Traum vom Tod der Mutter und von den Schlägen des Vaters, und du bist weggezogen: »Lieder sang ich nun lange, lange Jahre. Wollte ich Liebe singen, ward sie mir zum Schmerz. Und wollte ich wieder Schmerz singen, ward er mir zur Liebe. So zerteilte mich die Liebe und der Schmerz.«

Mir wird hier an deinem Grab der Schmerz wieder zur Liebe, ich bringe dir Blumen und schreibe im Vorübergehen in den Schnee: »An dich hab ich gedacht.«

Geisterchor

Heute ist ein lebensgefährlicher Tag. Ich muss aufpassen. Jemand hat mir einen Strauß tiefroter, fast schwarzer Rosen geschickt, jede eine Wunde. Nur Rosen, kein Wort dazu. Ich weiß ja, wer es ist. Ich weiß ja, was diese Rosen bedeuten – das Ende einer Liebe. Ich habe den Augenblick verpasst, in dem diese Liebe anfing, und auch den, in dem sie endete. Man weiß das nie, oder? Noch Arm in Arm, entfernt man sich schon voneinander. Plötzlich war es da, plötzlich ist es vorbei, dazwischen ist die Zeit, in der wir leben. Hinterher kommt dann die Zeit, in der wir schreiben, malen, komponieren. Auf einer alten Sonnenuhr steht:

Vulnerant omnes, ultima necat – jede dieser Stunden verwundet uns, die letzte tötet.

Jemand hat über dich gesagt, deine Seele sei nie Kampfstätte dramatischer Spannungen und erschütternder Konflikte gewesen, alles Kämpferische sei dir so fern wie das schwül Glühende, nicht heldenhaft sei deine Kunst, sondern flammend rot und ein beglückendes, breit strömendes Musizieren.

Ist das so? Warum erreicht mich dann deine Musik am meisten, wenn mir das Herz schwer ist? Ich fühle mich geborgen und verstanden, und wer Beglückendes schreiben kann, muss jede Tiefe genau kennen, sonst wird er flach. Du hast die Tiefen sehr wohl gekannt. Aber immer hast du gewusst, dass Tag eben nicht ohne Nacht zu haben ist, Helle nicht ohne Dunkel, Glück nicht ohne Unglück.

»Der edle Unglückliche fühlt die Tiefe seines Unglücks und Glücks, ebenso der edle Glückliche sein Glück und Unglück.«

Das ist von dir. Und auch dies, dass du den »Taumel deiner Verzweiflung ausschlafen musst«, weil du nicht glücklich bist. Weil wieder einmal eine Hoffnung nicht standgehalten hat.

Romanze / Vollmond

Und trotzdem warst du sehr oft glücklich – an den Abenden mit den Freunden, da wird musiziert und gelacht, und oft ist das Glück auch in deiner Musik zu hören, du hast es festhalten können, wenn du in einer deiner armseligen Kammern über den Notenblättern gesessen bist. Und vielleicht waren das dann sogar die glücklichsten Augenblicke – das Schaffen im Rausch der Erinnerungen, du hast es nur nicht gemerkt.

Ach, Schubert, das wissen wir doch, dass wir das Glück nie dann spüren, wenn es da ist, sondern immer nur in der Erinnerung. Das Glück ist, wenn wir es erkennen, schon fast Vergangenheit und die Welt längst wieder auf ihr normales Maß geschrumpft. Noch ein wenig kalte Asche zu unseren Füßen, und im Herzen Frost. »Die Poesie ist vorüber, die Lebensprosa beginnt aufs Neue«, nennt es dein Freund Eduard von Bauernfeld.

Und noch etwas, Schubert: Dem Glück darf man nicht nachjagen. Man muss es eintreten lassen. Glück ist immer möglich, man darf nur nicht darauf warten. Und wenn es da ist, ist es Stillstand wie der Tod – wir spüren es gar nicht. Du hast das Altwerden nicht erlebt, sonst wüsstest du, dass das ganze Leben voll schöner, einsamer Glückseligkeit ist, das hört nie auf, denn es kann ja ein Sommertag sein, eine Mondnacht, ein Vogel, ein Kuss, ein Brief, deine Musik. Sogar ein Strauß Blumen zum Abschied.

War dein Leben glücklich? Nein, wenn wir es von außen betrachten – es war arm, auch an Anerkennung und Erfolgen arm, arm an Liebe, arm im materiellen Sinne, nicht mal ein Klavier hast du besessen. Dein Leben und erst recht deine Gönner und die, für die du gearbeitet hast, haben dich fast immer mit Kleingeld abgefunden. Für uns heute, rückblickend, warst du reich, reich an Musik, an Vollendung, an

Schöpfertum. Reich durch deine Musik, die uns begleitet und tröstet. Wir müssen uns nur hüten, ein armes Künstlerleben als Klischee für Tiefe und Erfolg zu nehmen.

Hirtenmelodie

Was also ist Glück, Schubert? Es entzieht sich unserm Zugriff. Wir können das Glück nicht fassen, aber es umfasst uns. Es umfasste dich und gab dir dieses Talent. Das ist Glück. So müssen wir das sehen, sonst werden wir verrückt an der Machbarkeit oder Nichtmachbarkeit unseres Lebens. Manches geschieht, auch wenn wir es nicht wollen. Und manches geschieht nicht, auch wenn wir noch so sehr darum kämpfen.

Und macht uns nicht erst das Unglück durchlässig genug, um die Welt überhaupt zu sehen? Die Glücklichen sind nur mit sich selbst beschäftigt, die Unglücklichen aber mit der Welt. Denk an Heinrich von Kleist, denk an die Günderrode, stell dir vor, sie wären – es gibt darüber eine literarische Phantasie – wirklich einmal zusammen am Rhein spazieren gegangen, damals, ehe sie sich 26-jährig erdolchte und er sich 34-jährig erschoss, verzweifelte Künstler beide, hätten sie einander helfen können? Kann ein Künstler dem andern helfen, nur weil er ihn versteht? Nein: »Die Berührung, nach der es uns so unendlich verlangt, es gibt sie nicht«, sagt die Günderrode.

Das ist es, Schubert. Da bleibt immer eine Wunde: Die einzige wahre tiefe Berührung, die Berührung unserer Seele durch einen anderen, die gibt es nicht. Darum kann uns das

Glück nicht bleiben. Aber die Dichtung bleibt, die Musik bleibt, und in deiner Musik hört man dein Glück und dein Unglück. Und das Schweigen hört man mit.

»Ich weiß keinen Unterschied zwischen Tränen und Musik zu machen.« Das hat Nietzsche gesagt. Musik kommt aus dem Weinen, und das Weinen kommt aus der Sehnsucht, und die Sehnsucht ist Sehnsucht nach dem Paradies, und das Paradies ist verloren, Schubert. Deshalb kannst du komponieren. Du lebst von dem, woran die anderen sterben. Erinnere dich – Eurydike (das war die Liebe) ist am Biss einer Giftschlange gestorben. Orpheus (das war die Musik) hat sie aus der Unterwelt zurückbeschworen – für einen Augenblick. Aber halten konnte auch er sie nicht. Der alte Mythos, der Anfang aller Musik, der Beginn der Oper. Die Sehnsucht in Töne fassen – wie hast du das gekonnt!

Entr'acte

Komm, jetzt erzähle ich dir etwas, darüber kannst du weinen und lachen zugleich. Ich war in Wien nicht nur an deinem Grab, ich war auch in dem Haus Kettenbrückengasse 6, in dem du so elend gestorben bist. Unten hängt ein handgemaltes Schild, als wohntest du dort noch immer:

»Schubert, 2. Stock.« Im 2. Stock öffnet mir eine alte Frau mit nur einem Arm. Sie isst ein Butterbrot, packt es hastig weg und sagt kauend: »Entschuldigen's, aber Sie sind die Erste seit zwei Wochen, hierher kommt ja nie einer, zum Schubert.«

Sie knipst das Licht in deinen winzigen Räumen an, und

ich sehe deine Noten, deine Brille, deinen letzten Brief an Franz von Schober: »Lieber Franz, ich bin krank …«

Hier bist du gestorben und hast als Letztes gesagt:

»Ich liege so schwer da, ich meine, ich falle durchs Bett …« Um mich herum die einarmige Frau, sie seufzt und stöhnt, ich frage sie nach dem fehlenden Arm. »Ach das«, sagt sie, »das war ein Unfall.« Und es sei ja auch nur der linke, nicht so schlimm. Viel schwerer sei das Los, hier tagaus, tagein beim Schubert sitzen zu müssen, den sie nicht hören mag, denn ihr Gott, sagt sie, sei Beethoven, nicht Schubert.

Kannst du darüber lachen? Deine Wiener haben dich nie besonders geliebt, und noch heute setzen sie eine Frau, die mit deiner Musik nichts anfangen kann, in dein Sterbezimmer …

Sie wird nicht einmal wissen, was Beethoven dir war. Dass du auf seiner Beerdigung mitgegangen bist. Dass du einer seiner sechs Sargträger warst. Dass du danach im Gasthaus das Glas auf den gehoben hast, der von euch Freunden ihm als Nächster folgen wird. Dass du es warst, nicht einmal zwei Jahre später, 1828.

Ich denke an eine Strophe des russischen Dichters Wladimir Majakowski:

Ich will: die Heimat soll mich verstehn.
Doch wenn sie nicht will: je nun.
Dann heißt's: an der Heimat vorübergehn
wie die schrägen Regen es tun.

Hirtenchor

Deine Winterreise begann früh, Schubert. Deine Zerrissenheit, deine erschütternde Traurigkeit.

»Sterben heißt, dies alles ungelöst verlassen, / die Bilder ungesichert, die Träume / im Riss der Welten stehn und hungern lassen«, heißt es bei Gottfried Benn.

Jean Paul hat das Bild vom Pfeil geprägt, der im Augenblick der Geburt auf jeden Menschen abgeschossen wird. Er fliegt und fliegt, und in der Todesstunde erreicht er uns. Dein Pfeil hat dich zu früh erreicht, und doch war sein Flug eben gerade dann vollendet. Auch hier gibt es auf die Frage *Warum?* keine Antwort.

Dann sitzen wir wieder an den Schreibtischen und schaffen aus den abblätternden Schichten der Erinnerung, über die sich der Gips des Alltags schneller legt, als uns lieb ist, Geschichten und Klänge. Wir halten uns daran fest wie an einem rettenden Geländer, obwohl wir doch von der Grundvergeblichkeit all dessen, was wir tun, wissen.

»Leben ist Brückenschlagen über Ströme, die vergehn.«
(Gottfried Benn)

Und draußen, Schubert, fallen die schrägen Regen.

29. IT'S ALL OVER

Thomas Brück von der Band Satin Whale ist noch immer ein schöner Mann, aber in den Siebzigern war er umwerfend. Ich machte damals ein Interview mit ihm zu seinem Song »I can't believe that it's all over«, von dem ich annahm, er würde ein Welthit. Schon, weil Thomas Brück so schön war. Er kam zum Interview in einem silbrigen Anzug und trug unfassbare silberne Plateauschuhe. Was für ein Anblick! Nur David Bowie traute sich damals so etwas, aber der ging damit in meinem Leben nur durch Zeitschriften. Hier stand einer vor mir, auf zehn Zentimeter hohen silbernen Plateaus! Es war ein Schock fürs Leben, ein Schönheitsschock. Ich habe in jedem Mann solche Schuhe gesucht und nie gefunden.

Vierzig Jahre später. Ich treffe Thomas Brück wieder. Er sieht noch immer sehr gut aus, ist aber auf Normalmaß geschrumpft. Als er mich sieht, streckt er beide Hände von sich und ruft: »Sag jetzt nichts. Ich weiß, du willst mich auf die Plateausohlen von damals ansprechen. Ich weiß, wie sehr die dich beeindruckt haben. Aber das ist vorbei! Das war mal! Ich will nichts davon hören!«

Und dann nimmt er mich in den Arm und fragt: »Wie geht es dir?«

Ich sehe ihn an, möchte irgendwas sagen, aber wie kann es einem schon gehen, wenn die Zeit silberner Plateausohlen für Männer unwiderruflich vorbei ist …

Wir seufzen beide und denken: *I can't believe that it's all over.*

30. DIE LIEBE

Mein erster Freund hieß Hansi. Er hatte dünnes braunes Haar, große erschrockene Augen und einen kleinen Spitzmausmund, und ich hatte mich in ihn verliebt, als er mir im Bus auf der Heimfahrt von einer evangelischen Jugendfreizeit die Geschichte vom Schulfreund erzählte, der sich vor seinen Augen vom Kölner Dom gestürzt hatte. Wir saßen ganz hinten im Bus. Hansi griff nach meiner Hand und sagte: »Ein Teil der Klasse ist auf den Dom gestiegen, die andern sind unten geblieben, ich auch. Und da kam er plötzlich angesegelt.«

Wir fuhren gerade durch Hagen im Sauerland. Es war sechs Uhr abends, es regnete, und wir waren vierzehn Jahre alt. Den Kölner Dom kannte ich von Postkarten, und Hansi beschrieb jetzt, wie der Körper durch die Luft gefallen war wie ein dunkler Vogel, sich drehte, aufschlug, wie es krachte, das Blut spritzte, die Menschen schrien. »Bis an mein Hosenbein ist es gespritzt«, sagte Hansi, seine Hand war kalt, und ich küsste ihn mitten auf seinen Mäusemund und dachte mir, wie es gewesen wäre, wenn meine dicke Mutter vom Kölner Dom gesprungen wäre.

Ein bisschen grauste mir bei dem Gedanken, aber ich stellte mir das gewaltige Spektakel und die aufregenden Folgen vor. Ich wäre damals meine Mutter sehr gern irgendwie losgeworden. Sie hatte immer schlechte Laune und so eine Art, mir mit nassem Spuckefinger Flecken im Gesicht wegzuwischen, mir beim Waschen zuzusehen und mit mir in einer Sprache zu reden, als wäre ich der Hofhund: »Los, hopp, jetzt aber, ab in dein Zimmer, ich will nichts mehr hören, noch ein Wort, Sonja, und es knallt.« Wenn mich damals jemand fragte: »Was willst du denn mal werden, Sonja?«, antwortete ich meist: »Waisenkind«, und wirklich war das mein größter Wunsch. Ich las alle Bücher, die vom Schicksal der Waisenkinder handelten, und beneidete Waisenkinder glühend. Natürlich gab es da zunächst durchweinte Nächte und Qualen des Herzens, aber ich stellte doch rasch fest, dass es später im Leben kaum jemandem so gut ging wie gerade diesen als Kind so unglücklichen Waisen. Reichlich machte ein großherziger Onkel meist die Prügel sadistischer Nonnen im Waisenhaus wieder gut, ein verlockendes Erbe wartete, oder die verstorbene Mutter hatte plötzlich noch eine grundgute Schwester, die sich um das verlassene Kind kümmerte und es großartig behandelte, und aus Waisenkindern wurden in der Regel geachtete, gütige Mitglieder der Gesellschaft, die den Peinigern ihrer Jugend hochherzig verziehen. So weit wollte ich es allerdings nicht kommen lassen. Verzeihen wollte ich nicht, und sollte ich am Jüngsten Tag meine dicke Mutter im Himmel oder in der Hölle wiedertreffen und sie würde mir mit Spucke im Gesicht herumreiben und sagen: »Wie grauenhaft du immer aussiehst, Sonja«, dann würde ich mich abwenden wie einst Jesus von Maria und sagen: »Weib, was habe ich mit dir zu schaffen?« Meine Mutter war sehr blond, sehr stabil und kerngesund. Mein Vater trieb sich mit jungen Brünetten herum, war sportlich und trank Sekt für seinen Kreislauf. Die Aussicht, Waisenkind zu werden, war gering.

Außer Waisenkind wäre ich am zweitliebsten tot gewesen. Oft hielt ich die Luft an, bis ich schon ganz blau im Gesicht wurde, aber im letzten Moment kam mir immer das Atmen dazwischen. Einmal habe ich mich auf die Zugschienen gelegt und mir vorgestellt, wie die Familie weinend an meinem Sarg stehen und endlich begreifen würde, dass ein Kind auch ein Mensch ist, aber es kam kein Zug, und schließlich war es mir zu kalt geworden. Der Sturz mit verbundenen Augen von der steinernen Kellertreppe brachte zwei Klammern im Kinn, ein zerschmettertes Knie, drei Wochen Krankenhaus und ein paar Ohrfeigen von meiner Mutter, die sich wieder einmal darin bestätigt sah, dass ein Kind ein emanzipiertes Frauenleben gründlich und für alle Zeit verdirbt.

Hansi erzählte mir die Geschichte vom Kölner Dom noch vier-, fünfmal, dann wurde es langweilig, und ich verliebte mich in Rölfchen. Rölfchen war klein, kräftig, hatte strahlend blaue Augen und roch so gut, dass ich später im Leben einmal mit einem Mann für eine Nacht mitgegangen bin, nur weil er genauso roch. Damals wussten wir von solchen Leidenschaften noch nichts, aber ich schnupperte an Rölfchens Hals, und er küsste mich und sagte: »Du riechst aber auch toll«, und das waren dann die Pröbchen aus der Drogerie – »Je reviens« oder »Soir de Paris«.

Rölfchen und ich saßen nachmittags in unserem Wohnzimmer, weil meine Eltern berufstätig waren. Wir hörten Radio und tranken Eckes Edelkirsch aus geschliffenen Likörgläsern, rauchten Muratti Kabinett und lasen uns aus »Vom Winde verweht« die Stelle vor, wo Rhett Butler Scarlett O'Hara auf seinen starken Armen die Treppe hochträgt. Und dann? Wir waren so sehr auf der Suche nach der Liebe, und wenn meine Mutter abends von der Arbeit kam, hatte ich verräterische hochrote Wangen. Der Aschenbecher war gespült, die Gläser standen im Schrank, das Zimmer war gelüftet, aber sie sagte: »Mir machst du nichts vor, Sonja, hüte dich«, und beauftragte Frau Markowitz zu kontrollieren, wen ich tagsüber mit nach oben brächte. Frau Markowitz wohnte Parterre links und hatte immer die Wohnungstür angelehnt, um mitzukriegen, was im Haus so vor sich ging. Wir warteten im Kellereingang, bis ihr Mann einen Hustenanfall bekam und sie an sein Bett lief, dann konnten wir schnell an ihrer Tür vorbei nach oben huschen. Gregor Markowitz hatte sich auf Zeche Helene Amalie eine Staublunge geholt und starb nun schlecht gelaunt zu Hause vor sich hin. Er brüllte seine Frau an und schlug sie, wenn sie in Reichweite war, um sich für irgendwas zu rächen. Und sie rächte sich an mir, indem sie meiner Mutter sagte: »Ich glaube, die Sonja sitzt mit so einem Bengel halbe Tage da oben allein, richtig ist das nicht, oder? Und wenn ich klingel, machen sie nicht auf.«

Ich gewöhnte mir damals an, nicht mehr zurückzuzucken, wenn die Hand meiner Mutter niedersauste, ich weinte auch nicht mehr. Ich hielt ganz still und dachte: Das kriegt sie alles wieder, und ich träumte von der Liebe. Es MUSSTE sie einfach geben, das sah man ja an Rhett Butler und Scarlett O'Hara, und mit Rölfchen fühlte ich mich auch sehr wohl – aber war das schon die Liebe?

Meine Freunde wechselten in rascher Folge, ich legte auch Kusslisten an. Ich war ganz rasch bei Nr. 36, denn ich küsste, was mir in die Quere kam – ein Pfarrerssohn war dabei und ein Drogist, ein Angestellter in einer Eisenwarenhandlung, der achtzehn Jahre älter war als ich, und ein Franzose mit einem grünen und einem braunen Auge, den ich in der Jugendherberge kennenlernte. Beim Jahreswechsel übertrug ich die Kussdaten mit den dazugehörigen Initialen in mein neues Tagebuch. Leider konnte ich die Namen nicht ausschreiben, denn es gab nichts zum Abschließen, und meine Mutter schnüffelte hinter allem her und las auch mein Tagebuch, wann immer sie es fand. Deshalb wusste ich schon im Februar nicht mehr, wer am 14. August P.W. gewesen war – vielleicht der Schwammhändler aus Bremen, den ich in der »Venezia«-Eisdiele kennengelernt hatte und mit dem ich in »Toxi« war? Nach dem Film »Toxi« wäre ich übrigens sehr gern auch schwarzes Waisenkind geworden, ein interessantes, tragisches Schicksal, das mit Verkennung und Verachtung beginnt und mit Liebe endet – aber schwarz zu werden war natürlich völlig aussichtslos, dann schon eher Waise, aber inzwischen wollte ich eigentlich auch nur noch so rasch wie möglich erwachsen werden, viel Geld verdienen, von zu Hause weggehen, nie mehr wiederkommen und endlich die Liebe kennenlernen.

Meine Mutter sagte immer: »Hör du bloß auf mit deinen saublöden Liebesgeschichten und mach lieber deine Schularbeiten.« Die Liebe, behauptete sie, sei ein Scheißdreck, ein einziger gigantischer Schwindel, und ich solle mir doch nur meinen Vater ansehen.

Ich hatte selten Gelegenheit dazu, mir meinen Vater anzusehen – er war fast nie da. Ich hörte ihn manchmal leise heimkommen, wenn ich schon im Bett lag und im dunklen Zimmer davon träumte, wie wunderbar das Leben werden würde, wäre ich nur hier erst raus. Morgens, wenn ich zur Schule ging, waren meine Eltern beide schon weg. Mein Vater ging ganz früh aus dem Haus, und meine Mutter kam in Hut und Mantel kurz vor sieben Uhr in mein Zimmer, riss die Fenster weit auf, zog mir die Bettdecke weg, steckte sie in den Kleiderschrank, drehte das Licht an und sagte: »Raus aus dem Bett. Sieben Uhr. Ich geh jetzt.« Danach knallte die Wohnungstür, weg war sie, und ich blieb noch einen Augenblick frierend liegen und versuchte, meine Füße unter mein Nachthemd zu stecken. Dann wurde es mir endgültig zu kalt, ich stand auf und wusch mich in der Küche. Nebenher aß ich das Leberwurstbrot, das meine Mutter mir hingelegt hatte, und dann ging ich zur Schule. Sonntags war mein Vater manchmal zu Hause. Er lag dann auf dem Küchensofa, eine Zeitung über dem Gesicht, wohl um uns nicht sehen zu müssen, und hörte die Sportberichte im Radio. Ich saß am Tisch über meinen Schulaufgaben, aber in Wirklichkeit schielte ich zu ihm hin – er hatte schöne kleine Hände und trug auch im Haus immer tipptopp gebügelte, blau-weiß gestreifte Hemden, die er in einer Wäscherei waschen und bügeln ließ, weil meine Mutter sagte: »Sonst noch was.« Einmal hatte er sie gebeten, ihm einen Knopf anzunähen, und sie hatte geantwortet: »Lass das doch eins von deinen Flittchen machen«, und damit war der Fall ein für alle Mal erledigt. Manchmal kitzelte ich meinen Vater am Fuß – er trug immer dunkelblaue

Baumwollsocken –, und dann wackelte er mit den Zehen und sagte unter seiner Zeitung hervor: »Wer kann das wohl gewesen sein?«, und meine Mutter zog mich an den Haaren und sagte: »Lass das gefälligst.« Sie klapperte möglichst laut in der Küche herum, und schließlich nahm er die Zeitung vom Gesicht, zwinkerte mir kurz zu, seufzte, zog seine Schuhe wieder an und ging. Ich sah ihn selten, aber er roch gut, war freundlich mit mir und schlug mich nie. Ich weiß noch, dass mein Vater, obwohl er eher klein und zierlich war und schütteres Haar hatte, eine unerklärlich starke Wirkung auf Frauen ausübte – sie sahen ihn jedenfalls entzückt an, fanden ihn charmant und sagten: »Walter, was du für schöne blaue Augen hast.« Auf meine Mutter hatte er diese Wirkung natürlich nicht, oder vielleicht nicht mehr, denn irgendwann muss da ja mal was gewesen sein, dachte ich, sonst könnte es mich doch nicht geben. Aber als ich einmal an einem ziemlich friedlichen Abend, als im Radio ein Hörspiel mit René Deltgen lief, dessen Stimme meine Mutter mochte, so ganz nebenbei die Frage stellte: »Du und Papa, habt ihr euch eigentlich früher geliebt?«, da stand meine Mutter abrupt auf, drehte das Radio aus und sagte: »Marsch ins Bett, Sonja, und keine blöden Fragen bitte.«

In dieser Familie bekam man einfach nichts erklärt, und die Liebe war hier gänzlich unbekannt, so viel war mir inzwischen klar.

Eines Sonntagnachmittags kam ich aus der Eisdiele, wo ich einen rothaarigen Geiger geküsst hatte, und schon von weitem sah ich, dass bei unserem Haus etwas los war. Aus dem zweiten Stock, wo wir wohnten, flogen Gegenstände auf die Straße: Ein paar Schuhe, der eine hierhin, der andere dorthin, eine Jacke breitete ihre Ärmel aus und trudelte zu Boden, eine Hose mit flatternden Beinen folgte, ein paar gefaltete, gebügelte Hemden kamen nach. Unten stand mein Vater, sammelte alles auf und rief: »Hilde, nun lass es doch!«, und oben sah ich die Hände meiner Mutter, wie sie Socken und Unterwäsche aus dem Fenster schleuderten, und ich hörte ihre Stimme: »Lass dich ja nicht mehr hier blicken!« Die Markowitz stand bei meinem Vater, half ihm aufsammeln und sagte: »Mein Gott, so vor allen Leuten, die hat sie ja nicht alle, Ihre Frau«, und mein Vater sagte, als ich näher kam: »Sonja, geh ins Haus.« Ich blieb aber stehen und sah zu, wie er die Sachen in sein Auto trug, sie auf den Rücksitz warf und einstieg. Dann kurbelte er noch mal das Fenster runter, sah mich an mit seinen blauen Augen, grinste ein bisschen und sagte: »Das war's dann wohl. Sie will es ja nicht anders. Lass dich nicht unterkriegen, Sonja, ich komm ab und zu mal vorbei.«

Er fuhr ab, und ich habe ihn erst acht Jahre später wiedergesehen, als er tot und blau angelaufen in der Leichenhalle aufgebahrt lag und eine junge Frau um ihn weinte und seine Hand hielt. Als ich dazukam, zog sie ihm den Siegelring ab, den er von seinem Vater geerbt hatte und immer am kleinen Finger trug, gab ihn mir und sagte: »Der ist für dich.« Jahre später habe ich diesen Ring in einem Hotel liegen lassen und nicht wieder zurückbekommen.

Mein Vater hatte uns nun also verlassen, und kurz darauf wurde meine Mutter krank und musste für Wochen in eine Klinik. »Waisenkind!«, dachte ich, aber inzwischen war das

Zimmer meines Vaters schon an eine Lehrerin vermietet, die Befehl hatte, auf mich aufzupassen. Die Lehrerin hatte ein Verhältnis mit einem verheirateten Mann, das sie so in Anspruch nahm, dass das Aufpassen ziemlich flüchtig ausfiel. Er kam nur am Wochenende – er lebte in einer anderen Stadt –, und dann gingen sie von Samstag auf Sonntag in ein Hotel. Das hatte meine Mutter sich ausbedungen – »Wegen dem Kind«. In der Zeit saß ich in ihrem Zimmer und las die Briefe, die der verheiratete Mann ihr schrieb und mit denen sie sich Abend für Abend zurückzog, nie ohne zwei Flaschen Wein dazu zu trinken. Die Briefe waren zwischen ihrer Wäsche versteckt und mit Schreibmaschine geschrieben, deshalb konnte ich sie leicht lesen. »Mein Hase«, schrieb er, »mein einziger Hase, du, mit deinem weichen Fell, an das ich denke und in das ich meine Nase stecken möchte.« Die Lehrerin hatte struppiges braunes Haar, das nicht nach Hasenfell aussah, aber wahrscheinlich verdrehte die Liebe die Tatsachen.

Leider wurde meine Mutter wieder gesund und schlug zu wie eh und je. Sie und die Lehrerin saßen stundenlang abends in der Küche und redeten über die Männer, und der Geliebte brachte an den Wochenenden scheußliche Geschenke mit – langstielige Nelken mit Zittergras, ein Pfund Bohnenkaffee, ein *Westermanns Monatsheft* von Borkum oder eine große Flasche Uralt Lavendel, die die Lehrerin meiner Mutter schenkte, weil sie dagegen allergisch war. Meine Mutter, die extrem geizig war, hatte eine Schublade, in der solche Geschenke verschwanden und bei Gelegenheit weiterverschenkt wurden. Weihnachten sagte dann Tante Gerta angesichts der Flasche Uralt Lavendel: »Mein Gott, Hilde, das wär doch nicht nötig gewesen«, und meine Mutter sagte: »Lass nur, Gerta, es ist ja schließlich Weihnachten.«

Tante Gerta lebte allein und hatte nie einen Mann gehabt. In meiner ganzen Familie gab es nicht eine einzige richtige Ehe: Der Mann von Tante Rosi war im Krieg gefallen, Onkel Otto war Witwer, Tante Maria saß im Rollstuhl, und Onkel Hermann musste sie waschen und füttern. Meine Cousine Ludmilla hatte ein uneheliches Kind von einem Rechtsanwalt und lebte bei Tante Rosi, und Onkel Heinz und Tante Tussi redeten seit Kriegsende nicht mehr miteinander. Sie schrieben sich manchmal unumgänglich wichtige Mitteilungen wie »neuer Krankenschein fällig« oder »Heizung ist kaputt« auf kleine Zettel, aber sie hatten beschlossen, aus welchem Grund auch immer, nie mehr miteinander zu reden, und halten das, glaube ich, noch heute durch. Aber vielleicht sind sie auch inzwischen tot, ich weiß es nicht, ich habe zu dieser Familie keinen Kontakt mehr.

Die Liebe war also da nicht zu finden für ein inzwischen fast fünfzehnjähriges Mädchen – aber dann kam James Dean.

Nein, vor James Dean kam Irma, und Irma war meine erste richtige Freundin.

Irma war aus Tübingen in unsere Stadt gekommen und in meiner Klasse gelandet, bei diesen dummen reichen Mädchen und den hässlichen alten Lehrerinnen, die uns mit Linealen auf die Arme schlugen und von ihren Verlobten träumten, die allesamt im Krieg gefallen waren. Irma setzte sich neben mich, und wir verstanden uns vom ersten Tag an. Wir konnten über alles miteinander reden, über das Leben und die Liebe, über Gedichte und Katzen, über die Schule und das Älterwerden und warum man einen Busen haben musste und über die Träume, die wir für unser Leben hatten. Nur über meine Probleme mit meiner Mutter konnte ich mit Irma nicht reden, denn immer wenn ich damit anfing, riss sie die Augen auf und sagte: »Aber es ist doch deine MUTTER!« Ich konnte ihr einfach nicht klar machen, dass das nichts bedeutete und dass ich es mit einem Feind zu tun hatte. Irmas Mutter war ganz anders. Sie war jung und immer gut gelaunt, lag bis mittags im Bett, trank Kaffee, rauchte und las Illustrierte. Oft ging ich nach der Schule mit Irma nach Hause – bei uns war ja sowieso nie jemand –, und dann rief sie: »Was, verdammt, ist das schon wieder so spät?« Sie gab Irma einen Kuss, und mich ließ sie an ihrer bernsteinfarbenen Zigarettenspitze ziehen. Dann stieg sie seufzend aus dem Bett, reckte sich, gähnte laut und verschwand im Bad, von wo wir sie laut singen hörten: »Solang noch nicht die Hose am Kronleuchter hängt, sind wir noch nicht richtig in Schuss, solang noch nicht die Hose am Kronleuchter hängt, da schmeckt uns kein Sekt und kein Kuss!« Irma und ich brieten uns in der Küche Spiegeleier, und auf dem Tisch saß die dicke Katze Pepi und leckte die Teller blank. Meine Mutter hasste Tiere, und bei uns zu Hause wurde nicht geküsst, nicht geraucht und nicht gesungen. Irgendwann kam dann Irmas Mutter aus dem Bad und rief »Na?«, und stemmte die Hände in die Hüften. Sie sah toll aus: Sie trug ein geblümtes Kleid, hatte die Haare hochgesteckt und hochhackige Schuhe angezogen, sie war geschminkt und roch nach Puder und Parfüm. So wollte ich auch werden, wenn ich nur endlich erwachsen wäre. Irmas Mutter setzte einen Hut auf, nahm eine Tasche und ging zum Einkaufen, und Irma und ich lagen auf dem Wohnzimmerteppich und redeten über die Liebe. Irma träumte von einem ganz besonderen Mann, mir war jeder recht, der mich von zu Hause weggeholt hätte, und wenn Irmas Mutter vom Einkaufen zurückkam, fragten wir sie über die Männer aus. Sie lachte und sagte: »Liebe macht schön!«, oder »Männer sind eine wunderbare Angelegenheit«, aber das brachte uns auch nicht weiter. Dann zog sie das geblümte Kleid aus und einen violetten Morgenrock aus Satin an, steckte sich eine neue Zigarette in die bernsteinfarbene Spitze und spielte mit uns Karten. Pepi lag auf ihrem Schoß und schnurrte, und ich fragte: »Können Sie mich nicht adoptieren?« Aber abends musste ich wieder nach Hause, zu Wirsing durcheinander mit Mettwurst. Meine Mutter kochte immer für den Tag vor, und ich hatte nur dafür zu sorgen, dass die Sachen rechtzeitig im Klo verschwanden, ehe sie von der Arbeit kam. Dabei musste man aufpassen, dass die Mettwurst- oder Speckstückchen nicht oben schwammen, aber ich hatte schon Routine, und es sah immer so aus, als hätte ich alles aufgegessen. Meine Mutter sah zufrieden in die leeren Töpfe und sagte: »Na bitte, es geht doch!«, und ich dachte: »Wenn du wüsstest. Es geht eben nicht.« Und dann ging ich früh ins Bett, um zu lesen, aber auch, damit wir nicht wieder Streit bekamen. Ich las alle Bücher, in denen etwas mit Liebe vorkam, besonders aufmerksam, aber es war kein System zu erkennen, wie Liebe denn nun funktionierte. Irmas Mutter lachte über uns und fand, wir könnten uns ruhig noch ein bisschen Zeit lassen, das käme alles früh genug, »und hoffentlich«, sagte sie einmal, »verliebt ihr euch nicht mal in denselben, sonst gibt es Mord und Totschlag!« So ähnlich kam es dann ja auch, aber ohne Mord und Totschlag, und trotzdem blieb ich allein zurück.

Bei Irma zu Hause gab es keinen Vater. Er war aber nicht eines Tages einfach verschwunden, es hatte nie einen gegeben, und aus Irmas Mutter war nichts herauszukriegen. »Aus und vorbei«, war ihr einziger Kommentar, wenn Irma danach fragte. »Du hast mich, mein Schatz, das muss dir genügen.« – »Waren Sie denn in ihn verliebt?«, fragte ich, und sie verdrehte die Augen, nahm einen Schluck Kaffee und sagte: »Das will ich meinen.« – »Wenn es wirklich die Liebe ist«, fragte ich, »woran merkt man das denn dann?« – »An allem«, sagte sie und sah lange aus dem Fenster.

Eines Nachmittags im April 1955 ging Irmas Mutter mit uns ins Kino. Es war ein Mittwoch, es war sechzehn Uhr, das Kino hieß Lichtburg und der Film »Jenseits von Eden«. In dem Film kämpften zwei Brüder um die Liebe ihres Vaters und um die Liebe eines Mädchens namens Abra. Der eine der beiden Brüder hieß Cal, und wir hielten zwei Stunden lang die Luft an. Hier war sie, endlich, hier war die Liebe: Cal hatte ein Gesicht, weich und hochmütig, verletzlich, reizbar, mürrisch, sensibel, er konnte weinen und war doch ein Mann, der schönste Mann, den wir je gesehen hatten, und auch der Erste neben all den Jungen, die wir küssten und kannten. Als wir aus dem Kino kamen, waren wir keine kleinen Mädchen mehr, und Irmas Mutter wischte sich die Augen, atmete tief und sagte: »Das war James Dean.«

An diesem Abend ging ich nicht nach Hause. Ich saß mit Irma in der dunklen Küche, während ihre Mutter längst schlief, und wir redeten über Cal, wir wollten einen Bruder, einen Liebsten, einen Freund, einen Vater wie ihn. Wir weinten und liefen hin und her, wir entwarfen einen Brief an ihn, wir verfluchten Aron und den Vater, der nichts, nichts verstand, wir waren erschüttert, überwältigt, verliebt, getröstet: Das, wonach wir immer gesucht hatten, gab es, gleichgültig, ob auf einer Kinoleinwand oder irgendwo in Amerika – es gab diesen James Dean, und er stand vielleicht gerade an eine Wand gelehnt, hatte die Augen geschlossen und fühlte und dachte dasselbe wie wir.

Ab sofort interessierten uns die Jungen aus der Schule, aus der Eisdiele, aus der Tanzstunde nicht mehr, die wie eckige Kälber um uns herumstanden, und als mein derzeitiger Freund Christian mir einen selbstgehämmerten flachen Kupferring mit seinen Initialen schenkte, trug ich ihn zwar, ritzte aber innen mit einer Nagelschere J.D. ein und erzählte das nur Irma. Irma wurde immer stiller. Sie verzehrte sich nach James Dean, aber ich hatte eher das Gefühl, nach James Dean als Vater, während ich ihn mir vorstellte als Liebhaber à la Rhett Butler, der mich schwindelnde Treppen hochtrug, und unten stand meine Mutter und schrie: »Was machen Sie da mit meiner Sonja?«, und James Dean drehte sich um und sagte: »Das ist nicht Ihre Sonja, Madame, das ist jetzt meine Sonja.« Solche Träume machten mich glücklich, aber Irma träumte anders. Sie war nicht mehr zufrieden nur mit ihrer Mutter, sie wollte immer mehr über ihren Vater wissen, und eines Tages, als wir Pfannkuchen mit Zucker und Zimt buken, sagte Irmas Mutter leichthin: »Also, dein Vater war ein bisschen so wie James Dean. Etwas größer, aber so die Art. Wir waren nur einen Abend zusammen, und danach habe ich ihn nie wieder gesehen.« Sie stand am Herd, drehte sich um und hatte ganz dunkle Augen: »Irma«, sagte sie, »ich versprech dir, dass ich dir das alles ganz genau erzähle. Aber noch nicht jetzt. Bitte.« Und wir sagten nichts mehr und würgten an den Pfannkuchen herum, oh, hätte sie doch nicht gesagt, der Vater sei ihm ähnlich gewesen …

In Filmzeitungen verfolgten wir die Affären und Liebesgeschichten von James Dean, die Dreharbeiten von »… denn sie wissen nicht, was sie tun« und »Giganten«. Wir versuchten, wie Natalie Wood, Liz Taylor oder Pier Angeli auszusehen, und wir gingen mehr als zehnmal in »Jenseits von Eden« und kannten jeden Satz.

Stundenlang spielten wir mit verteilten Rollen die Szenen aus dem Film nach, die uns am tiefsten beeindruckt hatten – wie Cal dem Vater ein Geschenk macht, und er nimmt es nicht an, wie Cal zum ersten Mal die Mutter trifft und sie ihn fragt: »Was willst du eigentlich?« Das wissen Mütter ja wohl nie, die Mutter spielte ich, da kannte ich mich aus, und ich spielte auch Cal und lehnte mit mürrischem Gesicht, die Schultern hochgezogen, an der Wand, schräg von unten nach oben guckend, ein zaghaftes Grinsen im Gesicht. Irma war Abra und der Vater, der über Cal sagte: »Ich verstehe ihn nicht, ich habe ihn nie verstanden«, und dazu setzte ich mein schmerzlichstes Stirnrunzeln auf und knurrte: »Hamilton, bestellen Sie meiner Mutter, dass ich sie hasse.« Ich war auch Aron, der gute Bruder, obwohl mir der nicht so lag, aber wir brauchten ihn für die Szene, in der er Abra-Irma erzählt, dass seine Mutter gleich nach der Geburt gestorben war, und Irma hauchte mit schmelzender Stimme: »Es muss furchtbar sein, wenn man keine Mutter gehabt hat.« – »Nein«, sagte ich, »es muss toll sein. Es ist furchtbar, wenn man eine hat.« Und Irma fing an zu weinen und sagte: »Das gehört nicht zum Film, und du weißt gar nicht, wie furchtbar es ist, nie einen Vater gehabt zu haben.« Unsere Lieblingsszene war die Schlussszene, Abra und Cal am Sterbebett des Vaters, der noch im letzten Moment endlich vernünftig wird und merkt, was er an seinem Sohn Cal hat – ich hatte da in Bezug auf meine Mutter nur wenig Hoffnung. Den Vater musste Katze Pepi spielen und ganz still im Körbchen liegen, und wir beide knieten davor und umarmten uns und schluchzten, und Irma-Abra sagte: »Vielleicht ist die Liebe ja so, wie Aron sie sieht, aber es muss doch auch noch mehr dran sein …«, und ich stand dann auf, lehnte mich wieder an die Wand, so wie dann auch Jett Rink später in »Giganten« lehnen sollte, und sagte düster: »Ich brauche überhaupt keine Liebe mehr, es kommt nichts dabei heraus. Wozu die Aufregung? Es lohnt sich nicht.«

Meist heulten wir dann beide ein bisschen, und Irma sprach über ihren Vater und ich über meine Mutter, und schließlich musste ich nach Hause, wo meine Mutter mit der Lehrerin in der Küche saß, Reibekuchen aß und sagte: »Ach, kommt das Fräulein auch noch mal? Ich möchte wissen, wo du dich neuerdings dauernd rumtreibst, du wirst noch genau wie der Alte«, und ich zitierte Cal und sagte bitter: »Du hast recht, ich bin schlecht, das weiß ich schon lange.« Meine Mutter war verblüfft und beschwerte sich bei der Lehrerin, sie würde aus mir nicht mehr schlau, und die Lehrerin meinte, das sei nur die Pubertät und das würde sich geben. An mir prallte alles ab, seit ich wusste, dass es in anderen Familien genauso schlimm zuging wie bei uns, seit ich wusste, dass es James Dean gab.

Irmas Mutter machte sich Sorgen, weil Irma so in James Dean verliebt war, noch mehr als ich. Ich hatte irgendwie das Gefühl, James Dean zu SEIN – zu mir sagte auch dauernd jemand »Wie du wieder aussiehst!«, oder »Ich versteh dich einfach nicht« oder »Mit dir hat man nur Ärger«, aber Irma hatte angefangen, ihr Leben geradezu nach James Dean auszurichten. Sie schrieb ihm täglich Briefe, sie begann ein Tagebuch, nur für ihn, sie paukte Englisch, um mit ihm reden zu können, wenn sie ihn in Amerika treffen würde, denn natürlich sparte sie jeden Pfennig für eine Reise, um ihn zu suchen und zu besuchen. Ich hatte das Gefühl, sie war fest entschlossen, ihn irgendwie heimzuholen in die Familie, in die er gehörte.

Am 30. September 1955 um siebzehn Uhr fünfundvierzig verunglückte James Dean tödlich in seinem Porsche. Damals gab es kein Fernsehen für schnelle Meldungen, zumindest hatte niemand in unserer Bekanntschaft einen Fernsehapparat. Radio hörten wir Kinder nur mittwochabends, wenn Chris Howland Harry-Belafonte-Platten spielte, und Zeitung lasen wir auch nicht. Ein, zwei Tage später muss es gewesen sein, dass mir in der Eisdiele plötzlich jemand sagte: »Hast du schon gehört, James Dean ist tot.« Ich werde nie vergessen, wie dieser Satz auf mich wirkte, ich glaube, dass ich nie in meinem Leben entsetzter, versteinerter, verzweifelter war als in diesem Augenblick – nicht, als mein Vater starb, nicht, als Jahre später an Heiligabend unser Haus abbrannte, weil meine Mutter gegen den Weihnachtsbaum getreten und ihn umgeworfen hatte, nicht, als ich meine Sachen packte und für immer ging – nie wieder war ich von einer so bodenlosen Traurigkeit. »James Dean ist tot.« Ich glaubte es auch sofort, zweifelte nicht daran, fühlte geradezu, dass er weg war, für immer, es wunderte mich nicht bei einem wie ihm. Immer habe ich die Tatsache, dass ich inzwischen über vierzig Jahre alt geworden bin, als persönliches Versagen empfunden. Als ich wieder einen anderen Gedanken als »aus weg vorbei nie wieder« denken konnte, dachte ich: Irma. Es war spät am Abend, weder sie noch ich hatten Telefon, ich musste bis zum nächsten Morgen warten. In dieser Nacht schlief ich nicht, ich saß auf einem Stuhl am Fenster und sah den Betrunkenen zu, die aus der Kneipe gegenüber torkelten. Ich hätte mich auch gern betrunken, um in so einen Zustand weicher Fallmüdigkeit zu gelangen, um zu lallen, zu fallen, nichts mehr zu fühlen und zu wissen. Ich schlich mich an den Wohnzimmerschrank mit der beleuchteten Bar und holte mir die Flasche Sherry. Es schmeckte mir nicht, aber es tat gut, wärmte, machte ein Wattegefühl im Kopf und eine pelzige schwere Zunge, und ich weiß nur noch, wie mich meine Mutter am Morgen fand, ich höre noch ihr Gezeter, fühle, wie sie mich hochreißt und ins Bett schiebt, dann muss ich lange tief geschlafen haben. Als ich wieder zu mir kam, war später Nachmittag und niemand zu Hause. Ich stand auf und wackelte ein wenig, ich fror, mir war schlecht, und ich wollte unbedingt ins Freie. Ich zog mich an, als wäre tiefster Winter, dabei schien die Herbstsonne, und das Laub fiel langsam von den Bäumen. Ich trat ein paar Kastanien vor mir her und dachte immer nur: »Was soll ich denn jetzt machen?« Das Leben konnte doch nicht einfach so weitergehen wie vorher? Der pickelige Holger aus der Parallelklasse kam mir auf dem Fahrrad entgegen, und ich betete, dass er mich nicht ansprechen möge, nicht der, nicht jetzt, aber natürlich bremste er scharf, stellte einen Fuß auf den Boden und sagte: »Ey, Sonja, hast du schon das von Hansi gehört?« Ich war an Hansi längst nicht mehr interessiert, fast war es mir sogar peinlich, eine Zeitlang mit ihm gegangen zu sein, wie man das damals nannte. Hansi war ein seltsamer Kauz, der mitten in Gesprächen plötzlich laut auflachte oder in Tränen ausbrach, und jedem erzählte er seine Geschichte mit dem Kölner Dom, wir konnten es schon alle nicht mehr hören. Ich ging einfach weiter, kickte eine Kastanie und überlegte, ob Irma wohl zu James Deans Beerdigung fahren und ihm all die Briefe und das Tagebuch ins Grab werfen würde, und die Tränen liefen mir übers Gesicht, ohne dass ich wusste, warum. »Ey«, sagte Holger, »heulst du wegen Hansi?« Ich schüttelte den Kopf und fragte, um ihn abzulenken oder loszuwerden oder einfach nur quatschen zu lassen, damit ich meine Ruhe hatte: »Was ist mit Hansi?« – »In die Klapsmühle haben sie ihn gebracht«, sagte Holger, »mit Blaulicht, gerade vor zwei Stunden. Er ist total durchgedreht, und weißt du, warum?« Armer Hansi, dachte ich, aber es wunderte mich auch nicht, seine kalten Hände, der kleine Mäusemund, die furchtsamen Augen – ganz normal war er wirklich nicht gewesen, genau deshalb hatte er mir ja damals irgendwie auch ganz gut gefallen. Ich zog den Ring mit den Initialen von Christian und James Dean vom Finger und ließ ihn heimlich in einen Gully fallen. »Warum?«, fragte ich, und Holger sagte: »Man glaubt das überhaupt nicht, ist aber echt wahr, ey, direkt vor Hansi ist in der Gerswidastraße jemand vom Dach gesprungen, direkt vor seiner Nase, er soll ganz voll Blut gewesen sein, und dann soll er nicht mehr aufgehört haben zu schreien, bis sie ihn abgeholt haben. Zweimal im Leben so was, das ist ja auch ein Ding, oder?« Ich hatte plötzlich ganz weiche Knie und konnte nicht mehr stehen. Ich fasste nach Holgers Rad, lehnte mich an den Gepäckträger, und Holger sagte: »Was ist mit dir, du stinkst vielleicht nach Schnaps, bist du etwa besoffen?«

Endlich konnte ich kotzen und kotzte direkt auf Holgers Schuhe. Holger schmiss sein Rad hin und schrie und fluchte, rieb die Schuhe am Herbstlaub ab und krakeelte hinter mir her, aber ich ging oder torkelte oder bewegte mich irgendwie weiter und dachte immer nur: »Lieber Gott, wenn es dich gibt: Neinneinnein, bitte: nein.«

Aber es war Irma gewesen. Ich wusste es ja auch. Irma war auf den Speicher des Hauses Gerswidastraße 89 gegangen, in dem sie mit ihrer Mutter lebte, war durch ein Speicherfenster geklettert und in die Tiefe gesprungen, fünf Stockwerke eines Altbaus aus dem vorigen Jahrhundert sind hoch genug, um ein solches Vorhaben gelingen zu lassen. Sie hatte keinen Brief hinterlassen, kein Tagebuch, nichts.

Ich bin nicht zur Beerdigung gegangen, und Irmas Mutter habe ich nur noch einmal von weitem gesehen, zwei Jahre später. Sie trug keinen Hut und kein geblümtes Kleid. Ich kam gerade aus dem Kino und hatte »… denn sie wissen nicht, was sie tun« gesehen, in dem James Dean Jim Stark spielt. Als der kleine Plato ihn fragt: »Wann, glaubst du, wird das Ende der Welt kommen?«, antwortet Jim: »Nachts. Oder im Morgengrauen.« Aber Jim weiß es auch nicht genau, nichts weiß er genau, wie auch ich nichts genau wusste und nur fühlte: Alles läuft falsch, das Leben geht einen Weg mit mir, den ich nicht gehen will. Jim schreit seinen Vater an: »Ich möchte jetzt eine Antwort!«, und der Vater sagt: »In zehn Jahren blickst du zurück und wirst über dich selbst lachen.« Zehn Jahre sind längst um. Ich lache nicht.

31. FESCH

Das Mutigste, das wohl Größte, was ich je gemacht habe, war, 2008 die Eröffnungsrede bei den Salzburger Festspielen zu halten.

Mein Freund Jürgen Flimm hatte mir das angetragen, er war damals dort Intendant. Das kannst du, sagte er, das machst du schön und liest ihnen die Leviten. Das Thema der Festspiele in jenem Jahr hieß: »Denn stark wie die Liebe ist der Tod.« Mir gefiel das Thema sofort, ich hatte gute Ideen dazu, machte mich an die Arbeit. Ich finde die Liebe nicht so wirklich stark, wir wissen, wie schnell sie verfliegt oder sich in etwas ganz anderes verwandeln kann, und der Tod, ach ja, an seiner Tür endet eh alles, Leben, Liebe, Gevatter Tod, Schlafes Bruder, wenn er der Bruder ist, wer ist die Schwester, die unzuverlässige Liebe? Und: Wer wären denn die Eltern?

Man kommt, ich kam schnell ins Sinnieren, die Rede ging mir leicht von der Hand und eine These war auch sofort gefunden: Es mangelt ja nicht an Liebe in der Welt, es mangelt an erträglichen Erwartungen. Stärker aber als Liebe und Tod ist allemal die Kunst. Die Literatur, die Malerei, vor allem andern die Musik – das ist es, was über jeden Tod, jede Liebe hinaus doch bleibt, und hätte sich Orpheus damals nicht umgedreht, als ihm die Götter der Unterwelt, beeindruckt von seiner Musik, seine Eurydike aus dem Totenreich zurückgaben – wer weiß. Aber er hat der Kunst, seiner eigenen Kunst nicht getraut, sich umgedreht – und da war nichts. Da war vielleicht schon vorher nichts, aber man darf der Kunst nicht misstrauen, sie ist das Einzige, was uns bewahrt. Sogar vor dem Tod. Wir spüren es, wenn wir vor Michelangelos Skulpturen stehen, vor Raffaels Bildern, wenn wir Mozarts Requiem hören.

Die Rede gelang mir gut, sie musste sehr lang sein – es war ja der vielbeachtete Eröffnungsvortrag –, und sie wurde lang. Flimm las, nickte, lobte, ich reiste an, Juli 2008. Ich dachte an etwa hundert Leute im kleinen nett geschmückten Festsaal, Honoratioren, Sponsoren, Intendant, Kulturminister, Präsidentin, das Übliche.

Ich hatte wirklich keine Ahnung.

Der Festakt fand in der Felsenreitschule statt. Nicht nur ist die Kulisse grandios, sondern auch der schiere Raum: 1500 Sitze, voll bis auf den letzten Platz. In der ersten Reihe die Großen des Theater- und Musikbetriebs, von Neuenfels bis Barenboim, von Anne-Sophie Mutter bis Zubin Mehta.

Ich hatte weiche Knie. Ich hatte keine Ahnung von der Dimension gehabt, ich hatte kein Festkleid angezogen, ich hatte ein altes Seidenkleid meiner Mutter an. Es war von 1935, schwarze Seide mit weißen Punkten, und es hatte auf dem Rücken Mottenlöcher, aber ich liebte dieses Kleid. Inzwischen ist es ganz zerfallen – und ich wollte damit meiner Mutter danken, die mich immer an die Musik und die Bücher herangeführt hatte. Eine einfache Frau ohne Schulbildung, aber mit ästhetischem Gespür, mit Sehnsucht, und ihr einziges gutes Kleid hatte ich jahrelang in Seidenpapier verwahrt. Jetzt kam seine Stunde. Ich war nicht beim Friseur gewesen, ich hatte niemanden, der mich geschminkt hätte, ich wusste nicht, dass die Rede auf 3Sat übertragen wurde und auf Großleinwänden live in ganz Salzburg. Ich stand da in einem mottenzerfressenen Kleid, die Löcher sah man nicht, ich hatte ein schwarzes Jäckchen darüber. Rote flache Ballerinas, weil ich lange reden und stehen musste, neben mir auf der riesigen Bühne die Wiener Philharmoniker, und während sie eingangs spielten und ich in Reihe eins saß, verließ mich jeder Mut, und zum ersten Mal im Leben – ich habe sonst nie Lampenfieber – schlotterten meine Knie und meine Hände wurden feucht und ich fuhr mir verzweifelt durch die Haare und zerzauste sie noch mehr. Es würde ein Desaster werden. Doch es gab kein Zurück. Jürgen Flimm saß neben mir, legte mir die Hand aufs Knie und sagte: »Du machst das, Liebchen.«

Und ich machte das. Ich hielt durch, ich dachte an Paulas Kleid, das sie getragen hatte, als ich noch nicht geboren war, irgendwie gab mir dieses alte, geliebte, durch den Krieg gerettete Kleid Kraft. Ich redete, frei, engagiert, ich zitierte Kafka und rief: »Es ist unrecht, über den Helden zu lächeln, der mit der Todeswunde auf der Bühne liegt und eine Arie singt. Wir alle liegen und singen jahrelang.«

Sie waren still, sie hörten mir zu, »lassen wir uns auf die Kunst ein«, rief ich, »mit Liebe, Demut, Mut und unbestechlicher Entschlossenheit. Vertrauen wir ihr. Drehen wir uns nicht um. Wir sind unsterblich. Der Rest ist Schweigen.«

Es war ein donnernder Applaus. Ich überstand ihn, ich hörte die Philharmoniker wieder spielen, ich rannte nach dem letzten Ton weg und schloss mich zitternd ein auf einer der eleganten Toiletten. Geschafft. Geschafft. Geschafft. Ganz langsam breitete sich wieder Ruhe, Glück, sogar Stolz in mir aus. Das sollte mir mal einer nachmachen, derart ahnungslos so etwas Gewaltiges zu stemmen.

Hinter meiner Klotür hörte ich am Waschbecken zwei österreichische Damen über mich reden.

»Die Heidenreich«, sagte die eine. »G'scheit ist sie ja schon.«

»Ja«, sagte die andere, »aber fesch ist sie nicht.«

»Nein«, sagte die Erste, »das stimmt. Fesch ist sie nicht.«

Und ich kam aus meiner Kabine, sah die sehr schön gekleideten, geschminkten, geschmückten, ondulierten Damen erbleichen und sagte sanft:

»Aber fesch sind doch Sie!«

Und ging.

Was für ein Triumph.

32. EINE ELEGIE IN 3 SÄTZEN

1. Satz

DU

Du schläfst.

Du schläfst schwer, traumlos, wie tot.

Und doch jagen dich im Traum Bilder, Bilder von weiten Landschaften, die zu Noten, die zu Musik werden. Es ist dunkel in dir, und du fliegst über ein Tal, das ganz langsam heller wird. Du weißt nicht, woher du kommst, du weißt nicht, wohin du fliegst, aber deine Seele ist offen, ohne Furcht, ohne Wurzeln, frei.

Und dann erwachst du, langsam, mit Mühe. Im Zimmer ist es dunkel, kalt, ungemütlich. Es ist kein guter Ort, aber du siehst Orte und Zimmer nicht. Du bist immer woanders, nur dein Körper ist da. Du bist noch in dieser Landschaft, und du bist allein, hier wie dort.

Du bist immer allein.

Wenn man dich auf der Straße gehen sieht, denkt man: Da geht Einsamkeit. Du hast den Kopf gesenkt, du gehst dicht an den Hausmauern, du bist da und bist nicht da, um dich ist immer eine Aura von Alleinsein, von Nichtdasein. Manchmal wird dir diese Einsamkeit bewusst. Dann schmerzt dein Herz, zieht sich zusammen, dass es dir den Atem nimmt. Du hörst dein eigenes Blut rauschen, wie eine Stimme, die zu dir spricht, aber da spricht niemand. Dann hebst du den Kopf und schaust in die Gesichter der Menschen, die dir begegnen. Keines dieser Gesichter spricht zu dir. Keines ist offen, keines leuchtet, keines erreicht deine Seele.

Du senkst den Kopf wieder und hörst Musik, die aus deinem Innern kommt. Vielleicht musst du für deine Musik mit Einsamkeit bezahlen, wie es Beethoven musste und Brahms, wie es van Gogh musste für seine Bilder und Proust für seine Bücher. Man zahlt immer, wenn Großes wächst, weil nichts anderes Platz hat.

Meistens kannst du gut damit leben. Deine Musik ist deine Gefährtin, du brauchst keine andere.

Aber manchmal muss ein Mensch berührt werden. Manchmal muss Haut an Haut liegen. Manchmal müssen Augen sich gegenseitig in die Seele schauen, Hände sich übereinanderlegen, manchmal müssen zwei Weingläser aneinanderstoßen und zwei Gesichter darüber sich einander zuwenden. Manchmal.

Aber wie findest du dieses »Manchmal«, wo? Bei wem?

2. Satz

ICH

Ich bin ungeduldig. Ich bin immer zu schnell. Ich bin immer ganz in der Welt, tagsüber. Ich kann gleichzeitig schreiben, telefonieren, Notizen machen, die Katerin streicheln, eine Suppe auf den Herd setzen, die Zigarette im Mund, das Glas Wein auf dem Tisch. Ich schreibe morgens ein Nachwort, nachmittags ein Vorwort, abends zwanzig Briefe. Ich fahre zu schnell Auto, ich esse zu schnell, ich trinke zu viel, ich gehe zu spät und zu Tode erschöpft ins Bett.

Und dann liege ich wach. Die ganze Nacht. Dann holen sie mich ein, meine Langsamkeiten. Meine Sehnsüchte, meine Erinnerungen an Schmerzen und Verletzungen. Meine Traurigkeit über nicht gelebte Träume, nicht gegangene Wege, nicht gehaltene Versprechen. Und dann liege ich im Dunkeln in einem Zimmer voller Bilder, die ich auch ohne Licht sehe. Jedes Bild erzählt eine Geschichte. Ich bin voller Geschichten, ich bin voller Wörter, die sich zu Geschichten formen, aber ich kann diese Geschichten niemandem erzählen. Es ist niemand da, der sie hören möchte. Also stehe ich mitten in der Nacht wieder auf und schreibe die Geschichten auf ein Blatt Papier. Die Katerin sitzt daneben und staunt und denkt: Warum schläft sie nicht, was treibt sie um?

Ja, was treibt mich um. Ein Etwas. Ein Suchen. Ein Suchen nach einem Moment der tiefen Ruhe. Ich möchte mich anlehnen und für einen Augenblick festgehalten werden. Aber wo ist jemand, der so steht, dass ich lehnen könnte, wo ist jemand, der hält, jemand der mir Mauer ist und nicht auch Efeu, wie ich? Ich war oft schon nah dran und bin doch immer wieder geflohen, weil ich wusste: Es ist nicht das Richtige. Noch nicht. Und irgendwann ist es dann, vielleicht, zu spät. Dann trenne ich mich von allen, um allein zu sein. Lieber allein als mit dem falschen Menschen, denke ich.

Ich behalte mein Tempo tagsüber bei, aber die Nächte werden noch länger, noch schwärzer, noch verzweifelter. Ich fühle, wie die Kraft nachlässt. Ich weiß, dass ich das Tempo nicht durchhalte. Ich sehne mich nach jemandem, der die Hand ausstreckt, mich anhält und sagt: Nirgends, Liebste, wird Welt sein als innen.

Gibt es so jemanden? Und: käme er, würde ich ihn erkennen?

3. Satz

WIR

Alles beginnt sich zu ändern, seit wir uns getroffen haben.

Unmerklich, aber es ändert sich. Du wirst schneller, ich werde langsamer. Du hebst den Kopf. Ich kann ihn senken und die Augen schließen. Die Hände finden sich. Die Worte tun gut. Etwas weicht auf, wird weit. In dir, in mir. Vorsichtiges Tasten. Deine Sicherheit, meine Zweifel. Du sagst Worte, die ich schon vergessen habe: **immer**. Und: **nie.** »Immer wird es bleiben, nie sich ändern.« Meine Worte sind: **vielleicht**. Und: **aber.** »Vielleicht irren wir uns. Aber ich kann nicht.«

Du sagst: doch, du kannst. Und wir gehen vorsichtig nebeneinander. Der Rhythmus muss sich noch anpassen, aus zwei Herzschlägen muss einer werden, und manchmal fühlen wir das schon. Du bist in meinen Texten, ich bin in deinen Noten. Es wickelt sich etwas umeinander. Manchmal. Noch zu selten. Wir erreichen uns noch nicht überall, noch nicht völlig, aber wir sind auf einem Weg und du sagst: Wir haben Zeit. Ich habe so viel Zeit nicht. Wir fliegen jetzt gemeinsam über die Traumlandschaften, und es ist noch nicht hell, aber auch nicht mehr dunkel. Joseph Brodsky schreibt über einen alten Mann in Rom, dass ihm der Regen noch nicht Musik ist, aber auch schon nicht mehr Lärm …

Etwas trägt uns. Wir sammeln schon Erinnerungen, erste »Weißt du noch's«. Wir häufen Erde an, um unsere Wurzeln vielleicht vorsichtig einzusenken. Vielleicht kann man ja doch irgendwo ankommen?

Wir zeigen uns gegenseitig unser Gesicht, unsere Seele. Wir lernen, zu vertrauen. Wir wissen auch aus der Literatur, dass es die Berührung, nach der uns so unendlich verlangt, nicht gibt. Du bleibst du, ich bleibe ich, aber es gibt dieses Wir wie ein rettendes Geländer. Wir halten uns daran fest, wenn wir über Abgründe gehen müssen. Unter uns fließt ein Strom von Gedanken und Tönen, die Wellen ziehen weite Kreise, wenn wir ein Wort, einen Ton hineinwerfen. Die Kreise breiten sich aus – ist das Frieden? Wir treiben, unverankert, unter dem Himmel auf dem Wasser dahin, das Geländer in der Nähe, die Phantasie trägt uns, wir hören uns lachen, zuerst aus Angst, dann aus Staunen, dann befreit: Könnte es sein, dass wir wirklich aufeinander gewartet haben? Dann zählt nicht, was war, was sein wird. Dann zählt nur, was ist: Dann zählt nicht du, dann zählt nicht ich, dann zählt nur: wir.

Den Versuch, zumindest, ist es wert.

QUELLENNACHWEIS

Eine Art Vorwort
© Elke Heidenreich, 2022

Brief an mich als Sechzehnjährige
Elke Heidenreich, Männer in Kamelhaarmänteln. Kurze Geschichten über Kleider und Leute
© 2020 Carl Hanser Verlag GmbH & Co. KG, München

Der Hund wird erschossen
Elke Heidenreich, Kolonien der Liebe
© 1992 Rowohlt Verlag GmbH, Reinbek

Nächtliche Ermahnung
Elke Heidenreich, Nächtliche Ermahnung aus:
Elke Heidenreich (Hrsg.), Katzenmusik und Katerstimmung. Tierisch-musikalische Geschichten.
© 2013 Edition Elke Heidenreich, München, in der Penguin Random House Verlagsgruppe GmbH

Der Tag, als Boris Becker ging
Elke Heidenreich, Der Welt den Rücken. Erzählungen
© 2002 Carl Hanser Verlag GmbH & Co. KG, München

Die schönsten Jahre
Elke Heidenreich, Der Welt den Rücken. Erzählungen
© 2002 Carl Hanser Verlag GmbH & Co. KG, München

Frau Janowiak, Frau Janowiak, ich kann Sie sehen!
Elke Heidenreich, Bernd Schroeder, Rudernde Hunde. Geschichten
© 2002 Carl Hanser Verlag GmbH & Co. KG, München

Weißt du noch
Elke Heidenreich, Alles kein Zufall. Kurze Geschichten
© 2016 Carl Hanser Verlag GmbH & Co. KG, München

Yannick
Elke Heidenreich, Alles kein Zufall. Kurze Geschichten
© 2016 Carl Hanser Verlag GmbH & Co. KG, München

Rudernde Hunde
Elke Heidenreich, Bernd Schroeder, Rudernde Hunde. Geschichten
© 2002 Carl Hanser Verlag GmbH & Co. KG, München

Matilda
Elke Heidenreich, Bernd Schroeder, Rudernde Hunde. Geschichten
© 2002 Carl Hanser Verlag GmbH & Co. KG, München

Tristan und Loretta
Elke Heidenreich, Tristan und Loretta
In: Michael Krüger, Folge deinem Traum
© 2013 Carl Hanser Verlag GmbH & Co. KG, München

Erika
Elke Heidenreich, Erika. Erika erschien in kürzerer Form im Erzählband Kolonien der Liebe
© 1992 Rowohlt Verlag GmbH, Reinbek

Blumen
Elke Heidenreich, Alles kein Zufall. Kurze Geschichten
© 2016 Carl Hanser Verlag GmbH & Co. KG, München

Champagner
Elke Heidenreich, Alles kein Zufall. Kurze Geschichten
© 2016 Carl Hanser Verlag GmbH & Co. KG, München

Mitte
Elke Heidenreich, Alles kein Zufall. Kurze Geschichten
© 2016 Carl Hanser Verlag GmbH & Co. KG, München

Nurejew
Elke Heidenreich, Alles kein Zufall. Kurze Geschichten
© 2016 Carl Hanser Verlag GmbH & Co. KG, München

Nurejews Hund
Elke Heidenreich, Nurejews Hund. Nurejews Hund erschien in kürzerer Form im Erzählband Rudernde Hunde
© 2002 Carl Hanser Verlag GmbH & Co. KG, München

Nero Corleone kehrt zurück
Elke Heidenreich, Quint Buchholz, Nero Corleone kehrt zurück. Es ist immer genug Liebe da
© 2011 Carl Hanser Verlag GmbH & Co. KG, München

Neulich im Himmel
Elke Heidenreich, Männer in Kamelhaarmänteln. Kurze Geschichten über Kleider und Leute
© 2020 Carl Hanser Verlag GmbH & Co. KG, München

Susan in Kenzo
Elke Heidenreich, Männer in Kamelhaarmänteln. Kurze Geschichten über Kleider und Leute
© 2020 Carl Hanser Verlag GmbH & Co. KG, München

Kurze Hosen
Elke Heidenreich, Männer in Kamelhaarmänteln. Kurze Geschichten über Kleider und Leute
© 2020 Carl Hanser Verlag GmbH & Co. KG, München

Pflaumenkern
Elke Heidenreich, Männer in Kamelhaarmänteln. Kurze Geschichten über Kleider und Leute
© 2020 Carl Hanser Verlag GmbH & Co. KG, München

Trachtenmode
Elke Heidenreich, Bernd Schroeder, Rudernde Hunde. Geschichten
© 2002 Carl Hanser Verlag GmbH & Co. KG, München

Brüder I
Elke Heidenreich, Alles kein Zufall. Kurze Geschichten
© 2016 Carl Hanser Verlag GmbH & Co. KG, München

Brüder II
Elke Heidenreich, Alles kein Zufall. Kurze Geschichten
© 2016 Carl Hanser Verlag GmbH & Co. KG, München

Hoffnung
Elke Heidenreich, Alles kein Zufall. Kurze Geschichten
© 2016 Carl Hanser Verlag GmbH & Co. KG, München

Ein Brief an Franz Schubert zu »Rosamunde«
Elke Heidenreich, Passione. Liebeserklärung an die Musik
© 2015 Carl Hanser Verlag GmbH & Co. KG, München

It's all over
Elke Heidenreich, Alles kein Zufall. Kurze Geschichten
© 2016 Carl Hanser Verlag GmbH & Co. KG, München

Die Liebe
Elke Heidenreich, Kolonien der Liebe
© 1992 Rowohlt Verlag GmbH, Reinbek

Fesch
Elke Heidenreich, Männer in Kamelhaarmänteln. Kurze Geschichten über Kleider und Leute
© 2020 Carl Hanser Verlag GmbH & Co. KG, München

Eine Elegie in 3 Sätzen
© Elke Heidenreich, 2006, bisher nicht veröffentlicht.